病友
俱乐部

月影兰析　吕晓东　著

人民东方出版传媒

东方出版社

病友俱乐部

目 录

第一章
婚姻围城里的挣扎

他们都说，她是个幸福的女人。

她在出版社做图书编辑，有编制，工资待遇也不错，只要不犯原则性的大错，她能一直干到退休。而她的老公则在一家国企当小科员，虽说职位不高，但相对也稳定。她还有一个六岁的女儿，乖巧、听话，几乎不用她太费心力教导。平日里只要她上班，她那个早就退休的婆婆都会帮她带孩子，上下学、吃饭、游玩，甚至哄睡……大家都说，女人活到她这个份上，真的该知足了。

是啊，有时候她也在想，这样的生活她还有什么不满的？

生活平顺安稳，和老公陆皓宇感情稳定，虽说婆婆林萍性格有些强势，所幸陆皓宇并不算妈宝男，而林萍每每对她颇有微词，也都会被陆皓宇给糊弄过去。

她还有什么不满的呢？

靠着公园里的长椅，张嘉颖仰望天空，再一次扪心自问。

此时天色已经暗沉下来，夜幕降临大地，也带来了几分初秋的寒意。

早就已经过了下班的时间，张嘉颖却第一次生出了不想回家的念头。手里那个装着各大小学材料的文件袋早就被她捏出了褶皱，她却一直紧紧抓着，就仿佛那是她最后的挣扎与救赎。

到底……还是有些不甘心的。

早在半年前，她就开始为了女儿纹纹的择校问题而忙碌奔波。

出身高知家庭的她，一向对孩子的教育极为重视，眼看着纹纹到了学龄年，她一心想为孩子找一所适合的重点小学，但昂贵的学区房让人望而却步，即使是二手房，也不是他们这些普通人可以负担得起的。

于是她铆足了劲，拉关系，找朋友，连以前久未联系的老同学都被她挖出来了，就想着能多一分希望算一分。毕竟她不想孩子输在起跑线上，在她的认知里，小学是孩子打好学习基础的关键，不管是师资还是周边的学习环境都对孩子有着不小的影响。

然而，她在这一边忙得脚不沾地，另一边，陆皓宇和林萍却在不住地给她泼冷水。

陆皓宇觉得她是吃饱了撑着没事干，学区房那么贵不是他们能负担得起的，就算不买房，真的走到了关系恐怕也要花费不少钱，又何必给家里增加负担？

林萍则直接丢下一句，小孩子上学哪里不能上？为什么非要去那些重点小学？以前他们那一代可没有什么重点不重点之分？

第一次张嘉颖觉得和他们陆家母子三观不合，他们不支持就算了，也不用这样死命地泼她冷水，孩子是她肚子里掉下来的一块肉，她自然是竭尽所能，争取给孩子最好的东西。

轻轻吐出了一口气，张嘉颖平复下憋闷的心情。

她不想回家，不过是不想和陆皓宇吵架。

其实，结婚这么多年来她跟陆皓宇吵架的次数并不多，毕竟当初陆皓宇追她不易，整整追了三年才让她松的口。后来结婚，陆皓宇自然也一直把她捧在手心里，即使这两年不像刚结婚时那般亲近，陆皓宇也很少有和她脸红的时候。但最近为了纹纹的择校问题，陆皓宇跟她吵的架，比以往结婚七年都多得多。

张嘉颖苦笑。

最终，学校还是没能跑下来。

眼看着再过几天就到报名的时间了，纹纹似乎也只能归属划片学区了。

这一刻，张嘉颖其实是有些茫然的。

这几年她幸福没错，却没有人生目标。

每天碌碌无为、平平淡淡地过着，极力地扮演着好儿媳、好妻子、好母亲的角色，但心底却总是空落落的，找不到充实的落脚点。

回想起年少轻狂时，虽然经常因挫折而屡屡吃苦，可那时她的人生却是有目标的。

那时的她有自己的人生和理想，有自己的追求，如今呢？

连孩子一个学校都跑不下来。

张嘉颖看了眼手里的文件袋，胸口那股子气一直堵着，让她并不太顺畅。

忽然，熟悉的手机铃声响起，那是闺密方梦的专属铃声。

抹了把脸，张嘉颖接起了电话。

"喂，方小梦，你终于舍得回国了？"

方小梦是张嘉颖给方梦的专属称呼，就像她给方梦的手机铃声也是专属的一样。

她和方梦可以说是从小穿着一条裤子长大的，从小学开始就是同班同学，而后初中、高中，两个人都在同一所学校，即使是到了大学，两个人也都考上了同一所大学，只是专业不同而已。

两人常笑言，她们是这世界上最有缘分的两个女人。

大学毕业后，方梦就出国了。

她是富二代，家里有钱，一毕业方家就直接将她送出国深造了，但这几年她们一直没有断了联系。

"当然回来啦，舍不得你嘛。"

方梦妩媚的声音自话筒里传来，听得张嘉颖一身的鸡皮疙瘩。

"去，这种嗲声嗲气的声音找你们家李景明去，别在我这里发浪。"张嘉颖拿着手机笑骂。

方梦是有名的万人迷，妥妥的白富美人设。

有钱、有颜、有身材……女人的人生巅峰可以说非她莫属。

"李景明现在没空搭理我，他妈好像不太舒服。"电话里，方梦的声音略带着几分抱怨，但随即又振奋了精神，"怎么样？出来喝两杯。我回国好几天，今天才得下空来。"

"你男人没空理你，才想起我啊。"张嘉颖不客气地回怼，"我说方小梦，你也太没骨气了一点，有着人生巅峰的人设，却偏偏栽在了李景明那个妈宝男手里，你的脑子里除了爱情还能装点别的吗？"

对方梦来说，李景明就是她的劫。

出身农村的凤凰男，除了那一身皮囊不错，没钱没房没车，还有一个强势的母亲，可偏偏方梦就这样一头栽了进去。

按方梦的说法，她的人生总要有一次是自己做主。毕竟从出生到现在，她的人生早就被她的父母规划好了，偶尔的一次"放纵"与"离经叛道"，才能让她感觉到自己活得真实。

"行了行了，我这才刚回来，你就不客气地怼我，怎么样？我们老地方见吧，我有事要跟你说。"

被张嘉颖不客气地挖苦，方梦倒也没生气。

这是她们俩姐妹的相处模式。

方梦心里也明白，张嘉颖其实是为了她好。

"老地方见吧。"知道方梦并不喜欢自己说起李景明，张嘉颖便收住了话题。

所谓的老地方其实是一间极小众的咖啡屋。

咖啡屋叫"WAIT"，等候。

据说，咖啡屋的老板娘这么多年来一直在等一个人，所以开了这间咖啡屋，等着那个从她生命里离开的男人。

方梦喜欢这间咖啡屋，自然是因为这间咖啡屋里的这个浪漫故事。

张嘉颖其实是个极理智的人，她觉得这很可能是老板娘为了留住顾客而搞的噱头。

不过方梦无所谓，她骨子里就是个浪漫主义的女人，就算是被人用一个虚假的爱情故事骗了，她也心甘情愿。

谁让她爱情至上呢？

当张嘉颖赶到咖啡屋的时候，方梦早就在那里等着了。

方梦是一眼就能让人在人群里找到她的存在，再加上今天显然是特意打扮过了，一身妖娆的金色长裙，贴身设计，身材尽显，一眼便能把人勾了魂。

张嘉颖大步朝方梦走了过去。

"不知道的人，还以为你在这里等男朋友呢？"

方梦白了张嘉颖一眼，"女人打扮可不光是为了男人，更是为了让自己心情美丽。"

她上下打量了一眼张嘉颖。依旧是长发盘起，一身合身的职业装，是那种绝不会出错的职场女性的打扮，但也让人看了有几分沉闷。

"我说，你就不能把自己捯饬捯饬？整天一身职业装，你也不嫌单调。"

"我这还没回家呢，怎么捯饬？"张嘉颖在方梦对面坐了下来。

"加班啊？"

"没，跑学区房的事。"

张嘉颖放下了手里的材料。

"搞定了？"方梦瞅了眼张嘉颖手边的文件袋。

"没有，没戏了。"张嘉颖揉了揉隐隐作痛的眉心，"买学区房没钱，走关系走不通。"

"我早跟你说了，我借钱给你啊，你偏跟我倔……"

"借了钱不用还啊，你觉得我和陆皓宇那一点死工资，我们能还得起你的钱？"

"我们姐妹一场，慢慢还嘛。"

"你是不缺钱，但我也不能占你便宜，我们感情虽好，但事情一码归一码。"

"真是服了你了。"方梦叹气，"永远这副倔脾气。"

"这是我做人的底线和原则。"

"行行行，你说了算，你说了算。"方梦招来服务员，"给她也来一杯'WAIT'。"

服务员拿着点餐单离开。

"回来几天了？"张嘉颖问。

"三天。"方梦喝了一口咖啡，懒洋洋地回答。

"这次打算回来多久？"

"不打算回去了，就在国内发展。"方梦原本飞扬明艳的眉眼忽然变得有些沉，"悦悦的体检报告出来了，不是太理想，可能要动手术，我想着，就留在国内，这样也有时间多陪陪孩子。"

悦悦是方梦的孩子，今年只有四岁。可惜小小年纪就有先天性心脏病，三天两头进医院。

方梦长年在国外，所以悦悦一般都是李母在带。

"也不知道怎么回事，悦悦的病一直不见好。我每年都寄不少钱给孩子治病，怎么就越治越坏了？"方梦有些心烦地拿出烟盒，抽出一根就想点，却猛然想起这里不准抽烟，只好又塞了回去。

一心烦，她就忍不住抽烟。这是她减压的方式。

张嘉颖看着她轻叹了口气，"烟少抽些，对身体不好。悦悦的事，你也不要太担心了，你留在国内也好，方便照应。"

"嗯，知道了知道了，我以后尽量少抽还不行吗？"

"这才像话。你既然打算在国内发展了，有什么规划没？"

方梦一顿，脸上露出激动的神色，"我今天找你，正是想跟你聊聊这件事。"

"你有想法了？"

"当然了，没想法我能就这么冒冒失失地回国？听说过助眠床垫吗？"

"听说过，这种床垫品牌很多，但质量也是参差不齐……"

"我有一个朋友是这个行业里的高级质量检测师，他给我推荐了一款床垫，我试了下，质量不错。现在人压力大，失眠率居高不下，根据一份权威报告，现在普遍 80 后、90 后的睡眠指数仅 66.26，位于'苦涩睡眠'的临界点……最重要的是这个行业做得好的人现在还不多，有发展前景……"

"这是跟我做报告呢？"张嘉颖忍不住睇了方梦一眼。

方梦笑了，"行行，我就直说了，跟我一起做吧！怎么样？"

张嘉颖下意识地反驳："这怎么可能？我还有工作。"

方梦睇了她一眼，懒洋洋地丢出一句："你那份工作能给你赚一套学区房吗？"

张嘉颖一时间竟无言以对。

方梦的话总是这么直戳人心、一针见血。

方梦拍了拍张嘉颖的肩，"我的好姐妹呀，你出版社那份工作，饿不死，但也吃不饱，你想想啊，如果你自己出来干，做得好的话一套学区房算什么？十套都没问题。"

张嘉颖忍不住就泼她凉水，"给你说得创业就跟吃饭一样简单，失败了怎么办？"

"前期资金我出，失败了算我的嘛。"

"别来，如果真要创业，也不可能让你一个人把风险全担了……"张嘉颖苦笑，"而且，我也不想再做这些冒险的事，以前的教训还不够吗？"

方梦撇撇嘴角，"张嘉颖，你年轻时的干劲哪去了？"

"你也说年轻时的，现在哪还有干劲？"

"还记得你以前常说的那句话吗？人生的道路虽然漫长，但紧要处常常只有几步，特别是当人年轻的时候……"

张嘉颖愣住了。

这句话出自作家柳青的长篇小说《创业史》，大学时，她极爱这本书，最爱的正是这一句话。

那时年少轻狂，她用这句话作为自己的人生准则，铆足了劲往前冲。

可现在……

"书里不也说了特别是当人年轻的时候……"沉默了半晌，张嘉颖才缓缓吐出这么一句。

方梦瞪了她一眼，"张嘉颖同学，你现在才几岁啊？三十二。你别告诉我，连你都在奉行着'男人三十一朵花，女人三十豆腐渣'那种老掉牙的说法。现在都什么年代了？都说男人三十而立，那女人为什么不能三十而励？"

"三十而励？"

"对，励志的励！"

张嘉颖看到了方梦眼里的光，那种光，她曾经也拥有过，似有什么温热而有力量的东西从心底深处直涌而上。

如今她的生活真的就像是一潭死水，曾经的锋芒，曾经的棱角，都已经被枯燥而烦琐的生活给磨平了。

她是心有不甘的，只是她一直将那股不甘压制着。

方梦看出了她的意动，"你先别拒绝得这么快，明天我让人给你送一张床垫过去，你先试试再说。"

张嘉颖笑了笑，"也好，我最近也确实睡得不太好，你送我一张让我先睡个好觉。"

"你也失眠？"方梦端详了一下张嘉颖的脸色，"气色确实不太好，不会是你家陆皓宇招惹你了吧？"

张嘉颖嘲讽地轻笑，"还不是因为学区房的那一堆破事。"

"所以啊，跟着我干，准没错，你回去好好考虑一下吧。"

方梦话音刚落，张嘉颖的手机便响了起来。

是陆皓宇的电话。

张嘉颖接起了电话。

"老婆，你在哪呢？回来了没，我去接你。"

突如其来的温柔让张嘉颖顿了下，不自觉就朝方梦看去。

方梦正一脸揶揄地看着她。

"我跟方梦在 WAIT 咖啡屋。"

"好。我来接你。"不等张嘉颖说话，陆皓宇便放下了电话。

"我还以为你们俩吵架了呢，看来这陆皓宇还是挺上道的。"方梦挑了下眉。

"行了，你也别取笑我了，赶紧回家吧，你家里不是也有

病友俱乐部

人在等着你？"

"我就算了吧。"方梦眼底划过了一丝抑郁，"我家那个孝子正在床前好好伺候着呢，我回去看了也是添堵。"

"你婆婆病了，你老公又在照顾病人，那悦悦不是没人陪？"

"好好，我现在就回去。不打扰你们夫妻二人恩爱了。"方梦起身，拿包的时候便看见陆皓宇正朝这里走过来。

"哟，来得还挺快，是不是早就在这附近等着呢？"

陆皓宇朝方梦笑了笑，"方梦，好久不见啊。"

陆皓宇长相虽谈不上出色，却也是五官端正。再加上如今岁月渐长，增加了社会阅历的男人怎么也比在学校时多出一份沉稳的魅力。

"是啊，陆大帅哥，是好久不见了……"方梦伸手轻拍了拍陆皓宇的肩，"我警告你，我家姐妹嫁给你是你的福气，你可别把人给气着了。否则，我要你好看。"

方梦说的并没有错，当年张嘉颖可以说是风靡学校的女神级人物，追求她的人多如过江之鲫，陆皓宇能娶到张嘉颖其实是跌破了很多人的眼镜。

"知道知道了。"陆皓宇好声好气地应着，"我向来都是把我老婆供在手心里的。"

方梦看了他一眼，略有深意，"宠老婆是要行动的，不是嘴上说说就算了。"

"是是是。"陆皓宇继续打着哈哈。

方梦离开了。

陆皓宇走到了张嘉颖身边，直接就接过了张嘉颖手上的包。"老婆大人，请吧。"

张嘉颖白了他一眼，"怎么？做了亏心事，无事献殷勤。"结婚前和刚结婚的那一段时间，陆皓宇这种体贴人的事做的其实不少，但时间久了，或许是觉得反正煮熟的鸭子肯定是飞不了了，所以很多事也就闲散怠慢了下来。有时候要他主动做一件事也挺难的。

"我这几天不是惹你生气嘛，特意来赔不是。"陆皓宇赔着笑脸，笑嘻嘻地说。

被陆皓宇这么一哄，张嘉颖心头的郁结立时少了一半。

其实有时候女人是很好哄的。男人一两句好话就能让女人的怨气一扫而空，根本就不用费什么力气。

"纹纹呢？"

张嘉颖问的时候，陆皓宇已顺势揽上了张嘉颖的腰。

"早就睡了，有老妈在，你还操什么心？"陆皓宇说着，抬起手腕看了一下手表，"反正时间还早，不如我们去看一场电影？"

"老夫老妻了，还看什么电影？"

陆皓宇不满，"什么老夫老妻，在我眼里，老婆大人你永远年轻。"

张嘉颖觉得今晚的陆皓宇嘴里仿佛灌了蜜一般，"今晚这是太阳打西边出来了？不会是背着我，做了什么对不起我的事吧？"

两个人相携走出了咖啡厅。

陆皓宇张了张嘴，但最终还是欲言又止。

张嘉颖忽然觉得有点儿不对劲。

"今天早上，妈带着孩子去 ×× 小学报了名。"

陆皓宇这突如其来的一句，让张嘉颖顿住了脚步，"你说什么？"

"妈也是想着你别折腾了，孩子要是再不报名，等开学都没学上了。"

张嘉颖脸色沉了，"陆皓宇，你和你妈当我是什么？"

陆皓宇急了，"老婆，你这话就重了。我们能当你是什么？当然是当你是老婆、当你是儿媳。这大半年，你为了孩子学校的事跑东跑西，我看你折腾得够呛……"

张嘉颖一把将手里的文件袋摔在了陆皓宇的身上。

"是，这件事确实是我自己一头热，吃力不讨好，但纹纹是我孩子，你们做决定的时候能问一问我的意见吗？就这样先斩后奏，算什么？"

陆皓宇拎着文件袋，脸色也有些不太好看了，"我这都特意赶来给你赔不是了，你还想怎样？"

陆皓宇的话让张嘉颖心凉成了一片。

这是打一鞭子再给一颗甜枣，然后就想着将这件事糊弄过去？

哪有这么好的事！

张嘉颖调头就走。

最后，电影自然也没看成。张嘉颖和陆皓宇回到家里的时候，已经过了十点。纹纹早就睡得天昏地暗，婆婆林萍倒是没睡，坐在客厅的沙发上看电视，见小两口回来，抬头看了他们一眼，"回来了。"

"嗯。"陆皓宇点了点头，情绪不高。

张嘉颖脸色也没多好看，敷衍应了一声，便往房间里走。

林萍自然是察觉到了什么，不紧不慢地丢出一句："纹纹上学的事既然已经定下了，就这么着吧，别折腾到最后，孩子连学都没得上。"

已经走到房门口的张嘉颖脚步一顿，"妈，我是纹纹的母亲，能不能在做决定前，先问问我的意见？"丢下话，张嘉颖直接走进了房间，关上了门。

林萍"噌"地一下站了起来，显然是被气得不轻，"你看看，你看看她这是什么态度？"

陆皓宇连声安抚，"妈，别生气，小声点，一会儿把纹纹吵醒了，给孩子看见了不好。我会好好跟嘉颖说的。"

"行，这个媳妇你自己选的，我是管不了了，你自己看着办吧。真是好心当成驴肝肺了……没有这金刚钻你就别揽着瓷器活，不知道的人还以为有多大本事呢？"林萍一边抱怨，一边气呼呼地也将自己关回了房间。

陆皓宇站在大厅里，狠狠抹了把脸，想回房间和张嘉颖谈谈，但看着那扇紧闭的房门，他最终还是选择在沙发上坐了下来。

他并没有把握说服张嘉颖，何更况，这件事也确实是他们理亏。

或许晾她几天，气也就消了？

陆皓宇重重吐出一口气，拿起手机就开始玩游戏。

家里烦心事太多了，他还是玩他的游戏比较省事轻松。

此时房间里，张嘉颖坐在床头，一手捏着眉心，感觉自己整个脑袋都要疼得炸裂了。她其实已经好几天没怎么睡了，为了孩子上学的事，她多少患上了一点焦虑症，原本这件事就不好做，如果有家人的支持，她还好过一些，可抵不住人家一直泼冷水。

她不过是想竭尽所能为孩子创造一个好一点的条件，难道也错了吗？

这一晚注定了陆家一家子都一夜无眠。陆皓宇是在客厅睡的，他深知张嘉颖的脾气，倔起来的时候，可以说连十头牛都拉不回来，而且他多少都有些逃避，不想和张嘉颖硬碰硬。

一大早，张嘉颖就被电话铃声吵醒了。昨晚她基本是到凌晨的时候才迷迷糊糊地睡着，被手机这么一吵，整个人还是懵的，顶着一头乱发在床铺上找手机。忽然，一只手伸了过来，那只手上拿着的，正是她的手机。

她一愣，抬头就看见陆皓宇正朝自己无奈地笑，"先接电话吧。"

他明显是来示好的，张嘉颖接过了电话。

电话是方梦打来的。原来她找人送了床垫过来，送货的人都已经到门口了。

方梦素来就是这么个雷厉风行的性子，说干就干，今天的事，她绝对不会拖到明天。张嘉颖匆忙披了件外套就冲出了房间。

果然，门外送货的人已经将床垫送了进来，开门的林萍一头的雾水。

"这是什么？"

"妈，这是方梦送我的床垫。"

张嘉颖这一声"妈"，也算给了林萍台阶下，林萍撇撇嘴角，"哦，她回国了啊。这个方梦倒也是新奇，怎么好好的，送你床垫了？"

张嘉颖笑笑，没再答话。工人把床垫放下就离开了，刚刚吃过早饭的纹纹好奇地跑过来张望。

"妈妈，方梦姨为什么送床垫给你啊？我能睡吗？"

纹纹继承了张嘉颖的好相貌，生得机灵又漂亮，笑起来的时候嘴角还露出两抹小梨涡，平添了几分可爱。

张嘉颖摸了摸女儿的小脑袋，心里柔软成了一片，"想睡呀，没问题，改天让你方梦姨送一床小一点的给你。"

"太棒啦！"纹纹高兴地围着新床垫打转去了。

陆皓宇奇怪地问："方梦怎么好端端地送这东西给你？"

"这是助眠床垫，她这次回国是不打算再出去了，打算用这床垫干一番事业。"

"她昨天约你就是为了这事？"

"嗯。"张嘉颖点头，顿了下，才试探性地又补了一句，"她有打算让我跟她一起干。"

陆皓宇神色一僵，还没来得及说话，林萍就急急地插了一句："什么？这方梦是什么意思？不会是让你辞职，跟她做什么创业的事吧？"

"妈，不是……"

"嘉颖，我跟你说啊，创业可不是像吃饭喝白水那般简单，是有风险的。你出版社的工作多稳定啊，如果就这样辞职去做一些虚无缥缈的事，可别忘记了，你这还有孩子要养呢？我们只是普通的工薪家庭，比不得方梦那种有钱人家的千金，我们可不能做那种不切实际的梦！"林萍这一番话虽语重深长，却

也字字戳心。

陆皓宇也趁机附和："老婆，咱妈说的不错，创业这种事，年轻时候还有的说，现在你都三十好几了，有家庭有孩子，还跑去创什么业？女人想干出一番事业哪有那么简单？"

"嘉颖，不听老人言，吃亏在眼前。就像我们隔壁楼老陈家的女儿，听说爬上了什么国际集团副总的位置，年薪百万，开跑车，可你知不知道，背后有多少人在戳他们老陈家的脊梁骨呢？谁不知道老陈家的女儿长得漂亮，光靠那一张脸就能让很多男人神魂颠倒……三十多了也不结婚……"

看着这母子俩一唱一和，张嘉颖几乎要被气笑了，积累的怒意也随之爆发，"妈，人家陈姐是美国常青藤博士学位，拿百万年薪开跑车，那是人家的真本事……您自己也是女人，怎么就这么看不起女人？这个社会对女人的偏见还不够多吗？"

林萍被怼得脸色有些发青，也自觉理亏，"我就是随意说两句。"她其实人也不算坏，但就是嘴巴上坏一点。

这时在客厅玩闹的纹纹听到动静跑了过来，一脸怯生生地看着张嘉颖，"妈妈。"

陆皓宇连忙朝林萍使了个眼色，"妈，您先带孩子出去玩吧。"

林萍虽脸色不善，但面对孩子时倒是收敛了脾气，拉着纹纹就走了。

眼看那一大一小离开，陆皓宇这才回头看了张嘉颖一眼，语带抱怨："你怎么这样跟妈说话？"

张嘉颖不甘示弱，"难道我说错了？还是你觉得我如果出去创业，也只能用这种肮脏的手段才能做出一番成就来？"

陆皓宇摸摸鼻子，尴尬地清了清嗓子，"我可没这么说。"

"但你这么想了。"

张嘉颖拿起包就往外走。

陆皓宇连忙追了上去，"老婆，等等我，我送你去单位。"

一路上，张嘉颖一直沉默着，车里的气氛显得有些压抑。

"老婆，别怪妈。"陆皓宇看了眼副驾驶座上的张嘉颖，"妈也是为了……"

"我没怪过妈。"张嘉颖面色沉沉，"陆皓宇，我生气的人是你。你是我老公，你应该尊重我、信任我，而不是质疑我，先不提创业的事，就学校那件事，你们在做决定之前应该提前跟我说一声，而不是直接先斩后奏。"

"是，是，是我的错，老婆，这件事是我没处理好。主要是妈心里着急了，我看她整夜整夜没睡，我这不是……"

这一番话不说还好，一说简直就让张嘉颖炸了。她直接就打断了陆皓宇的话，"你怎么就没看到我整宿整宿的失眠？"他们同睡一张床上，她整夜失眠，他却一点儿也没察觉。

"我……"陆皓宇一时语塞，"你都没跟我说，我还以为……"

"我不说，并不代表我没事。"这时，车子刚好到达了张嘉颖单位门口。

陆皓宇将车子停了下来。

"老婆，我……"

然而，他话音未落，副驾上的张嘉颖已经怒气冲冲地下了车，"嘭!"的一声关上了车门，连招呼都没和陆皓宇打一声。

看着张嘉颖远走的背影，陆皓宇神色懊恼地一拳重重捶向了方向盘。

这都什么事啊!

憋着一股子闷气的张嘉颖来到了出版社，可才刚坐下，便感受到了出版社里诡异低迷的气氛，每个人的情绪都不太高，还有些则躲在角落里窃窃私语着。

"怎么了?"张嘉颖悄悄问身边的同事李亚美，"这是发生什么事了?"

"清雅死了。"李亚美一脸的难过。

张嘉颖愣了片刻，"什么时候的事? 她不是生了二胎在坐月子吗? 怎么好端端的……"

"就昨天晚上的事儿。"李亚美脸上的难过转瞬就被义愤填膺取代，"说是抑郁症，想不开，就从 24 楼跳下来了。"

张嘉颖面色微变，没想到像林清雅那么爱笑的人也会得抑郁症，甚至严重到跳楼的地步。

放眼整个出版社其实就属林清雅的个性最为讨喜，每天笑呵呵的，脾气也好，从来不跟人脸红，大家都很喜欢她。但自打林清雅怀上二胎，脸上的笑容就少了很多，工作的时候甚至常常一个人发呆走神。大家都体谅她是个孕妇，倒也在工作上多帮衬着一些。原以为是孕妇情绪波动的原因，后来才听说是因为压力太大了。林清雅的婆家重男轻女，第一胎是个女儿，说是一定要让她第二胎生个儿子。结果女儿还没满三岁，婆家就硬逼着她怀了二胎。

现在养孩子可不比从前，一个孩子都快养不起了，更何况两个？再加上婆家给的压力，林清雅整个孕期都一直闷闷不乐，甚至天天祈祷着自己肚子里是个儿子，结果，天不从人愿，生产的时候又是女儿。

"你是不知道啊，清雅那个老公完全不管事。我听说，生产当天，医生一说是女儿，她婆婆和老公居然调头就走了，留下清雅一个人在产房里哭……"李亚美替林清雅抱着不平，"这都什么年代了？家里有皇位要继承吗？一定非要什么儿子？"

"清雅也是实惨，后来回家坐月子，别说她婆婆了，就连她老公十天半个月都没跟她说上一句话，她一边坐着月子，一边还要带着大宝小宝两个娃，能不崩溃吗？"

"她娘家人呢？"张嘉颖觉得不可思议，"就算婆家不管，娘家也总不会连女儿都不管了吧？"

"她老家在南方一个小城市的乡下，家里还有一个哥哥，她妈妈忙着帮她嫂子带孩子，根本脱不了手过来帮忙，她自己可能也是报喜不报忧，所以都是自己一个人在这边熬着……"李亚美说到这里又是长长一叹，"你说女人结婚图什么呢？要是嫁个那样的老公，就为了生不出儿子对自己冷暴力，还不如

不嫁呢。"

李亚美长吁短叹地离开了，张嘉颖却还没从林清雅的死中缓过神来。

也难怪现在很多女人都不想结婚，找到一个适合自己，又能相伴一生的男人简直就是太难太难了。

下班的时候，几个同事结伴一起去了林清雅的家里。

此时，林清雅的老母亲已经赶了过来，抱着林清雅的骨灰盒在那里号啕大哭，也指着林清雅的老公就是一阵破口大骂，说他没良心、说他虐待自己的女儿、说他害死了女儿……林清雅的婆婆眼见儿子被人这样辱骂，顿时就不干了，撸起袖子就冲过来对骂，场面一度陷入了混乱之中。

而林清雅的老公则一脸木然地站在那里，谁也看不出他究竟有没有后悔、有没有难过。

张嘉颖看着眼前这一幕，心中不由感慨。

两个孩子还在嗷嗷待哺，母亲却已经永远地离开了。但凡林清雅的老公在她情绪最低迷的时候，好好和她聊聊天，好好和她沟通一下，事情也许还不会到如此不可挽回的地步。可见婚姻中，沟通多么重要。一条年轻的生命就这样在被无视的冷漠中消逝了。只是张嘉颖觉得林清雅会将自己逼至绝境，也有一部分是她自己的原因。她完全可以反抗、完全可以不生二胎、完全可以离婚，但最终，她选择了一条让自己最痛苦的绝路。

两家人正热闹地对掐，而旁边围观的人群里也有不少人在低声议论着，有几个也不知是不是林清雅老公家那边的亲戚，说的话就不太好听了。

"女人就是矫情，自己没生出儿子，搞得像全世界人都害她一样，还弄出什么抑郁症自杀……"

"就是，现在女人都是玻璃心，还没摔就碎了。"

……

张嘉颖只觉脑海里"噌"的一声，火就冒了上来，她三步并作两步直接走到那几个人面前，脸上挂着冷笑，"死者为大，你们也不怕清雅半夜从棺材里爬出来找你们吗？"

张嘉颖这句话让对面几个人脸都青了，有人不服出声呛她，"哎，你这人怎么说话呢你？我们男人在这里聊天，你们女人插什么嘴？关你什么事？"

"大哥，大清早亡了。"张嘉颖看着那个男人丑恶的嘴脸，"你还活在封建年代呢？还男人说话女人不准插嘴？有本事，你也别让女人生出来，自己想办法从石头里蹦出来。"

一旁的李亚美听了几乎都笑出了声，"嘉颖，怼得好。"她朝张嘉颖伸出了一个大拇指。

"你……"

那人气得面色涨红，正想反驳，这时人群里有人走出来。

"发生什么事了？"

走出来的男人西装革履、仪表堂堂，长得一副好相貌，那双桃花眼简直就是大众情人的金字招牌。

张嘉颖扫了眼男人身后跟着的两个貌美小姑娘，瞧着俩小姑娘眼里几乎都要溢出来的热烈与爱慕，心中直接就给这个男人下了一个"花花公子"的定义。

李亚美却是眼前一亮，"哇哦，这可是个帅哥啊。"

李亚美赞叹声还没落下，刚才被张嘉颖狠怼的男人就仿佛

看到了救命稻草一般，"季扬，你来得正好，来来，帮帮忙，这女人就是欠教训。"

男人言语中对女人的轻视，让张嘉颖拧起了眉，"是我欠教训，还是你自己嘴欠？在你口口声声说出那些轻视女人的话时，你想过你母亲吗？"

而那个叫季扬的男人目光落在了张嘉颖的身上，语气有些沉，"这位女士，这里是灵堂，死者为大，不适合争吵吧？"

"你也说这里是灵堂，你问问你这朋友，他刚才都说了些什么？"张嘉颖冷眼看着季扬，所谓物以类聚，这男人白瞎了这一副好皮囊，内里想来也跟这些人没什么差别。

俩小姑娘显然不满自己的男神被人怼，其中一个脾气明显比较冲的小姑娘便直接拦在了季扬面前。

"喂，你怎么这样跟我们季哥说话？"

女孩叉着腰，护在季扬面前，那副"护犊子"的神态几乎让张嘉颖气笑了。

是个男人就自己站出来，让一个小姑娘打头阵是什么道理？

季扬看到那女孩拦在自己面前，好看的眉微微拧了一下，正想说些什么，眼见事态有些失控的李亚美已经开始打圆场了。

"算了算了，嘉颖，我们都少说两句……"李亚美拉着张嘉颖就往就外走。

张嘉颖也没有再继续争执下去。

她心中虽有火，但也知道场合不对。

李亚美边拉着她，边说："我还以为出现一个极品帅哥可以倒追一下了，结果呢，跟人渣混成一片的，八成也是人渣，我这一颗少女心啊，就这么'嘭'的一声裂了。"

张嘉颖看着李亚美沮丧失望的脸，心情总算好了一些。

李亚美算是单位里和她相处最好的同事，性格大大咧咧，为人率真，是那种什么情绪都不会掩藏的人，张嘉颖也喜欢和这样的人相处。

"所幸及时识破了真面目，免得一头栽进去。你没见那俩小姑娘被治得服服帖帖？这一看就是个情场老手。"

李亚美拍了拍胸口、点了点头，然后看了张嘉颖一眼，"不过，嘉颖，看不出来啊，原来你还有这样的一面。"

平时张嘉颖话并不太多，人也挺好相处的，看起来不像是个暴脾气的人。

张嘉颖苦笑，这么多年来，她不过是用一张温和平静的面具把自己掩藏起来罢了，但最近这段时间，也不知是不是因为被逼到了一定的境地，她那些刻意收住的棱角和锋芒又渐渐展露。

或许，正是因为那天方梦的那番话触动了她什么。

这几年，她已经变得不再是自己了，而这样的生活又真是她所向往的吗？

张嘉颖回到家的时候，陆皓宇正窝在沙发上聚精会神地玩

着手机游戏，连她回来了都没发现。

屋子里一团凌乱，玩具、图书到处都是，女儿纹纹已经把整个屋子变成战场了。

六七岁，正是吵闹的年纪。

张嘉颖头疼地按了按额角。

今天婆婆林萍有事不在家，先前早早就给她打了电话，让她早点回来做饭带孩子。即使林萍知道她今天也有事，可能会迟回家，林萍也没想过要她儿子帮着做些什么？

在林萍的认知里，做家务、带孩子那都是女人要做的事，天经地义，即使这个女人有自己的工作和事业，家庭琐事也是女人必须做的。

"妈妈……"

正在翻玩具的纹纹察觉到张嘉颖回来了，立刻扑了过来。

也不知道玩了什么东西，一张小脸脏兮兮的，就连衣服上也都是颜料。

"我说小祖宗，你这都干什么了？"

张嘉颖看着满身狼狈的女儿，一个头两个大。

纹纹缩了缩脖子、吐了吐舌，没吭声。

"你怎么都不看着点孩子？"张嘉颖转头看向了沙发上不动如山的陆皓宇，语气里透着一丝责备。

她先前的气还没消呢，这会儿火气又蹿上来了。

"孩子好动正常，一会儿收拾一下不就行了。"完全沉浸在游戏里陆皓宇，一点儿也没察觉到了自己老婆生气了，甚至都没想起来，他们早上才刚吵过架。

张嘉颖正想开口，纹纹却忽然扯了扯她的衣袖，"妈妈，我饿了。"

张嘉颖抬头看了眼墙上的挂钟，现在都已经七点半了。

"刚才爸爸有没有给你弄点吃的先垫垫肚子?"在她接到林萍电话的时候，她就提防到这种情况，在回来前，就已经微信留言给陆皓宇，让他先给孩子弄点吃的垫肚子。

但很明显，这个男人根本没当一回事。

几天积累的怒火瞬间爆发，张嘉颖三步并作两步直接冲到了陆皓宇面前，然后一把抢走了他的手机。

"哎!"猝不及防的陆皓宇呆了片刻，这才反应过来，连忙伸手想要抢回来，"老婆，快还给我，我正在 PK 呢。"

"游戏重要，还是我们这个家重要?"

对于陆皓宇，张嘉颖多少有些恨铁不成钢。

陆皓宇"油条"惯了，并没有什么大志，再加上单位工作轻松，也没什么事，于是过惯了悠闲日子的他越发懒散了。

最近更是迷上了玩游戏。

可孩子还饿着肚子，他玩什么游戏?

意识到惹张嘉颖生气了，陆皓宇总算是回过神来。

"老婆，对不起，对不起，我这不是一时间忘记了吗?"陆皓宇勇敢直白地承认了错误。

有一种男人，是永远也不会觉得自己有错，认为自己做的全都是对;但还有一种男人，是动不动就承认错误，但永远都是知错不改。

陆皓宇就属于第二种。

这种更让人生气。

张嘉颖冷冷看了陆皓宇一眼，将手机扔还给他，然后直接

牵过纹纹的手。

"走，纹纹，我们去外面吃。先去洗干净。"拉着纹纹去洗漱间梳洗完毕，张嘉颖就要带纹纹出门。

纹纹眨了眨眼，看了眼沙发上神情懊恼的自家亲爹，奇怪地问："妈妈，爸爸不去吗？他肚子不饿吗？"

张嘉颖冷笑了一声："你爸他有游戏就够了。不用吃饭。"

学校的事还没跟他算清呢，现在又添一笔罪状。

"老婆……"陆皓宇无奈极了，想要补救，但张嘉颖没有给他这个机会。

"嘭！"张嘉颖直接就带着孩子出了门。

当然，最终陆皓宇还是追了出去。

虽说全程张嘉颖冷着一张脸，但所幸有女儿在，当着女儿的面，她也没给陆皓宇太大的难堪。

只是每每想起林清雅的死，想起林清雅老公的不作为，她就越发觉得，这样的生活并不是自己想过的。

这一夜，也不知是不是那助眠床垫的作用，张嘉颖终于闭上眼睛睡着了，只是依旧睡不安稳。

一整晚，她都在做各种稀奇古怪的梦。

她梦见了大学时期。

那个时候，身为学生会主席的她是多么意气风发、充满了干劲，甚至领着一帮小伙伴风风火火地干起了大学生连锁洗衣店的生意，迈出了人生创业的第一步。虽然那时每天都累得要死要活，但人生却有方向，她也知道自己究竟想要些什么，只可惜，人的一生不可能永远一帆风顺，往往在你以为前方将是一条康庄大道时，潜藏在暗处的挫折与失败正在静悄悄地等着

你踏进去，然后，让你一蹶不振……

画面一转，她看到自己坐在某个高楼上，一脸的绝望。

随后，她居然从上面跳了下来……

高空失坠的重力感让张嘉颖猛地睁开了眼睛。

外面天已经大亮了，而身边陆皓宇睡得依旧很沉。

张嘉颖抹了把脸，一脸的心有余悸。可能是林清雅的死给她造成了一些阴影，她居然会梦见自己跳楼？

曾经，在她人生最低谷的绝境里，她都没想过要跳楼。

张嘉颖起身，坐在了镜子面前，看着镜子里那张睡眼惺忪的脸庞。

年轻时的干劲早就随着时间的流逝而慢慢消磨殆尽，不知从什么时候开始，她已经缩进了龟壳，将自己牢牢保护在了自以为安全的区域里。

方梦说的没有错，她的生活就像一潭死水，可只有她自己知道，这死水的底下，其实暗藏汹涌、蠢蠢欲动。

她一直在死命压抑着这个渴望，她害怕踏出那一步，怕自己再次受到伤害，怕用现在安逸的生活去赌一个未知的未来。

可她……真的想改变……

"怎么了？"身后，原本还睡得死沉的陆皓宇竟不知何时清醒了。

"没事，做噩梦了。"张嘉颖起身走回了床边。

陆皓宇突然起身抱住了她，"是不是你同事的事影响到你了？"

昨晚他们吃完饭回来的时候，张嘉颖因为还在生他的气，并没有和他怎么沟通，但他多少也知道一点。原本他是想好好跟张嘉颖聊聊的，可张嘉颖一回家几乎是倒头就睡，这件事也就不了了之了。

被陆皓宇这么一抱，张嘉颖原本冰冷的心头总算温暖了几分，压在心底的郁气也跟着散了几分。

她懒洋洋地窝在了陆皓宇怀里，有些感叹生命的无常，"谁能想到呢，好好一个人就那么没了。其实清雅和她老公那种地步，就算是离婚，也比自杀要强……所以女人结婚一定要擦亮眼睛，免得找了一个人渣？"

听出张嘉颖的咬牙切齿，陆皓宇失笑，"我怎么感觉你拐着弯儿在骂我呢？"

"不骂你骂谁？"张嘉颖翻了一个白眼，"你说说你自己这几天做的都是什么事。"

"是，老婆大人骂得对，骂得对，是我的错……"

"你又知道错了，知错不改，有什么用？"张嘉颖对着陆皓宇又是一阵数落。

陆皓宇神色讪讪地摸了摸鼻子。

知道自己老公是典型的知错不改，张嘉颖也没指望他真能领悟到些什么，便正了正神色，说："皓宇，我已经想好了，我决定跟着方梦试试。"张嘉颖看着陆皓宇的眼睛，"也许还真能做出一点成绩来。"

陆皓宇一怔，"那你出版社的工作怎么办？"

"我不会辞职，就是利用工作之余的时间先干一段时间看看……"

"那家里怎么办？"这是陆皓宇的第一反应。

张嘉颖的心凉了两分，"家里不是还有你吗？"

"可我是男人。"陆皓宇有些不满，"你不会是让我带孩子做家务吧？"

"我没说让你全部做，我会尽量做到家庭事业两不误，只是偶尔忙不过来的时候，想你帮个忙。难道你连这点都不肯？"

"所以，你这是已经做好了决定，然后来通知我一声是吧？"陆皓宇满心不是滋味。

"我这不是在跟你商量吗？"张嘉颖轻叹了口气。其实她心里早已下了决定，就算陆皓宇反对，她也打算踏出这一步了。

陆皓宇看了张嘉颖一眼，"你确定是在跟我商量？"

张嘉颖没回答，但目光里的坚决却表明了她做这件事的决心。

陆皓宇撇撇嘴角，又补了一句："再说了，就算我答应，我看咱妈也不一定会答应。你要能说服她老人家，我没话说。"

在陆皓宇的心里，他早就猜到了结果。

自己的母亲怎么可能会答应？

母亲林萍骨子里其实也是一个比较强势的人，年轻的时候脾气更冲，里里外外都要她说了算。现在年纪大了，当年的倔强也跟着收敛了一些，也好说话了一些，但本质并没有变，否则也不会先斩后奏把孩子学校的事就这么给定了。

果然，当林萍听到张嘉颖的决定时几乎跳了起来。

毫无意外，又是一场争吵。林萍强烈反对张嘉颖跟着方梦一起干，陆皓宇也不偏帮着谁，只是站在中间"和稀泥"，把张嘉颖气得够呛。

她越发觉得憋屈，越发觉得自己当初结婚就是个错误。

张嘉颖随意披了一件外套，负气走出了家门去上班，她也需要透透气，让自己的心平静一下，好好想想这件事该怎么办？

才刚开出小区，张嘉颖就接到了方梦的电话。

方梦的电话可谓来得及时，张嘉颖当场就对着方梦疯狂吐槽了一番。

"方小梦，你说他们怎么就这么怕我出去创业？"

"还能怕什么？你跑出去创业了，家里的活谁干？孩子谁带？他陆皓宇谁伺候？"

张嘉颖听着话筒里方梦的话，不禁顿了顿，"我又不是他们家保姆，再说了，平时我上班，我婆婆也都会搭把手。"

"搭把手和以后全拉过来负责可是两回事。"

"陆皓宇不也在家吗？我也没想过让我婆婆一个人承担所有家务，再说了，谁说我们女人创业就是把家都给扔了？"

"哎，谁说不是呢？家家都有本难念的经啊，你家的不好搞定，我家的也难办，算了，我们不说这些烦心事了。我看中了一块场地，你要是有空的话。过来陪我看看呗。"

"我这还要上班……"

"跟领导请个假呗。再说，你带着情绪上班，也不怕把领导和同事都给得罪了……"

"我可比你有职业操守多了。"张嘉颖笑骂。

方梦毕竟是大小姐出身，以前也曾找过工作，当人手下，结果这大小姐脾气冲，一遇到不顺心的事，三两句能把领导怼得脸色发青、把同事骂哭……后来，这大小姐一想，这样下去不行，她受不了屈居于人下的窝囊气，于是就决定自己干。她和李景明一起做了一家外贸公司，倒是干得风生水起，只是需要她一直在外面出差，这次回来就是不想再过两地分居的生活，才想着回国东山再起。

"行，我请假。"张嘉颖回答，其实她心里也在蠢蠢欲动着，想看看方梦看中的场地。

"太好了。"方梦的欢呼声传来，"嘉颖我爱死你了。"

"别了，把你的爱留给你家李景明吧，对了，你婆婆病好了没？"

"好是好了，但总是隔三岔五地把她儿子叫过去，几乎都不给我和她儿子独处的机会。嘉颖，你说，我这婆婆是不是脑子有病？"

没看到表情，张嘉颖都能猜出方梦此时脸上的哀怨。

"你婆婆这是在跟你抢老公啊。"张嘉颖半开玩笑。

"谁说不是呢？"那边方梦暗搓搓地往黑暗里猜测，"你说他们是不是有什么不可告人的秘密？"

"别胡思乱想了，可能是因为老人家病刚好，想儿子多陪着她一些，你找机会好好跟你家李大孝子沟通一下……"

"行了，这件事我心里有数，我们一会儿哪里碰头……"

跟方梦约好了碰头地点，是京城一家有名的高档社区。之所以有名，不仅是因为这里地段好、配套资源好，更重要的是价格贵，不是一般人能承受得起的，但这家社区底商依旧非常抢手。

张嘉颖一脸诧异地看着方梦，"我说方小梦，你是不是疯了？这场地你打算出多少租金啊？你不是就卖个床垫吗？"

方梦瞥了她一眼，"谁跟你说我是个卖床垫的？我打算开一家高端上档次的俱乐部。"

"俱乐部?"张嘉颖诧异不已。

"要做就要做大。"方梦一边带路、一边说道:"我已经盘算好了,用这个场地开一家以睡眠为主题的体验俱乐部,具体名字还没想好……"

张嘉颖看了她一眼,"看来你还真准备大干一场了。"

"那还用说吗?你不会真以为我就卖个床垫这么简单吧?助眠床垫只是其中一个辅助道具,我要利用现在这些高科技产品,打造智能睡眠体验室,我方梦如果要做,就要做大。我跟说你,这治疗失眠可是有很多方法的,比如说,心理疏导、食物疗法、中药调节、物理疗法,甚至音乐疗法等等……"

"这准备工作做得不错。"

方梦对着张嘉颖妖娆一笑,眨眼放电,"就看我的好姐妹,你进不进我这个设好的套子里了。"

两人边说边笑,总算来到了方梦看中的场地。

这是一座临街底商,占地约两百多平方米,复式楼中楼设计,视野开阔。

"这地方不错吧?环境幽静别致,地方又宽敞。"

张嘉颖咂舌,"你要把这场地租下来,一个月多少钱?"

"两万。"方梦耸肩,"我朋友介绍的。我跟你说,这户主可是个潇洒多金的大帅哥,看到我这个大美女,合眼缘,就给了一个友情价。"方梦说着还搔首弄姿地眨了眨眼。

张嘉颖忍不住笑了,"能被你夸成这样,看来那还真是一枚大帅哥。"

方梦向来就是个颜控。再加上家境不错,结婚前,什么家世好的极品帅哥没见过?但大多数都没给她留下什么深刻印

象，倒是那个长着一副好皮囊的李景明入了她的法眼。

"那可是极品，你要是没结婚，我准给你们拉红线。"方梦半开着玩笑，其实她一直觉得自己的姐妹可以配上更好的男人。

那个陆皓宇呢，温柔归温柔，但也平庸。这么多年，竟还是一个小小的科员，又没什么太大的上进心，多数时候都是得过且过，所以连孩子的学区房都买不起。

不像李景明，虽说家境不太好，但他努力啊，而且是铆足劲地拼搏，在方梦的资助下，他那间外贸公司也干得有声有色，甚至可以说风生水起。

"少来。你自己留着吧。"张嘉颖不客气地怼了她一句。

两人笑闹着，张嘉颖忽然看到了角落里的一个沾了几分尘灰的招牌。她走过去，拿起来一看。

"伊人高端养生院？这里原本是开养生馆的？"张嘉颖疑惑地看向方梦。

她说着，环顾了眼四周，发现里面的装修并不像是有大动过的样子，更别提像一间养生馆了。

"是啊，这里原本是想开一间养生馆的。听说这什么伊人养生的老板租下来后，就一直在搞装修，谁知这装修一搞就大几个月，后来不知道为什么又不做了，连押金都没要，人就走了，于是这地方我就接盘了。"

"不会有什么猫腻吧？"张嘉颖素来谨慎，不禁多问了一句。

"你就放心吧。能有什么猫腻，我租赁合同都是请律师看的，妥当得很。"

"那就好。"张嘉颖松了口气，随即四处观望着，"运气不错，这种房型你这月租确实很便宜了。"

"你看看，我打算这里开音乐疗法室，这边弄成物理调节室，还有这里，我会弄成各种主题的睡眠体验间……"方梦兴致勃勃地介绍着，带着张嘉颖一间间房间看过去。

"怎么样？我的想法不错吧？"

其实，说真的，方梦真是一个很有商业头脑的人。

张嘉颖这一圈逛下来，还是有些意动的。

"怎么样，跟我做吧，姐妹！虽说万事开头难，但我们俩姐妹双剑合璧，肯定能做得风风火火！再说了，我也没让你辞职啊！先利用闲暇时间跟我做，而且创业初期我肯定需要信得过的帮手，怎么样？好好考虑一下吧。"方梦拍了拍张嘉颖的肩，笑容里带着毫不掩饰的蛊惑。

张嘉颖忽然收起了笑容，"不用考虑了。"

方梦顿时垮了脸，"你不会真退缩了吧？"

"我决定，跟你干了。"

"耶！不愧是我方梦的好姐妹。来！"

方梦伸出手，两个人如同年轻时一般，举掌互击的同时，也从彼此的眼睛里看到了对未来的憧憬和希望。

前路虽还很艰难，但就算披荆斩棘她们也要闯出一条路来。

第二章
压垮成年人的稻草

两个女人兴奋地在房子里讨论了一下装修方案，走出来的时候，天都已经有些黑了。

如果不是陆皓宇的夺命连环 CALL 都来了好几波了，张嘉颖可能还没想过要回家。

按方梦的话来说，她一直拧紧的水龙头一旦开闸，那水流汹涌，可能连她自己都刹不住。

"回去还是要跟你们家陆皓宇好好说道说道，我们刚开始创业，肯定会比较忙一些……"

方梦正和张嘉颖边走边聊，突然前方传来了一阵争执声。

"孙承越，你是不是有病啊？我说过，你不要再来找我了。我们已经分手了。"

女孩的声音里带着明显的不耐，男孩却是语带祈求。

"漫漫，我只是向你求婚，你不答应就算了，为什么还要跟我分手？"

"当初我们交往的时候就说过了，我们只是单纯的谈恋爱而已，OK？"

"可是……"

"没有什么可是！走走走，你别影响直播，我这马上就要开播了。"

"漫漫，给我一个机会吧？漫漫，我真的很喜欢你……你不能这么不负责任，我们谈恋爱谈了三年，你怎么能就这样把我甩了？"

男孩还在苦苦哀求着。

"孙承越，你烦不烦啊？"女孩却明显怒了，"我说了，我不想结婚，你是听不懂吗？你快走，快走……别影响我工作……"

……

女孩的嗓音渐渐拔高，那边声音也越发嘈杂，很显然是吵起来了。

张嘉颖和方梦对视了一眼，从彼此的眼里看出了无奈。

这一对小情侣的剧本是不是拿反了？

不是一般都是女方急着结婚，男方不肯吗？怎么在这一对的身上，是男方求着女方结婚？

突然，那边传来了一声尖叫，像是刚才那个女孩的声音，紧接着，男孩愤怒的声音响起："漫漫，你不肯跟我结婚，是不是移情别恋了？如果你不肯答应我，我今天就死给你看！"

围观的人群中，一个二十多岁的年轻小伙子手里拿着匕首，正对着自己的手腕，锋利的刀锋已在手腕上划出了一道细细的血痕。

"快把刀放下！"男孩的对面，一个年轻漂亮的女孩声音里透着惊恐。

张嘉颖和方梦挤进人群，就看到这样的一幕。

"漫漫，你要是不答应结婚，我活着也没意思了。是你逼死我的！"男孩依旧以死相逼。

而那个叫漫漫的女孩，小脸早已吓得失去了血色，嘴里只是喃喃念着："快拦住他！拦住他！"

张嘉颖就想冲出去阻止，手腕却被人扣住了。

"他现在情绪激动，你就这样冲出去，只会适得其反。"

男人的声音有些耳熟，张嘉颖回过头，撞入眼帘的竟是一张熟悉英俊的脸。

"怎么是你？"

阻拦张嘉颖的男人正是那天在林清雅灵堂上碰到的季扬。

季扬看了张嘉颖一眼，"他拿着刀，可不像那天那样只动动嘴皮子就完事了。"

男人的五官太过出色，即使只是嘴角微扬着，那双桃花眼也随之潋滟生辉，看起来一副深情款款的模样，但此时在张嘉颖眼里，怎么看都像是故意讽刺和挑衅。

她不客气地怼了回去，"那也比有人见死不救犯怂要强。"

季扬微愣，显然没想到张嘉颖对自己有这么深的成见。

一旁的方梦也是目瞪口呆，正想问他们是不是认识，张嘉颖却趁着季扬愣住的当口，用力挣脱了季扬的手，随后从包里翻出手机，就要报警，但旁边有路人快了一步。

"喂，110 吗？"

听到"110"三个字，受到刺激的年轻男孩眼里露出了疯狂的神色，"不准报警！你们谁也不准报警，漫漫，既然你不爱我，那我们就一起死吧！"

男孩突然拿着刀朝女孩冲了过来。

张嘉颖一惊，竟想也不想就冲了出去，眼明手快地将女孩往旁边一拉，男孩顿时刺了一个空，却又转头就朝女孩和张嘉颖扑过去。

"嘉颖!"方梦吓得魂飞魄散,"快救人啊!"

眼看锋利的尖刀就要刺到张嘉颖,突然,一道高大的身影扑了上来,直接就从后面抱住了男孩。

是季扬。

"放开我!放开我!"

男孩疯狂挣扎着,举着刀就往季扬身上刺去,幸好季扬机警,眼见情况不对,放开男孩就往后撤。男孩似被惹毛了,直接就转移了攻击目标,疯狂地朝季扬刺去。

"快帮忙!"张嘉颖回过神来慌忙急喊。

这一声喊,终于惊醒了四周也被惊呆的路人。

围观的人群顿时蜂拥而上,众人联手将那陷入疯狂状态的男孩给制住了。

方梦连忙跑向张嘉颖,"嘉颖,你没事吧?"

张嘉颖脸色苍白得可怕,心有余悸地摇了摇头,然后低头看了眼被自己拉住的女孩,"你呢?没事吧?"

吓呆的女孩终于回过了神,看着乱哄哄的人群,还有被人群制住的前男友,突然放声大哭。

一场闹剧随着警察的到来而落下了帷幕。

除了当事人,作为目击证人,张嘉颖、方梦还有季扬自然也都跟去做笔录了。

一番折腾下来，众人可谓心力交瘁。

走出警局的时候，方梦的情绪还没从先前的惊心动魄中走出来，脸色和张嘉颖一样难看，"现在的小年轻谈恋爱都这么疯狂了吗？分个手就要拿刀子捅？"

张嘉颖叹了口气，"现在很多年轻人心理承受能力都不够强，也容易走极端。你没看网上那些新闻吗？因表白失败而被伤害的女孩子可不少……"

方梦一脸怕怕的表情，"是啊，现在生病的人可真不少。我指的是，心理上的病。幸好那个女孩子跟这个男孩分手了……这要是结了婚，保不齐就是一个家暴的受害者……不过，那个陈漫说话语气也太冲了一些……"说着，方梦不满地瞪了张嘉颖一眼，"还有你，你还真能逞英雄啊！就这么冲出去，真是吃了熊心豹子胆！"

张嘉颖挑眉，"总不能看着那小姑娘被伤害吧？"

"可你做事也没考虑后果，冲动行事的结果，就是除了把自己也搭进去，还连累了别人。"

随后从警局走出来的季扬，心里多少还憋闷着一股子气。

他直觉这个叫张嘉颖的女人对自己有强烈的成见，在警局录口供的时候，语气里也是夹枪带棍的，让他挺不好受的，可他好像没把人得罪过吧？

更何况，加上今天他们也才见过两次而已。

身后那道熟悉的男声让张嘉颖没好气地转过了身，"季先生，我很感激你刚才的出手相助，但我并不认为我有错，我要是不拉那个陈漫一把，她已经被她前男友给捅了。你觉得当时在那种情况下，有时间给你考虑吗？"

其实当时她也只是本能反应，她离那个女孩最近，不可能见死不救。

季扬拧了拧好看的眉，"从生理构造上来说，女人的体能天生比不过男人，你冲出去就是去送人头的。"

"我送不送人头，是我自己的事，我看就不需要季先生替我操心了。"说完，张嘉颖朝季扬露出了一抹假的不能再假的"礼貌性"微笑，然后转头看向方梦，"方小梦，我们不跟无聊的人多说，走。"

"不是，你们……"方梦还想说些什么，却被张嘉颖拉着就往前走。

"这人就是个人渣，别理他。"张嘉颖低声说。

方梦脸色有些古怪，"人渣？"她上下打量着张嘉颖，"他哪里招惹你了？"

"他……"

张嘉颖正想回答，季扬的声音却再度响了起来。

"张女士，在人背后说坏话好像不太礼貌吧。"

"你这人怎么阴魂不散？"张嘉颖忍不住开怼。

季扬简直气笑了，"怎么？这条路是你张嘉颖开的？"

从警局出来就只有这一条路，他不能走了是不是？

"我说季先生……"张嘉颖正想反驳，却被方梦打断了。

"你们俩之间是不是有什么误会？"

张嘉颖看向方梦，"没什么误会。"

"方梦，这个不会就是你说的你那位合伙人吧？"

季扬这句话让张嘉颖品出了几分不对劲，"你们认识？"张嘉颖问方梦。

方梦尴尬地笑了笑，"认识认识。"

张嘉颖将方梦拖到了一旁，"方小梦，你什么时候认识了这种人？"

"不知道在张女士眼里我是哪种人？"

"没有礼貌、轻视女性、自以为高人一等的大男子主义花花公子……"张嘉颖不客气地点评季扬。

方梦拉了张嘉颖一把，"嘉颖，我觉得这其中可能……"

"方小梦，你究竟站在哪一边？"

"我……"

"跟这种人，我们还是少往来比较好……"

"别说了。"方梦重重吐出一口气，"嘉颖，他就是我先前告诉你的那个潇洒多金，还给了我们很优惠的友情价的房东。"

张嘉颖愣住，"你说什么？"

季扬冷笑，"看来，我这种轻视女人、高高在上的男权主义花花公子，就不应该给女性创业优惠价啊，相反，我是不是应该涨房租？"

"哎，别，别，季大帅哥，季大帅哥，我们有话好好说好好说……"方梦开始撒娇，"我相信，你和嘉颖之间只是误会一场，误会解开了，自然就什么事也没有了，是吧？"

"行，你要涨房租是吧，我们不租了。"张嘉颖火也上来了。

"苍天，饶了我吧！"方梦懊恼地一拍脑门，连忙将张嘉颖拖到了一旁，"嘉颖，你这是怎么回事？平时看你挺冷静一人，怎么遇到季扬就这么暴躁冲动？"

"我只是看不惯有些人……"其实连她自己也弄不清楚，为什么非揪着季扬的错处不放。

"别了别了，我签的是长约，我们要解约了，要赔死的。"

"你签了几年？"

方梦举了五个手指。

"五年？你疯了？我们这还什么都没开始，你一签就签五年？"

"这么便宜的价格，不签就是傻子好不好？而且我还在合同规定了不准涨房租，季扬也答应了，只要我们不出幺蛾子，不自行解约，我们就不会赔偿。"

"如果违约，我们要赔多少？"

"一次性付清五年租金。"

"这是打劫吧？"张嘉颖惊了。

"我这也是为了表达我的诚意嘛。季扬就是想将房子租给知根知底的人，不要糟蹋了他的房子，好像是以前吃过这方面的亏……"

张嘉颖沉默了。

季扬神色从容、双手环胸，就靠在身边的大树上等着她们。

"你们商量好了吗？是解约，还是……"

"季大帅哥，季老板，解约那是不可能的。我们肯定会租满五年，只要你不涨价。"

"好了，合同既然都已经签了，我也不是那种没有契约精神的人……"季扬起身，看了张嘉颖一眼，然后又将目光落到了方梦身上。

"方梦，你这位朋友可能对我有些误会，回头就麻烦你帮我多解释解释。"

季扬挥挥手，转身就走了，潇洒而率性，连头都没有回。

方梦大大松了口气，"好险，差点儿连房子都没了。"

张嘉颖看着季扬远走的背影，"难道我真误会他了？"

刚才她原本以为季扬会揪着她的过错不放，没想到，这么轻易就放过她了。

"嘉颖，你倒是给我说说看，你们俩到底有什么误会？"

张嘉颖便将那天在林清雅家的事简要说了一遍。

方梦哭笑不得，"季扬不是那种人。他交友很广，那人虽然有可能是他朋友，但也许只是点头之交的那种……"说着，方梦拍了拍张嘉颖的肩膀，"姐妹，你真的误会人家了。"

张嘉颖挑眉，却是沉默不语。

也许她先入为主不对，但那天季扬身边美女环绕却是实情。

这男人也许不坏，但绝对不能深交。

方梦一直是个执行力很强的行动派。

张嘉颖刚答应，方梦就把七七八八的手续、场地、装修方案全都置办妥当了。

"病友俱乐部？"张嘉颖看着方梦手里的俱乐部计划方案，挑了下眉，"怎么想起用这个名字了？"

"失眠也是一种病啊，而且是心病。来这里治病的人，不都是病友吗？怎么样，这名字？"

方梦的解释果然简单又直接，张嘉颖给她点了一个赞。

"这名字挺好的。"张嘉颖点头，又随手翻了翻方梦的方案，"我们打算什么时候开业啊？"

"半个月后吧？还有一些器材没到，我们再招几个人……"

方梦和张嘉颖在装修的一半的俱乐部里兴致高昂地讨论着俱乐部未来的方案与方向，结果这一讨论就停不下来了，两个人连吃中午饭都只是匆匆点了外卖，然后随意吃了两口继续工作，根本连时间都忘记了。

当张嘉颖意识到什么的时候，外面的天色已经黑了下来。

"糟了！我答应了纹纹今天陪她去游乐园。"

今天是周末，早上出门的时候，她还跟纹纹约好，两点钟左右会回来接她去游乐园。孩子刚上学，其实还有些不太适应，情绪也不是很高，她原本打算带孩子放松放松，结果一投入工作她就忘记了。

张嘉颖连忙从包里拿出手机，这才发现自己早上无意中点了静音，手机里有几十个未接来电，微信里也有一大排的语音留言。

其中大部分是纹纹的儿童手表打来的电话，有几个是陆皓宇的，甚至还有一个是婆婆林萍的。

"这回惨了。"方梦凑过去看了眼张嘉颖的未接电话记录，脸上浮现出了一丝内疚，"也怪我，一说起来太兴奋了……"

"跟你没关系。我自己也有责任。"张嘉颖苦笑。

她何尝不是太过兴奋了？藏在心底的猛兽被释放了出来，几乎一发不可收拾，就在今天，她感觉自己找回了多年前的自

己，然后就有些忘乎所以了。

张嘉颖回拨了纹纹的号码，谁知接电话的不是纹纹，而是林萍。

"张嘉颖，你还知道打电话回来啊?"林萍显然还在气头上，语气肯定不太好，甚至连名带姓地怒吼出声。

张嘉颖曾听陆皓宇说过，他妈年轻的时候其实是个吵架一把手，得理不饶人，很多人都怕她，包括他去世的父亲。就在他爸去世的前几天，他妈还逮着他爸大吵了一通。没过几天，他爸就突然心梗去世了。当时他妈可能是觉得他爸的死她多少也有些责任，后来脾气就收敛了很多。所以，嫁给陆皓宇这么多年，张嘉颖还是第一次听到林萍这样冲的语气。

张嘉颖自知理亏，深吸了一口气，低声问道:"妈，纹纹呢?"

"把自己关在房间里生闷气呢，这一天饭也不吃，我正在想办法哄她出来。你快点回来!"

"我现在就回去。"张嘉颖挂了电话，就往外走。

"嘉颖，包!"方梦一眼瞄见了张嘉颖落在了沙发上的包，连忙拿着包就追了出去。

可惜，方梦没追上人，只能悻悻然拿着包折回俱乐部，谁知拐过一个弯道的时候，她差点儿迎面撞上了一个孕妇。

方梦一惊，下意识就往旁边拐，这一下，就把脚给崴了。

那孕妇长相清秀，个子也不高，肚子已经很大，显然快了生了，这一下，她也被吓得不轻，面色更是微微发白，方梦当下也顾不上自己的脚疼了，连忙一瘸一拐地走过去。

"你没事吧? 不好意思啊，我刚才没看到。"

孕妇脸色难看，原本张口就想开骂，然而当她看到方梦的脸时，却愣了一下，那一声骂也随之咽了回去，神色甚至变得开始有些躲闪。

"没事，没事……"

孕妇丢下话，转身就要走。

方梦却一把拉住了她，"需不需要去医院检查一下？刚才我也不知道有没有撞到你肚子……"

"没事，我说不用了。"孕妇急急忙忙甩开了方梦的手，扶着腰急匆匆地离开。

"真是奇怪，怎么跟碰见鬼似的……"方梦不解地低喃，心神一放松，这才察觉到自己脚踝传来钻心般的疼痛。

"疼疼……"方梦弯下腰，按揉着自己受伤的脚，一眼就看见了一旁地面上张嘉颖的包。

都是这个包的错！

方梦拿出手机，正想打电话给张嘉颖，却又改了主意，随手拨打了李景明的电话。

"喂，景明，快来救我，我正在××花苑小区，我脚崴了，好疼啊……"方梦一给李景明打电话，就不自觉地带上了撒娇的语气。

她从小就是被捧在手心里长大的，就算找老公，当然也是要找个宠她的。

李景明除了处理婆媳关系问题上差一点之外，其他方面对方梦还是蛮好的，是个嘘寒问暖的暖男。

当时方梦会被李景明吸引，不正是因为李景明暖男的特质吗？

方梦打完电话，便就近找了个长椅坐了下来，等李景明来接她。

其实能住在这个小区的一般都算是有钱人，她当初会选个地址，除了考虑环境之外，也是盘算着，将这个小区里的住户转化为自己的客户。

不一会儿，李景明就匆匆忙忙赶来了。

方梦优雅地靠着长椅，看着为自己匆忙而来、满头大汗的男人，突然间产生了一种强烈的成就感。

你看，她一个电话，她的男人就心急火燎地赶过来了，说明她在他的心中占据着极重要的分量。

忽然间，方梦这两天因为李母的事对李景明的郁气也散了些。

"这么快?"方梦笑着看了眼腕上的手表，居然不到十分钟，李景明就赶来了。他今天没上班，家里离这个小区可不近。

"我正在附近办事呢。"李景明气喘吁吁地在方梦面前站定，看了眼她的脚，"这脚怎么伤了?"

男人蹲下身子，为她轻轻按揉着受伤的脚踝。

"啊，疼……"方梦疼得五官都皱了起来，她从小娇生惯养，哪里受得住疼，"轻点，你轻点……"她下意识一巴掌就朝李景明脑袋上盖了下去。

那一瞬间，李景明脸上有了瞬间的僵滞，手也松开了些。但很快，他的脸上就恢复了笑容，"看来伤得挺厉害，还是去医院看看。"

方梦不客气地直接趴在了李景明背上，"背我。"

几乎是如同命令般的语气，李景明也没反驳，老实地将方梦背了起来。

"李景明，我跟你说啊，我这几天可是生了很久的闷气了，你就光顾着你妈，都不哄着点我……"

"老婆，我妈这不是病了吗？"

"她病早就好了。"方梦不满地撇嘴。虽说她在商场上雷厉风行，也算是行业精英，可一面对李景明，她就忍不住开始小女人起来。

即使她现在已经是一个孩子的妈。

她向来觉得，女人在男人面前，就应该有小女人的娇态。撒娇、小小的无理取闹，这在方梦眼里都是夫妻间的情趣。

张嘉颖回到家里的时候，陆皓宇正懒洋洋地瘫在沙发上看着手机，而林萍则一脸焦急地敲纹纹的房门。

张嘉颖扫了眼沙发上置身事外的丈夫，三步并作两步走了过去，"怎么样？纹纹她……"

"房间的门反锁着，孩子在里面闷了有快两个小时了。"林萍语带怨气，"你是怎么当孩子的妈的？"

林萍的责难，张嘉颖全受了，没有反驳一句。

她知道，这次确实是自己做得不对。是她忘记了时间，没有遵守和孩子的约定。

"纹纹，快开门，是妈妈回来了。"张嘉颖耐着性子，继续

敲女儿的房门。

终于，房门"吱呀"一声打开了。

"妈妈，你说话不算数！"纹纹满脸的泪水和委屈，"我一大早就起来等妈妈带我去玩了，结果，妈妈把我们的约定给忘记了。"

"对不起，对不起，是妈妈不好。"张嘉颖蹲下身体，将纹纹抱进了怀里，轻声安抚。

所幸女儿还算乖巧，在安抚了几句、并许下承诺第二天带她出去游玩之后，马上就自己乐颠颠地跑去看电视了。

等张嘉颖如释重负地吐出一口气时，沙发上陆家母子俩早就坐在那里等着她了。

张嘉颖硬着头皮走过去去，"妈，这件事……"

林萍却是一举手，阻止了张嘉颖继续说下去，"嘉颖，你告诉我，你是不是非要放着好端端的家庭不管，跟着方梦去做什么创业的事？"

林萍的目光里透着不满。

张嘉颖结婚这么多年来，虽说平日里与林萍也有些小摩擦，但这样的剑拔弩张，还是第一次。

张嘉颖苦笑了一声，"妈，您说什么呢？我从没说过不顾家……"

"这才刚开始，你们现在那个什么俱乐部还没开张吧？还没开张，你就已经忘了跟孩子的约定了，等那什么俱乐部正式办起来，你可能连回家吃饭的时间都没有……"林萍越说脸越沉，"当年，皓宇他爸就是好好的事业单位不干，非要去做什么创业，追求梦想，结果呢？事业没起色，工作也丢了，后来才会……"

说到这里，林萍哽住了声。年轻时候的经历，她不想多谈，但她不想张嘉颖走了以前自己丈夫的老路。

"妈，我没想过辞职，我就是想试一试。"

"试一试？有什么好试的？我们陆家是缺了你一口吃，还是缺了你穿？需要你这样去大张旗鼓地折腾什么事业？"林萍神色激动了起来，"张嘉颖，你没成家的时候，你可以想做什么就做什么？但现在你是陆家的儿媳，是纹纹的妈妈，你在做什么事之前，我希望你先考虑清楚，究竟什么事该做？什么事不该做？"

张嘉颖直视着林萍的眼睛，"妈，这件事我既然决定了，就一定会坚持下去。当然，我也不会因为做这件事，而忽略了自己当母亲的职责、当妻子和儿媳妇的义务……"

"你确定你能应付？确定能同时兼顾？"林萍毫不客气地反问。

"能。"张嘉颖点头。

"好，那我倒要看看，你能做到什么地步。"林萍冷笑了一声，转身回了房间。

林萍一离开，张嘉颖就像是脱了力般瘫坐在沙发上，半天没有说话。

"老婆，你就别惹妈生气了，听老人家的话不会吃亏的……"

沙发上正沉迷手机的陆皓宇眼见争吵结束，这才慢条斯理地挤出一句。

这句话顿时让张嘉颖怒火攻心。

刚才她们婆媳争吵的时候，他就在一旁当透明人，当成什么也没看见，现在结束了，也只是附和了他妈的话，从来没站在她的立场为她想过。

张嘉颖张了张嘴，想说些什么，但看着陆皓宇沉浸在手机游戏里的那张兴致勃勃的脸，突然间失去了沟通的欲望。

还有什么好说的？

说得再多，这个男人也不会改变的。

客厅里，只有电视播放少儿节目的声音。

张嘉颖疲累地起身，正想回房休息，眼角的余光却瞥见了一道小小的身影——是女儿纹纹。

刚才的争执，她肯定都看在了眼里。

看着纹纹那张怯生生的小脸，张嘉颖忽然觉得心疼又愧疚。

"纹纹，过来。"

纹纹朝张嘉颖飞身扑了过来，扑进了她的怀里，"妈妈，你们不要吵架了好不好？我以后再也不说出去玩的事了？"

孩子稚嫩童音里的哀求和惶恐，让张嘉颖哽住了声，"纹纹，没事，这件事跟你没关系。"

张嘉颖将女儿揽入了怀里，轻声安抚着，但此刻，她的心底也陷入了一种迷茫。

她是不是真的做错了？

WAIT 咖啡厅里，张嘉颖独自沉默地喝着咖啡。

家庭的压力和不支持，让自己出现了犹豫和迷茫，她很想继续走下去，可她的背后没有坚强有力的后盾和依靠。

这两天她又失眠了，即使是睡着，也是不住地回想起当年那些充满了挫败与痛苦的过往，她不由得又开始怀疑自己，怀疑自己的决定是否正确？

失神间，有熟悉的脚步声传来。张嘉颖抬起头，就看到方梦穿着一身休闲装，脚上竟然踩着一双帆布鞋，她不由愣住。

"你这一身是什么打扮？"

哪一次方梦不是光艳亮丽地出门，今个儿这一身还真是出人意料。

"别提了。"方梦一瘸一拐地走到张嘉颖对面坐了下来。

"你的脚……"

"还是为了你的包？"方梦将手里的包放到了张嘉颖面前，"你昨天跑得太快，连包都忘记了，我为了追你，结果差点儿撞上一个孕妇……为了避开她，这下倒好，自己把脚给崴了……"

张嘉颖把包收了起来，看了眼方梦的脚踝，"没事吧？"

"没什么大事。弄了点药，现在消肿了，就是还有点儿疼。"方梦招呼服务生点了杯咖啡，"看你这样子，好像也不太顺心啊。昨天回去后没什么事吧？纹纹那小家伙还生气吗？"

张嘉颖苦笑，"小孩子哪会记仇，记仇的是大人。"

张嘉颖把昨天发生的事简单说了一遍。

方梦不以为然地撇嘴，"搞得女人离开家庭去创业就跟犯罪一样。"

"可他们说的也没错，我好好的生活不过，瞎折腾什么

呢？"张嘉颖撇嘴自嘲。

方梦翻了个白眼，"现在很多女人啊，在看似美好的生活下，其实藏着的是苍白而无趣的自我，这就是目前最真实的女性生存状态。"

张嘉颖看了方梦一眼。

"这样看着我做什么？爱上了我啊！"方梦笑。

"只是觉得你这么多年都没变，说话还是这么一针见血。"张嘉颖耸肩。

方梦端起"WAIT"喝了一口，"我说姐妹，你以前说话做事，可比我犀利有冲劲多了。那才是真真正正的张嘉颖，会发光的张嘉颖，想当年陆皓宇不正是被你这种特质吸引吗？怎么结了婚以后，就缩进了自己的龟壳里了？"

"女人一旦结了婚，要承担和顾虑的东西就多了。"张嘉颖叹了口气。

所谓婚姻不是公主王子从此过上了幸福的生活，而是新的责任和麻烦的开始，一旦进入婚姻，社会角色就骤然增多。

"可不是嘛？现代社会我们女人要扮演的角色太多了，生来就是父母的女儿，结婚后有了妻子、儿媳妇的身份，生了孩子就升级成了妈妈。"方梦感慨连连，"我们既承担着现代社会人的义务，同时又无法摆脱家庭带来的重负。不是为了孩子而活，就是为了丈夫而活，或者是为了事业而活。怎么就不能为了自己活一次？"

"你这辈子倒是活得洒脱！"张嘉颖看了方梦一眼，多少都有点儿羡慕。

她和方梦不一样，她心有心结，而且有所顾忌，否则不会这么犹豫不决。

"你完全可以做到和我一样，而且你又不是没洒脱过？再说了，我们又不是说为了追求自己的梦想，家庭什么都不顾了。"方梦放下了手里咖啡，"我觉得这两点也不冲突啊，你看，我老公就很支持我。"

"他能不支持你吗？你可是家里的女王，你说了算。"

"你也能当女王嘛。"方梦不以为然地丢出一句。

张嘉颖挑眉，"家情不同，应对之策自然也不同。"

"家情？"方梦笑了出来，"亏你说得出来，你啊，就是把陆家的成员角色看得太重了。不能为了婚姻失去自我啊。"

张嘉颖笑了笑，没说话。

是啊，在婚姻的围城里，她早已失去了自我。

"你再想想，人生原本就充满了很多不确定性和意外。就你和陆皓宇那份死工资，能做什么？随便一场意外都能压垮你们，我们又为什么不趁着现在还年轻、还有冲劲，为自己为家人孩子打造一个充满希望的未来呢？"

张嘉颖看了方梦一眼，眼底还带着几分犹豫，"那万一打造出来的，不是一个充满希望的未来，而是另一个绝望的苦果呢？"

"姐妹，我们还没开始干呢，你就这样泼我凉水啊？现在我们正处在人生的紧要处，就看你怎样抉择了，你想过什么样的人生，就做什么样的选择！如果你还想过以前那种安逸平淡的生活，就当我没说……"方梦的目光犀利了起来，仿佛要看透张嘉颖一般，"可我觉得，你其实早就做好了选择了，只是还需要有人推你一把。"

张嘉颖看了方梦一眼，苦笑，"不愧是我的好姐妹。"

"说吧，你是继续干还是不干？"方梦直视着张嘉颖的眼睛问。

那气势虽咄咄逼人，却也让张嘉颖下定了决心。

"干，为什么不干？"张嘉颖眼底多出了一抹坚决，"我就偏要做出一点成绩让他们看看。"

毕竟，充满了激情和色彩的人生，曾经是她追寻的梦。

既然决定要继续干，张嘉颖和方梦便开始忙碌了起来。

张嘉颖每天除了上班，就是去病友俱乐部，装修、买器材、招人……还有熟悉相关资料，简直就是忙得不可开交，这也造成了她和陆皓宇之间好几天都没好好说一句话。

林萍其实是不满的，但她再不满，倒也没有和张嘉颖撕破脸，只是时不时地打电话给张嘉颖，让她办这办那、买这买那，还都是急用。

于是张嘉颖变得更加忙碌了起来。毕竟她是跟林萍打了包票的，说自己一定能兼顾，能做好所有她应该做的事。

夜幕降临，好不容易跟方梦制定完睡眠体验室的装修方案，张嘉颖的电话就响了起来。

是林萍的电话。

最近张嘉颖看到"婆婆"这两个字的来电显示都有心理阴

影了。

"嘉颖啊，孩子今天作业很多，我老眼昏花，根本看不清那些字，你再不回来，明天纹纹交不上作业可就要受到老师的批评了。"

林萍的语气和态度不算冷，但也不算热，张嘉颖知道，她这是在逼自己回去。

"皓宇呢?"

"皓宇加班呢，怎么? 嘉颖啊，你不会连你老公今天加班都不知道吧?"

被林萍这阴阳怪气的话一堵，张嘉颖差点儿一口气上不来，她深吸了一口气，压下了心头的抑郁，"妈，我这就回来。"

张嘉颖挂了电话，眼底满是无奈。

"你婆婆又为难你了?"方梦一脸的同情，"她摆明了就是不想你出来创业，所以才想方设法刁难你。"

"没办法，这一关总是要闯过去的。如果得不到她的认同，我以后也很难办。"张嘉颖收拾了一下自己的包包，"那我先回去了。"

"这里就交给我吧。"方梦拍了拍张嘉颖的肩，带着点语重心长的味道，"革命尚未成功，同志还需努力啊。"

被方梦这一调侃，张嘉颖的心情总算好了一些。

然而当她推开家门时，便敏锐地感觉到家里不同以往的气氛。

"纹纹啊，你妈终于舍得回来了。"客厅里林萍的声音刚落，女儿纹纹就飞奔而出。

"妈妈。"纹纹小跑过来，拉住了张嘉颖的手，"妈妈，我有一道数学题不会做，你快帮我讲讲。"

"好。"张嘉颖放下手里的包，连气都来不及喘一口气，就打算开始给孩子辅导作业，谁知刚牵着纹纹往书房走，就看见主卧里陆皓宇开门走了出来。

张嘉颖脚步一顿，"你不是加班吗？"

"我没加班啊。"陆皓宇耸了耸肩，转头就又在沙发上瘫了下来，拿起了手机翻看。

张嘉颖看了眼林萍，发现她竟然直接当成没看见，继续看自己的电视节目。

"你在家，为什么不给孩子辅导作业？"张嘉颖只觉一丝火气狠狠地堵在了胸口，让她整个人都要烧了起来。

陆皓宇拧眉，正想回答，客厅里林萍却不咸不淡地插了一句："嘉颖，你可是孩子的妈。而且当初说要给孩子打好基础，还非要去弄学区房的人也是你，就算如今弄不成好学校，你这当妈的想要给孩子打基础，也应该负起这个责任吧？"

"妈，难道皓宇就不是孩子的爸爸？他就没有给孩子辅导功课的责任？"或许是这些日子的劳累已让她积累到了一定的临界点，张嘉颖声音不由拔高了些，嗓音里也多出了一丝怒火。

陆皓宇尴尬地摸了摸鼻子，"我来吧。你去休息一下。"

虽然他比较懒，但还不想将彼此的关系搞得太僵，偶尔服个软，他还是做得到的。

见陆皓宇带着孩子就要进书房，张嘉颖难看的脸色终于缓和了一些。

"站住！"谁知林萍发话了。

陆皓宇脚步一滞，转过身，无奈地喊了一声："妈。"

"妈什么妈？"林萍怒气冲冲地走过来，一把将纹纹从陆皓宇手里抢了过来，然后将纹纹的手交到了张嘉颖手里。

纹纹察觉到了大人之间的剑拔弩张，有些不知所措。

"嘉颖，你忘记你曾答应过我什么了？"林萍看着张嘉颖，那神情没有丝毫回旋的余地。

张嘉颖深吸了一口气，摸了摸纹纹的小脑袋，"走，妈妈教你功课。"

带着纹纹走进书房，关起房门的那一刻，她还听到林萍在那里抱怨，"是她自己说过，会把一切都安排好，自己说出来的话，就要负责任。皓宇，你就不打算管管你老婆吗？"

"妈，您又不是不知道嘉颖的脾气，还不如让她做，等事业失败了，她自然就回家了。"

"不行，不能就放任她这样干下去……"

……

听着外面的交谈声，张嘉颖的心头始终像是压着一块巨石。

她的婆婆阻止她继续追求自己的梦想，而她的丈夫却在等着她失败……自嘲一笑，她深吸了一口气，平复下心情，坐在孩子身边，耐心地替她辅导功课。

她知道，自己前方的路一定很难走、一定充满着很多荆棘，但再难，她也要坚持走下去。

她要行给他们看！

为了准备俱乐部开业的事，张嘉颖近来可以说是忙得脚不沾地，但她尽量顾及着家里，所以这一天早早就结束了俱乐部的事，提前回家，免得又让老太太唠叨。

回到家的时候，张嘉颖卸下了一身疲惫窝在了沙发上休息。

陆皓宇还没回来，老太太这个时间应该是去遛弯儿了。

张嘉颖闭着眼睛，躺在沙发上脑海里想着的却是俱乐部的未来和方向。

虽说干劲十足，但多少还是有些顾忌的，因为大学时期那件事给她的打击实在太过沉重，她有点害怕，害怕自己会重蹈覆辙，但如果说不干，她又觉得不太甘心。

因为她不想往后半生就这样平庸而安逸地活着。

这些年，她的生活虽过得平顺，但也压抑，因为这原本就不是她一直想要的生活。她害怕，终有一天，她也会变得跟林清雅一样，最终受不住生活的折磨而走进了一个绝望的死胡同里。

正纠结着，忽然，放在案几上的手机铃声响了起来。

来电显示竟然是"老妈"。

张嘉颖接通了母亲的电话，谁知迎头就来了一个晴天霹雳。

病友俱乐部

"嘉颖，快，快来医院，你爸进医院了。"

张嘉颖拿着病危通知单，一个人呆呆地坐在医院走廊里，满脑子还在乱哄哄地作响。

她终于知道为什么她刚才回家的时候，陆皓宇和林萍都不在。

原来带着纹纹一起去了她的娘家，对着她的父母就是一阵数落吐槽。

张嘉颖不知道林萍母子都说了些什么，但把她父亲气得急性心肌梗塞，进入 ICU 抢救却是事实。

先前她赶到医院的时候，她妈已经急疯了，强撑着跟她说了几句人便昏倒了，也被护士抬进了抢救室。

林萍可能觉得理亏便以照顾纹纹为由，带着纹纹先走了。

父母同时倒下，她顿时慌了手脚，也来不及质问些什么，只能一个人坐在走廊里心急如焚地等着消息，直到此刻，手还是抖的。

"嘉颖！"

恍惚中，她听到了陆皓宇的声音。

她缓缓抬头，涣散的目光终于聚焦，"你们都跟我爸妈说了什么？"

陆皓宇神色讪讪，目光也有些躲闪，"也没什么，只是说了一些你的近况？"

其实陆皓宇也没想到事情会闹得这么大。

他只是想让岳父岳母劝一劝张嘉颖，让她收心好好当陆家的媳妇，别想七想八，瞎折腾，结果还没说几句话就让老丈人进了医院。

"近况？你们这是带着纹纹上门兴师问罪的吧？就因为我今天晚了一些回家？"张嘉颖霍然起身，直视着陆皓宇的眼睛。

"老婆，我看我们就不要干了吧？你看看，你这才刚开始创业就忙得不着家，家里还有一堆事没干呢？妈一个人也干不过来啊，孩子也需要你照顾……"

"那你呢？你是纹纹的爸爸，你又在干什么？玩游戏？睡觉？还是看球赛？"

张嘉颖的质问，让陆皓宇满面通红，"难道你让我一个大男人做家务看孩子吗？"

"男人怎么了？男人就不能做家务看孩子？为什么这些事一定是女人要做的？"张嘉颖情绪有些激动。

这时护士走了过来，"这里是医院，不是你们吵架的地方。"

陆皓宇连忙道歉，"对不起对不起，我们不吵了，不吵了……"

护士离开了，陆皓宇连忙拉着张嘉颖坐回了椅子上，"对不起，老婆，现在不是我们吵架的时候，我们先等等看，爸妈一定会没事的。"

张嘉颖再也忍不住，泪水汹涌而出。

时间在漫长的等待与煎熬中流逝着，所幸母亲施月娥只是受刺激过大，血压增高而造成突发性晕倒，并没有大问题。但父亲张正南的情况就不太好了，心肌梗死面积较大，病情危重，再加上意识不清，无法做冠状动脉支架植入手术，只能暂时先在 ICU 用药物维持着。

ICU 病房的价格一天至少八千，再加上父亲病危，七七八八的东西加起来一天都要上万花销。

虽说老两口自己有点儿积蓄，但作为子女，又哪有父母生病，让父母自己出钱的道理？张嘉颖和陆皓宇商量了一下，拿出了一部分积蓄把预缴费给先交了。

婆婆林萍知道后，虽没有多说什么，但张颖嘉知道，她心里多少还是有些不痛快的。如果不是她理亏在先，这钱自己是拿不出来的。只是这样下去也不是办法，如果父亲一直没有清醒，就等于说要在 ICU 里一直待下去……这医药费可以说是天文数字了。

都说金钱是压垮成年人情绪的最后一根稻草。

而要让一个原本小康的家庭陷入困境，可能只需一场猝不及防的疾病就足够了。

张嘉颖总算明白了最近自己焦虑的症结所在，不管是孩子的学区房，还是父母因意外而患病的开销……这些全都是需要金钱支撑着的。

没有钱，寸步难行。

而光靠着她和陆皓宇的死工资，这样的事多来几次恐怕还真会把他们的家彻底压垮。

因为父母突然间病倒，与方梦一起开俱乐部的事也就此耽搁了下来。张嘉颖单位、医院、家里三头跑，每天累得腰酸背痛、心惊胆战。

陆皓宇虽然偶尔有帮忙，但毕竟是个男人，粗心得很，有时候父亲需要照顾，他居然还在呼呼大睡，把张嘉颖气得够呛，再加上林萍也不太愿意自己的儿子受累，总是阴阳怪气地拿话怼她，最后，张嘉颖索性就不让陆皓宇来添乱了，真的还不如自己干。

但她最怕的，还是接到医院的账单，看着那些数字一天天地增加，她越发得心慌意乱。

后来她怕自己顶不住，又跑去方梦那里借了点钱。

方梦虽然说了让她以后赚了钱再还，但她又怎能一直无偿用好友的钱？说实话，这几年方梦已经帮了她很多了。而她也不能一直都依赖方梦。

所幸，这次只是虚惊一场，张正南在 ICU 里待了一个多星期人就清醒了，后来还成功做了支架手术，但就算扣掉各种保险，前前后后也花了大几十万。

张正南清醒后，就坚持着要出院。毕竟住院花销大，他也不想女儿压力太大，还是张嘉颖一直拖着，直到医生认为病人恢复良好，也可以出院回家休养，这才办了出院手续。

忙里忙外地办完手续，张嘉颖总算是卸下了心中一块

大石。

拿着各种回单走回病房，她就看见母亲施月娥正在收拾东西。

"妈，我来吧。"

张嘉颖就要上前接收，却被施月娥阻止。

"你歇着吧，最近也够你累的了，几头忙，整个人都瘦了一大圈。"施月娥的眼睛里满满都是心疼。

他们俩这一病，可把他们家闺女给累得够呛。

那个女婿虽说不算坏，但有着中国男人的通病，也不求指望上，只是苦了自家闺女。

"不累。单位我请了假，孩子有纹纹奶奶在带，俱乐部我也没……"说到俱乐部，张嘉颖不由顿住了声。

因为出去创业的事搞得几乎家无宁日，如今她其实很彷徨无措，甚至隐隐生出了退缩之意。

她不想因为她追求梦想，搞得所有人都不开心。

"俱乐部的事，皓宇也跟我说过了……"病床上的张正南突然出声。

"爸，其实我……"张嘉颖正想说些什么，却被张正南举手打断。

"嘉颖，你先听我说。"张正南看着张嘉颖轻轻叹了口气，"爸这次被气病，不是因为你出去创业，结果搞得家无宁日，婆婆带着丈夫和孩子上门讨说法，而是因为我后悔当初没有把你拉起来，在你遇到困难时任由你退缩，结果让你选择了一条自己并不想走的路……"

张正南的话，让张嘉颖震惊地睁大了眼睛。

施月娥也轻轻叹了口气，"嘉颖，你爸说的对。当初是我们不好，没有在你最消沉、最困惑的时候，帮你一把，反而让你磨平了斗志，差点连自我都失去了……我们张家的女儿，应该在哪里跌倒，就从哪里站起来，女儿，我相信你可以做得到。"

她原以为要面对的是一番斥责与劝说，却不想等来的是父母的鼓励与支持，张嘉颖泪流满面，也备感温暖。

"爸，妈……"张嘉颖急步走向床头，同时抱住了父母，哽着声道："谢谢你们。"

施月娥轻拍了拍张嘉颖的背，"好孩子，我不反对你去实现自我价值，但我也希望，你能把握好这个度。家庭与事业之间的平衡点，你要拿捏好。妈妈希望你能成为一个全能人，却不希望你只能成为一个女强人……"

"我知道了。"张嘉颖重重点了点头。

走出医院的时候，张嘉颖觉得一直压在自己身上的大石终于放下了下来，似乎连走路都带上了风。

恍惚间，她仿佛回到当年在大学时意气风发的状态，无比地自信，激情与干劲几乎融进了骨子里。

是啊，从哪里跌倒，就从哪里站起来。

当年她失败了，从众星捧月的学院女神神坛跌下，各种流言蜚语也接踵而来。这个社会充满了对女人的偏见和否定，不管你是成功还是失败很多人都会充满恶意地揣测你。当年，她就因为这些恶意而自我放弃，突然间觉得找个人嫁了算了，以后相夫教子、平平淡淡地过完这一生。

可她知道，这永远都不是自己想要的生活。

生活的烦琐，岁月的洗礼，将她曾经的追求与热情，曾经想要现实的价值慢慢地、一点一点地吞噬殆尽，那么，到了最后……她还剩下什么？

踏出医院大门口，张嘉颖深深呼吸了一口新鲜的空气。

人生的道路虽然漫长，但紧要处常常只有几步，特别是当"人心"还年轻的时候……

她还很年轻，不是吗？

张嘉颖微笑。

日子过得飞快，张嘉颖顶着各方的压力，憋着那一股劲儿，想着也干点成绩来，才有那个底气和陆家母子叫板，所以，她多少也生出了逃避的心理，与陆皓宇之间的话也越来越少。

她知道自己的婚姻其实出现了问题，但一时间她也不知道该怎么处理？她心底也清楚，或许某一天的某一件事爆发，就会成为压垮双方关系的最后一根稻草，但此时，她也顾不了这么多了。

这天俱乐部里来了一批新器材，张嘉颖埋头苦干，话也不多，跟着工人一起搬上搬下，简直就把自己当男人看了。

方梦知道她其实心里烦得要命，正在找地方发泄。

"怎么？还没和好呢？"方梦悄然靠近了张嘉颖。

"别提了。"张嘉颖苦笑，"搞得我现在都怕回家了，一回家，那家里的气氛就让人压抑。"

林萍给脸色，陆皓宇沉默，纹纹抱怨……简直就是一团乱麻。

"可问题总要解决，你这样逃避，只会让你们之间的矛盾越来越深……"方梦也不想因为创业，而让好友的家散了，这不是她的初衷。

"我有什么办法？我那个婆婆是铁了心地不让我出来干，你是想我回归家庭，不干了？"张嘉颖抹了把额上的汗，眼底的坚决又多出了几分，"这一回，我怎么也要做出点成绩来。"

张嘉颖骨子里本就是一个倔强要强的人，只是这几年收敛了年轻时候的锋芒，所以，一般她认定的事就一定会坚持走到底。

"那可不行，我好不容易把你挖过来，你还想跑？你就别做梦了。"方梦挑眉，"不过，我也不能让你为了跟我创业就跟家里闹翻了，那我可不就成罪人了吗？这样吧，回去好好撒撒娇，跟你家陆大帅哥抱抱亲亲举高高，男人是受不了女人撒娇的……你这一撒吧，准心软。"

张嘉颖忍不住白了方梦一眼，"你当我是你呢？"

她素来是不擅于外露奔放地表达感情的，她会做，但不会说。

张嘉颖只要一想到自己撒娇的模样，浑身就起鸡皮疙瘩。

撒娇这种事，只适合方梦。

别看方梦在李景明面前是个女王，高高在上，但撒起娇来、作起妖来，可是比戏精还戏精。

"试试呗。"方梦还在怂恿,她拿胳膊肘撞了撞张嘉颖,笑得跟一只妖精似的,"说不准,你家陆大帅哥觉得新奇,然后就跟你服软了。"

"我试试吧。"张嘉颖犹豫了一下,她也知道最近几天家里的氛围不太好,对孩子的影响比较大。

忙活了一整天,该搬的东西总算都搬完了,该归置的也归置好了。

"我们下个月 5 号就开业,我找人看过了,是个黄道吉日。"方梦挽着张嘉颖的胳膊,两人边说边往社区门口走去。

"行,你看着办吧。"张嘉颖其实有些心不在焉,她还想着回家应该怎么做,毕竟撒娇这种事,对她来说,难度真的太大了。

两个人刚拐过弯,就看见一个孕妇正捂着肚子,神色痛苦地扶着一棵树。

张嘉颖和方梦连忙急步走了过去。

"你没事吧?"张嘉颖关切地问。

原本低着头的孕妇抬起了头,那是一张清秀的脸,没有任何攻击性,一看就是那种典型的小家碧玉。

然而,当那孕妇刚想说些什么的时候,却看到了方梦。

那孕妇显然没想到又碰到了方梦,不自觉地愣了片刻,这才期期艾艾地说道:"我……我没事……"

她努力地站直身体,眼神躲闪,就是不看方梦的眼睛,搞得方梦都以为自己是什么妖魔鬼怪,竟把人给吓成了这样?

"谢谢你们,我走了。"

丢下话,那孕妇便飞也似地溜了,也难为她顶着那么大一个肚子。

张嘉颖看着那孕妇慌张的身影,奇怪不已,"这人怎么这么奇怪?我们俩看起来像坏人吗?"

"她就是那天我差点儿撞到的那个孕妇。"方梦撇撇嘴角。

张嘉颖似是明白了什么,"你那天是不是对人家做了什么?怎么她看见你跟看见鬼没差别?"

方梦真翻白眼,"滚滚滚,你才是鬼。这世上哪有我这么美貌如花的鬼?"

"你就得瑟吧。"张嘉颖无奈地笑,"我就是觉得那孕妇很怕你。"

这是女人的直觉。

方梦拧着眉,"你也这么觉得啊,我也是。难道是这女人做了什么对不起我的事?"

"你跟人家认识吗?"

"不认识。"方梦摇头。

"不认识人家怎么做对不起你的事?"张嘉颖忽然脑海里灵光一现,脑洞大开,"若说真有,那就是这女人肚子里的孩子是你家李景明的。"

"这怎么可能?"方梦扬了扬眉,一脸的自信飞扬,"就算全世界的男人都出轨,我家李景明也不会。"

张嘉颖动了动嘴,想说些什么,但最终还是咽了回去。

方梦素来是自信的,她家世好、身材好、样貌好,而且还不是个"花瓶"……简直就是所有的男人眼中的梦中情人,当初一无所有的李景明娶到这样的老婆,简直就是八辈子修来的福气,也就是傻了才会出轨。

而且李景明也确实对方梦很好，简直就像跟女王一样供着，捧在手里怕摔了，含在嘴里怕化了。

或许是自己多心了吧？

张嘉颖轻轻扬眉。

第三章
当信任的基石破裂

张嘉颖回到家的时候，已经快晚上十点了。

其实她原本是想回家吃饭的，可是临时又改道去了书店，买了一些关于失眠的资料。她向来是个追求完美的人，既然要做，那就力求做到最好。

抱着一大堆书本，张嘉颖在门口徘徊踌躇了好久。

她不停地在给自己做心理建设，或许真像方梦说的那样，跟陆皓宇撒撒娇、好好沟通一下，也许家里的气氛不会闹得这么僵。

她也明白沟通的重要性，只是她发现自己和陆皓宇之间有很多观念完全南辕北辙。

张嘉颖开门走了进去。

大厅里很冷清，婆婆林萍应该去哄孩子睡觉了，倒是她和陆皓宇的房间里的灯还亮着。

张嘉颖清了清嗓子，推开门走了进去。

床榻上，陆皓宇又在打游戏，好像根本就没注意到她回来。

张嘉颖轻轻吐出一口气，将买来的书本放在一旁。

"回来了？"陆皓宇终于抬起了头。

"嗯。"张嘉颖点头。

"刚才我们一家人都在等你吃饭，纹纹一直在追问，妈妈最近怎么老不在家？不仅作业不给我辅导，现在连吃饭都不回家吃了。"陆皓宇的嗓音微凉，让张嘉颖原本还想谈谈的心，咯噔一下就沉了下去。

"本来是想回来吃饭的。刚才突然想起来要买几本书，所以临时去了书店。"

陆皓宇瞥了眼桌上的书，忽然吐出一句，"老婆，别做了吧。"

张嘉颖一愣，"什么？"

陆皓宇认真地看着张嘉颖，"我说别做了。我们还是回到以前那样，你做着出版社的工作，然后每天晚上都能回家吃饭，都能腾出时间陪纹纹……你不觉得，因为你的这次冲动，我们家已不成家了吗？"

张嘉颖脸冷了下来，"我只是想让我们的生活变得更好，难道这样做也错了吗？"

"我没说你做错了，但你现在这样，明显已经影响到了我们的家。现在你和方梦的俱乐部还没开张呢，我都不敢想象，开张了以后你会忙成什么样子。更何况，这里面充满了很多不确定性……为什么我们要拿一个不确定的未来，来打破我们原本平静安逸的生活？"陆皓宇皱起了眉，"我们以前的日子难道不好吗？下班回来，就安心待在家里，辅导孩子功课，然后看看电视、逛逛街……可自打方梦回来，我们就家不成家了，你是我老婆，是纹纹的妈妈，也是我妈的儿媳妇，你不能为了你自己……"

"可我还是我自己。"张嘉颖直接打断了陆皓宇的话，"我

就是想做一回自己，难道也做错了？"

"难道以前的教训还不够吗？"陆皓宇也有些火了，"你还记得当初在大学的时候捅的娄子吗？你是想重蹈覆……"

那最后一个"辙"字，陆皓宇最终还是咽了回去。

他看见张嘉颖满眼通红，眼睛里的伤痛，也刺痛了他的心。

"老婆，我不是那个意思……"

其实他并不想伤害她的。

他知道，那段过去，是她永远也不想提及的伤疤，只是刚才情急之下，他才口不择言。

张嘉颖转过身，"算了，我今晚不想跟你吵。但你知道我的，已经决定的事，我不会再改变。"

张嘉颖转身进了洗漱间。

在洗漱间里，她看着镜子里的那张疲惫的脸，也看到了眼角的微红。

当年的挫败，确实是她心里不可治愈的伤，那场毁灭性的打击，摧毁了她的骄傲，摧毁了她的自信，几乎让她一蹶不振。

她其实需要的是一句支持。

就像当初在她最黑暗最绝望的时候，陆皓宇给她的支持一样。

她很想如今的陆皓宇再给她一句支持，可惜，她没有等到。

抬起头，她强行将泪水又给眨了回去。

她绝不会认输的。

当年她从哪里摔倒的，现在就从哪里爬起来。

她会证明给他们看。

她的选择没有错。

第二天是周末，一大早张嘉颖就赶去了病友俱乐部，因为今天是病友俱乐部正式开业的日子。但去之前，张嘉颖还是替一家子做好了早餐，并且给孩子布置好功课。

既然和林萍打了这个赌，她自然就要做到最好。

人争一口气，佛争一炷香，她张嘉颖绝不会这么轻易地认输。

林萍起床看到了桌上做好的早餐，却没看到张嘉颖的人，只看到了正在沙发上翻手机的陆皓宇，还有正在书房里做作业的纹纹。

"皓宇，嘉颖呢？"林萍拧眉问，"不会这么早就去那个什么俱乐部了吧？"

陆皓宇没抬头，似乎注意力都在手机上，"今天俱乐部开业，她当然一早就要走。"

"皓宇，你还任由她在那种不正经的地方做下去？"

林萍虽然性格强势，却是个思想很传统的女人。

她觉得相夫教子才是女人的归宿，以前张嘉颖还算安分，下班之后就回家，做做家务，带带孩子，这才有家的感觉。

"妈，那是助眠中心，不是你说的那种不正经的地方。"陆皓宇依旧没抬头。

"怎么？你到现在还帮着你媳妇说话呢？"林萍不满了，最近这段时间，自己和儿媳妇博弈，她这个儿子居然都是跟媳妇一条战线，这能不让她生气吗？

陆皓宇终于抬起了头，"妈，我不是说了嘛，让她去闯，失败了自然就回来了。"

陆皓宇就是那种轻易不动弹的人。

他不想跟林萍争，也不想跟张嘉颖争，只要自己图个舒服就好，更何况，他骨子里就不相信张嘉颖能做出什么成就来？

"什么叫让她去闯？就算要闯也要有个度，家都不要了，还闯什么闯？"

陆皓宇的注意力又回到了手机上，也不知是有意还是无意，丢出一句："也许这不是嘉颖的意思呢？您也知道，嘉颖耳根子一向软，她经不起方梦的游说……"

林萍眉头拧得更深了，越想越不得劲儿，所有的一切改变，都是因为那个方梦回国之后才发生的。

"不行，我可不想好好的儿媳妇被人带坏了！我现在去找她回来！"

林萍二话不说，就往外走。

"妈！"陆皓宇起身唤了一声，"你就别去了！这不是给嘉颖添乱吗？"

林萍闻言瞪了陆皓宇一眼，脸色微沉，"你这孩子说的什么话？我这不是为你好吗？现在你倒好，整天只顾着你媳妇，典型有了媳妇忘了娘！"

"好好好，妈，我错了，我错了还不行？您别生气了……小心气坏了身子……"陆皓宇举手做投降状。

"那个什么俱乐部在哪？地址给我！"

"妈，您还真要去？"

"我就去看看，不捣乱……"

陆皓宇看了林萍一眼，"好吧，妈，您可得保证不给嘉颖添乱啊！"

"行了行了，快把地址给我！"

陆皓宇越这样说，林萍就觉得胸口越堵得慌。

她觉得儿子要是镇不住媳妇，她这个婆婆就更不能示弱了。

这个家只有一个女主人。

理应由她说了算！

林萍怒气冲冲地走了，陆皓宇目送着母亲的身影消失于自己的视线中，这才转身看向了听到争执而跑出来的女儿。

"纹纹，你怎么出来了？快去做作业。"

"爸爸，奶奶是去接妈妈回来吗？"纹纹一脸懵懂地问。

陆皓宇走过去，揉了揉女儿的小脑袋，"纹纹，你想不想妈妈以后都待在家里陪你啊？"

纹纹连忙点头，"当然想啦，我希望妈妈永远在家里陪我。"

孩子直白而充满童真的话语，让陆皓宇嘴角缓缓勾起了笑。

让嘉颖回家，是他们家中成员每个人的愿望。

从前的安稳温馨多好？瞎折腾什么呀？

病友俱乐部终于正式开张了。

"美好的生活，从睡好觉开始"——在病友俱乐部的前台背景墙上，那一行金色大字惹人注目。

方梦交友广阔，开张这一天，来了不少朋友庆贺，气氛热闹融洽。

"各位来宾，各位朋友，我们病友俱乐部的宗旨就是让所有的人睡一个好觉。理念是让睡眠与健康同步。"

当方梦带领着客人打开那一间间智能高端睡眠体验室时，引来了阵阵赞叹。

温馨宁静的家装风格，视觉上就让人倍感舒适。暖色调的窗帘、绿色的盆栽植物，甚至在体验室的一角还准备了一套精致的中式茶具。

"我们这里的睡眠体验室风格多样，可以按客人的喜好进行选择。"方梦微笑介绍着，"当然，风格与装修只是大家视觉上的享受，我们病友俱乐部的精髓在这里——"

方梦朝张嘉颖微微点头示意，张嘉颖立刻打开了遥控器按钮。

随着遥控器按下，体验室中央的床垫缓缓升起，而角落里可爱的智能语音机器人已经用清脆的嗓音开始播报："欢迎光临病友俱乐部的奢睡体验，您所体验的这款高精尖的现代工艺

病友俱乐部

智能睡眠床垫，采用国际上最新黑科技，智能 Pro 系统，控制睡眠姿势。"

"我们的内核是德国原装电机，采用的智能操控可以监测并管理您的睡眠。通过体动监测、大数据分析、压力数据捕捉系统找到最适合您的角度。"

"我们拥有智能分区承压，分区达到 1500 个智能承压点，能像母亲怀抱着婴儿一样，呵护您的精致睡眠……"

……

这神奇而有趣的一幕，赢得了阵阵热烈的掌声，张嘉颖和方梦不由相视一笑。

她们这些天的辛苦，并没有白费。

一整天下来，两个人外加新招来的十个员工，大家一起招待着客人，忙里忙外，虽然疲累，却让她们体验到了充实而忙碌的快乐。

不远处，方梦正在跟客户侃侃而谈。

"通常情况下，睡眠情况被分为'不眠''烦躁睡眠''苦涩睡眠''舒适睡眠''甜美睡眠'五类，每一类对应着不同的分数区间。曾有一个权威机构做过一个调查，被调查的'90后'中有 33.3% 处于'烦躁睡眠'的状态，29.6% 处在'苦涩睡眠'，仅有 19.4% 的人处于'舒适睡眠'。大多数人睡眠状况不佳，呈现出'需要辗转反侧，才能安然入睡'的状态……"

第一天开张，因为做打折活动，也来了不少看热闹的顾客，可惜大多数只是因好奇而问问，并没有什么人真的付诸行动。

现代人虽然压力大，生活节奏快，失眠焦虑是常态，但睡眠主题体验馆其实只算是小众，所以大多数的人都在观望。

张嘉颖看出了那些人的心理，心里其实挺没底的。

正当大家聊得热火朝天时，门外，一个年轻的女孩闯入了众人的视线。

"谁是你们老板？"

女孩气势汹汹，方梦却在看到女孩熟悉的脸庞时，不由愣了一下。

"是你？"

这不是那天在小区里差点儿被前男友刺伤的女孩吗？

张嘉颖显然也认出了那个女孩。

女孩也跟着怔忡了一下，脸上露出了惊疑不定的神色，"怎么是你们？你们就是这家店的老板。"

"是。我是。"

方梦刚回答完，女孩便敛了眼中的意外，沉下了脸，"就算你们救了我，但一码归一码。"

"啪！"

女孩将手里的一张欠条拍在了桌上。

"欠债还钱，天经地义！"

方梦和张嘉颖都愣住了。

女孩叫陈漫，是一个小有名气的带货女主播。

因为直播还算有些人气，赚了一点钱，于是在前男友孙承越的介绍下，入股了"伊人"，做了一个小股东。

只是投了钱之后，她就完全做了甩手掌柜，撒手不管了。她每个月定时拿分红，至于这家养生店究竟是赢利还是亏损，她也从不过问。

出于对前男友的信任，再加上刚开始时每个月的分红都准时进账，所以她也就没再过问养生馆的事。

直到前几天她跟孙承越闹分手，孙承越又以"故意伤害罪未遂"而被拘留时，她才想起还有这么一档子事，而事后，她去银行查账，发现养生馆已经好几个月没有分红给她了。

她怒气冲冲地跑去质问还在坐牢的孙承越，结果孙承越只是丢她一张欠条，让她去养生馆找老板讨要。

原来当初伊人养生馆并没有让陈漫入股，只算是借了陈漫一笔钱，然后每个月给利息。而陈漫也是个神经大条的小女孩，因为太过相信前男友，她居然也没想过去证实这件事，甚至连欠款字条都是前男友代签的。

现在二人分了手，陈漫拿到了欠条自然就找上了门来。

方梦面对陈漫的质问，一脸的莫名其妙，"我说小姑娘，我可不是当初跟你签欠条的人，谁欠你的钱，你找谁要啊！"

方梦这一席话对陈漫来说，简直就是五雷轰顶。她脸色一白，颤着声问："那你们有没有郑阳波的电话？"

郑阳波就是伊人养生馆的老板。

陈漫不是笨蛋，她之前就已经打电话找过人了，可惜打过去都是对方已停机，她不死心，这才找到了养生馆，想当场逮人，结果，养生馆老板居然换人了？

"小姑娘，你进来的时候没看到门外挂着的招牌吗?"

方梦拉着陈漫走到了门口，一字字地将外面挂着的招牌念给她听:"病友俱乐部。认识这几个字吧?"

方梦说话毫不客气，"冤有头，债有主，小姑娘，找人讨债没错，但你也不能随意拉一个人出来就找人要债吧?"

陈漫脸色死白死白的。

完了!

她知道自己被坑了!

那十几万是她的全部存款。当时她拒绝了父母给她安排好的工作，拿着存款从老家出来的时候，就信誓旦旦地丢出豪言壮语，说自己一定能在帝都闯出一番天地来。

她有自己追求的梦想，她不想被困在老家那一方小天地里，碌碌无为地过一辈子。

虽然安逸稳定，却不是她陈漫想要的生活。

可惜，天不从人愿，她才来帝都没多久，就被骗得人财两空。

现在怎么办?

她什么都没有了?

陈漫失魂落魄地走出俱乐部，张嘉颖有些担心地追了出去，正想唤住陈漫，不远处，一道熟悉的身影迎面急匆匆而来，直接就撞倒了陈漫。

张嘉颖愣住，"妈，您怎么来了?"

林萍正想回答，却听陈漫怒斥，"你怎么走路的? 走路不长眼睛的吗?"

陈漫摔得狼狈，眼眶都红了。她瞪着面前脸色同样不太好的林萍，将心里憋着的那股气尽数发泄到了林萍的身上。

原本还有些歉意的林萍，听到对方这么冲的语气，不由也冷下了脸，"小姑娘，怎么说话呢？这条路又不是你开的？你自己挡在门口不让人进，被撞了那也是你自己的问题……"

"你……"

陈漫被这么一骂，眼泪终于落下来了。

张嘉颖连忙将陈漫扶了起来，然后看向林萍，"妈，少说两句，确实是您撞到了人……"

林萍"噌"的一下，火气全冒出来了。

"好你个张嘉颖，这是胳膊肘往外拐了是吧？这小姑娘摆明了是想讹我，你倒好，不帮衬着我一些就算了，还帮着外人说话！"

"老太太，你哪只耳朵听到我想讹人了？你撞了人，不道歉，还不分青红皂白地骂人……"

陈漫也不是个软柿子，任人拿捏，听林萍说话这么不客气，自然是铆足了劲儿反驳。

张嘉颖一个头两个大。

上次她们碰到陈漫的时候就知道这小姑娘也是个急性子，现在碰上林萍，简直就是天雷遇到了地火。

最近一直压抑着火气的林萍终于炸了，"张嘉颖，这人是你朋友是吧？你现在就专门交一些不三不四的朋友，还出来做什么创业？你要记住，你是我陆家的儿媳妇，儿媳妇要做的事就是在家里相夫教子……"

张嘉颖还没来得及反驳，反倒是一旁的陈漫气笑了，"还相夫教子？三从四德？大婶你这是活在远古世纪吧？现在都

2020年了，你自己身为女人，还把女人贬低得这么一文不值？你的脑子是不是进水了？"

"你……你……"

林萍气得面色铁青，却又说不过伶牙俐齿的陈漫，指着陈漫说不出话来。她年轻时本是吵架一把好手，谁知现在临老，竟然被一个黄毛小丫头给怼得说不出话来。

俱乐部门口因为这一闹，围上了一堆看客，里三层，外三层，就连俱乐部里的客人都跑出来看热闹。

"发生什么事了这是？"方梦从俱乐部里走了出来。

张嘉颖一脸的歉意，"方梦，抱歉……"

林萍看到方梦，不由冷哼了一声，"方梦，我知道我家嘉颖跟你是好朋友，但她跟你的交情再怎么好，她也是我们陆家的儿媳妇，你不能让她扔下家里一大摊子的事，跑来你这个什么俱乐部给你帮忙吧？你有钱任性，可以任你挥霍，但你做人不能这么自私，拉着你的好朋友一起下水……"

"妈！"

张嘉颖脸色一变，想要喝止林萍，但说出去的话就如泼出去的水，已经收不回来了。

方梦气得不轻，但为了给好友面子，她最终还是深吸了一口气，强行扯起笑容，"阿姨，嘉颖虽然嫁给了陆皓宇，但她也是一个独立的个体。她想找什么工作、想做什么兼职、时间怎么安排，都是她的自由，你们又凭什么阻止？"

林萍还想说什么，张嘉颖却开口了："妈，麻烦您回去，有什么事等我回家再说。"

"你现在就跟我回家。"林萍语气很强势，不容拒绝。

来之前，其实她没想过就这样撕破脸把张嘉颖带回去，但现在这么一闹，这么多人在看着，让她怎么拉得下这个脸？咽得下这口气？

"妈，我现在还不能回去。"今天可是开业第一天，她怎么能就这样一走了之？

林萍见张嘉颖这么让自己下不来台，再度冷笑了一声："好，既然你这么坚持，我回家倒要好好问问皓宇，他到底还管不管得了你这个好媳妇了？如果管不了，趁早说清楚！"

林萍负气离开了，只是离开时丢下的那席话却让张嘉颖浑身发冷。

她一直知道林萍不待见自己，但她和陆皓宇都已经结婚这么多年了，林萍心中的芥蒂竟然从来都没有真正放下过。

四周看热闹的人群渐渐散去，方梦轻拍了拍张嘉颖的肩膀，叹了口气，"嘉颖，你没事吧？"

张嘉颖摇了摇头，轻轻吐出一口气，转而看向了方梦，一脸的无奈与自嘲，"你看，最终还是给你惹麻烦了。抱歉。"

林萍这么一闹，很多原本想进来的顾客恐怕都打了退堂鼓了，刚才还在俱乐部里瞧新鲜的客人转眼就跑了不少。

"应该说抱歉的人是我，是我没考虑好你们家的情况，一心只想拉你入伙……"方梦此时也有些后悔自己考虑不周。

张嘉颖却是淡淡打断了方梦的话，"跟你没关系。她本来就对我不满，这一次不过是借题发挥。"

将刚才这一幕闹剧尽收眼底的陈漫忽然缓缓吐出一句："果然结婚就是一件可怕的事，还好我奉行不婚主义。"

陈漫的话，让方梦和张嘉颖不约而同地看向了她。

陈漫因为脚伤暂时留了下来。方梦叫了技师给她做理疗，一番按揉下来，倒是好了不少。小姑娘没有什么大碍了，但那脸色却依旧不好。

想想也是，一下子被坑了那么多钱，人还找不到，换谁谁都接受不了。

"你们有没有那个郑阳波的电话？"陈漫还抱着最后一丝希望。

"我们根本不认识什么郑阳波。"方梦耸肩。

"那我怎么办？"陈漫几乎要哭了，那是她所有的积蓄啊。

张嘉颖微微拧了眉，"方梦，要不然，我们打电话问问季扬这是怎么回事吧？"

方梦点了点头，立刻翻出了季扬的电话号码，谁知拨打过去，居然关机了。

"这季扬怎么回事？"方梦疑惑不已。

"偏偏在这当口关机……"张嘉颖原本对季扬的一点好感再度烟消云散，"该不会这件事他也有份吧？"

"应该……不会吧？"方梦迟疑地反驳。

"所谓知人知面不知心，他当初将房子用这么低的价格租给我们，我就觉得有猫腻……"

"咳，那个……"方梦有点儿尴尬地摸了摸鼻子，"我们会不会太小人之心了？"

"这叫防人之心不可无。"张嘉颖郑重地回答。

方梦什么都好，但有一点不太好，她是个颜控终极患者，一看到颜值高的俊男美女，她都会不自觉地降低自己的防御能力。

"不行，我必须得找到人负责！"

陈漫眼见方梦和张嘉颖暂时也没有解决办法，也不知想到了什么，起身一瘸一拐地离开了。

张嘉颖和方梦面面相觑，这小姑娘还真是来也匆匆去也匆匆。

林萍是带着怒火出门的，结果回家时，带着更重的怒火。

"妈。"本来还盼着母亲能把张嘉颖带回来的陆皓宇，看到只有林萍一个人回来，脸上原本扬起的笑容瞬间就僵住了。

"怎么只有您一个人？"

以母亲的战斗力，怎么可能会失败？

"别提了。"林萍气得到现在还觉得心口疼，"你那个老婆，我是管不了了。不仅不跟我回来，还联合了外人来欺负自己婆婆，你自己管吧！"

陆皓宇沉默。

林萍走到茶几前，替自己倒了杯水，顺了顺气，才又开口说道："皓宇，这女人就是不能惯着。你看看，她现在搞什么俱乐部，每天跟乱七八糟的人一起打交道，出事是迟早的事。女人就随便找一份清闲的工作，然后安心在家带孩子就好了，何必出去瞎折腾？"

陆皓宇走到沙发前坐了下来。

他很烦躁，但那烦躁又无处发泄。

他也知道张嘉颖是那种很出色的人，大学时期自信飞扬的她不知道是多少男生心目中的女神？

他好不容易把女神拉下了神坛，怎么能再让她回去？那他就抓不住了。

见儿子沉默，林萍忽然脑海里灵光一闪，"儿子，不如你们要个二胎吧。"

陆皓宇怔住。

"要个二胎，她要照顾孩子就不可能再出去了。"林萍原本是没打算让他们夫妻俩要二胎的，她知道现代人生活压力大，养一个孩子都有点儿吃力，更何况两个？

只是如今情况不同了，张嘉颖这一次铆足了劲去创业、去追梦，他们拦都拦不住，既然这样，那还不如用孩子绑住她。

"纹纹如今已经上学，她是可以脱手不用怎么管了，但如果再生一个，光养胎到坐月子就要一年多的时间，再加上后面的哺乳期，到时你这个媳妇再有想法，也只能摁住，时间久了，这激情也就自然淡了。"

陆皓宇意动，他知道母亲说的对。

再生一个孩子，似乎是一个不错的选择。

被陈漫和林萍这么一闹，病友俱乐病开业的第一天业绩并

不乐观。

没有一个客人下单。

"我们第一天的成绩为零蛋。"张嘉颖无奈地将账本递到了方梦面前。

没卖出一件东西，没定下一个客户，倒是送出去了不少小东西。

方梦淡淡扫了眼账本，却是一脸的不以为然，"万事开头难嘛。我早就做好心理准备了。更何况今天不是出了意外吗?"

"话虽这么说，但其实今天来的客人不少，我们没吸引到人，肯定是有不足的地方。"张嘉颖翻阅着资料，拧眉深思。

她素来严谨又追求完美。

为了这一天开业，她和方梦其实做了不少的准备，她虽没想过能一下子火爆，但也不能交出"零蛋"的卷子啊。

忽然，她似想到了什么，抬头看向了方梦，"还有，关于那个什么伊人养生馆的问题，你打电话问季扬了吗?"

方梦尴尬地摸了摸鼻子，刚才她根本就没想过要问。

"你不会连电话都没打吧?"张嘉颖满眼无奈。

方梦连忙举手做投降状，"行行，我一会儿就打! 好好问一问。"

张嘉颖没好气地瞪了一眼方梦，"你可别因美色而误了事。"

对于方梦这个重度颜控的症状，张嘉颖也很无奈。先不说季扬，就连俱乐部招收的这些员工，她招人的时候，第一考核的不是人家的能力，而是人家的容貌。

"你也太小看我了吧。"方梦撇撇嘴角，"我虽然爱美色，但还没到色令智昏的地步。你看咱们俱乐部招的这些员工，又美，能力又好，嘴巴又甜。"

张嘉颖挑了挑眉，无言以对。

这次俱乐部一共招了十个员工，六个助眠师，两个前台招待，还有两个销售，不仅样貌长得好看，能力也是有目共睹的。

方梦在挑选人才方面还是有一手的。

"我要是看人不准，怎会想方设法把你拉入伙？"方梦娇笑着凑近了张嘉颖，柔若无骨地赖在了张嘉颖身上，来了一个"爱的拥抱"，"你主内，我主外，双剑合璧，天下无敌！"

"行了行了，别腻歪了。"张嘉颖笑着将方梦推远，"也不怕你家李景明吃醋。"

"他才不敢。"方梦极其肯定地回了一句。

这点自信她还是有的。

"我们言归正传，'伊人'那件事，你最好还是找房东核实一下，别被人钻了什么空子，留下后患。"

"YES，MADAM！"方梦笑着做了一个敬礼的姿势。

张嘉颖又跟方梦讨论了一下明天营业的方案，等回到家的时候已是近十点了。

原本以为家里一定有一场大战等着自己。然而，让她没想到的是，当她推开家门时，屋子里竟然静悄悄的，并没有想象中的"兴师问罪""鸡飞狗跳"……张嘉颖环顾了眼四周，发现林萍的卧室房门紧闭，看来是已经睡下了，而自己的卧房……

正思忖间，主卧的房门轻轻打了开来，陆皓宇从里面走了出来，给张嘉颖打了一个噤声的手势。

张嘉颖点了点头，她明白陆皓宇的意思，放轻了自己的脚步，然后小心翼翼地脱掉了外套。

此时陆皓宇已经关了房间，朝张嘉颖走了过来。

"忙了一天，累坏了吧?"

没有预计中的冷言责备，陆皓宇的声音很轻，倒也很温柔。

"还好。"张嘉颖应了一声。

陆皓宇极为自然地接过了张嘉颖手里的外套，张嘉颖不由诧异地看了陆皓宇一眼。

其实他们俩现在还算是在冷战期，既然给彼此台阶下，她自然不会继续拿乔。

毕竟前方还有硬战要打，后院可不能再失火了。

陆皓宇将张嘉颖的外套挂到了衣架上，低声道："我知道妈今天去找你了，没给你惹什么麻烦吧?"

张嘉颖顿了一下，"我……"

陆皓宇却打断了张嘉颖的话，"我知道你想说什么，你想做的事就去做吧。我是支持你的，妈那里，我会说服她。"

陆皓宇的话让张嘉颖微微动容，"皓宇……谢谢你。"

"我们是夫妻，不用那么客套。"

看着陆皓宇那温柔的笑，张嘉颖忽然心生内疚。

就在刚才，她回家的这一路上都在想着怎么应对陆皓宇的质问，没想到，她倒是以小人之心度君子之腹了。

陆皓宇替张嘉颖放水洗了澡，甚至连头发都替她吹干了。

那极尽温柔的照顾让张嘉颖都有些不太适应。

"老公，你是不是有什么事?"躺在床上的时候，张嘉颖最终没能忍住心底的疑问。

陆皓宇忽然倾身将张嘉颖压在了身下，那炙热的目光仿佛要将她吞噬一般。

张嘉颖忽然间明白了什么。

"你……"

话还没说出口，男人热烈的吻就落了下来。

这一夜，夫妻俩无尽缠绵。

当张嘉颖抱着陆皓宇的腰沉沉入睡时，她并不知道，在夜深人静的时候，原本应该沉浸入梦乡的陆皓宇睁开了眼睛，眼底闪烁着不可名状的光……

第二天一大早，张嘉颖睁开眼来的时候，发现身边的床位是空的，但余温犹在，显然也刚起不久。

回想起昨夜的缠绵，张嘉颖微红了脸颊。

昨晚陆皓宇也不知道怎么回事，好像有着用不完的精力。

其实自打纹纹出生以后，他们已经很久没有这样过了。

张嘉颖起身，将自己收拾干净后，正想整理满床的凌乱，却突然想起昨夜他们激情之下竟然没做措施。

张嘉颖一个激灵，连忙跑到床头柜里翻找紧急避孕药。

她记得曾经买过。

好不容易翻找出来，张嘉颖倒了杯水，连忙将药吞了下去。就在这时，房门打了开来，是陆皓宇。

他的手上正端着餐盘。

"老婆，来，尝尝我的爱心早餐。"

刚才居然去帮她做早餐了。张嘉颖神色古怪地看到陆皓宇手里的早餐，越发觉得有问题。

陆皓宇的目光却落在了张嘉颖手里的药盒上，脸色刹时变了。

"你吃了什么？"他急步走过来，放下手里的餐盘，一把将张嘉颖手里的药盒抢了过去。

"谁让你吃避孕药的？"他的声音忍不住拔高，目光也变得骇人可怕。

张嘉颖一愣，"我们昨天没做措施，万一怀孕了怎么办？"

"如果怀上了就生。"陆皓宇扔了手里的避孕药，"难道你不想给我生孩子吗？"

张嘉颖回过神后都要气笑了，"陆皓宇，你疯了，我们现在怎么可能再要一个孩子？"

"为什么不可能？"陆皓宇反问。

"我……"张嘉颖正想回答，忽然手机铃声响起。

是俱乐部打过来的。

此时她也顾不上陆皓宇了，接起了手机。

"嘉颖姐，快过来救命啊！有人来砸场子！"

手机里传来的，是前台招待那个叫小林的姑娘，嗓音里明显透着哭腔和惊恐。

"你说什么？砸场子？发生了什么事？"张嘉颖惊呼。

小林颤着声回答："那些人说，我们俱乐部欠了他们的钱，要我们还钱！嘉颖姐，你们是不是也被人坑了？昨天才来了一个陈漫讨债，今天怎么又来了一个？"

张嘉颖的心顿时凉了半截。

她急急忙忙披了外套就跑出门，连招呼也来不及和陆皓宇打一声。

陆皓宇僵立在那里，脸色难看地看着张嘉颖走远的身影，大步走到桌前，伸手一扫，"哐啷"一声，桌上的早餐尽数砸落在了地上。

当张嘉颖匆匆赶到病友俱乐部时，里面已是满地狼藉。昨天才布置得焕然一新的俱乐部，今天就被人砸成了一团乱。

一伙人还在气势汹汹地砸东西，方梦则护着俱乐部里的员工躲在角落，冷眼看着那些人。

这些人找的又是那个叫郑阳波的人，他们俱乐部还真是无妄之灾。

难道她真被季扬给坑了？

方梦的脸色有些难看。

这一回，自己的决定可能真的太过草率了。

原以为自己占了便宜，却不想竟揽了一个大麻烦。

方梦连忙掏出手机，拨通了季扬的电话。

那些壮汉还在不停地砸东西，张嘉颖眼睛都有些红了，俱乐部里很多设备都极为昂贵，哪里能经得住这样砸？

"住手！"张嘉颖一声冷喝，"我已经报警了，你们如果再继续闹下去，大家就只好去派出所说个清楚了。"

张嘉颖这一席话，让那些正在打砸的人都不由住了手，但依旧有人叫嚣："去派出所我们也不怕！这家店的老板欠了我们的钱……"

方梦打断了那男人的话，"欠你钱的人是郑阳波，关我们什么事？"

"我才不管什么郑阳波还是郑阴波的，当时就是这家店的老板以股份做抵押，跟我们借了大笔的钱，那我们就是这家店的股东……"男人开始耍无赖，"现在我们找不到那个郑阳波，我们当然要找现在的老板了！谁让你接了这个烫手山芋？"

男人这一番话，得到了随行而来的同伙的认同，大家七嘴八舌地围住了方梦和张嘉颖，逼着她们还钱。

有些人甚至还跟二人动起了手。

"你们别胡来。我们根本不认识什么郑阳波……"张嘉颖极力护着方梦，有人却趁机揪住了张嘉颖那头长发。

张嘉颖不由吃痛地闷哼了一声，突然，斜旁里一道高大的身影冲了过来，一拳就朝那大汉的脸上打了过去。

那大汉被打得一个踉跄，狼狈地摔在了地上。

张嘉颖得救了，她脸色苍白地抬起了头，就看见一个身材高大、面容英俊的男人逆着光站在她的面前。

"你没事吧?"男人漂亮的桃花眼里此刻写满了紧张和担忧。

正是季扬。

张嘉颖愣了片刻。

"嘉颖!"一旁的方梦也终于缓过了神来，连忙跑过来扶住了张嘉颖。

张嘉颖摇了摇头，"我没事。"

方梦这才转过头，看向了那个英俊的男人，"季扬，你是不是坑了我?"

一向是白富美人设的方梦此时终于激动地爆了粗口。

没过多久，警察登门，带走了那帮捣乱的混混，而季扬也解释清楚了来龙去脉。

那个叫郑阳波的，其实就是一个圈钱的骗子。

他以高价跟季扬签了三年的长租合同，然后简单装修了一下，以"伊人养生馆"的形象展示于人，用的却是传销手段。在骗了很多人的钱后，他就卷款跑路了。

而季扬也是刚刚才知道这个消息，他并不知道那个郑阳波是个骗子，他的这个店铺也因此留下了"后患"，给病友俱乐部招惹了麻烦。

"很抱歉，这件事是我的疏忽。"季扬满脸的歉意，"这样吧，我给你们免半年的租金以表达我的歉意。"

方梦眼前一亮，"这可是你说的。"

"当然，这是我应该做的补偿。关于郑阳波的事，我也会处理好，以后不会有人再找俱乐部的麻烦了。"

"那就好。"张嘉颖松了一口气，这要是再多来几次，她心脏病都要犯了。

说着，她转头看向了季扬，"季先生，刚才真是谢谢你的了。"

这是张嘉颖和季扬相识以来，第一次这么心平气和地说话。

"不用客气。英雄救美，是我的荣幸。"季扬诧异地扬眉。

方梦"噗嗤"一声笑了出来，"我说季扬，你的脸还真大，自称英雄也不怕闪了自己的舌头。"

众人跟着一阵哄笑。

"不过，在说谢谢之后，我也要向你正式道歉。"

张嘉颖这突如其来的一句，让季扬愣了片刻，"道歉?"

"在这之前，我曾经用小人之心揣测你也是这件事的帮凶之一，也认为你用这么优惠的价格把房子租给我们，是别有图谋。"

"这我可要冤枉死了。"季扬故意夸张地惊呼，"我真比窦娥还要冤枉了。"

"谁让你昨天在那么紧要的关头关机?"方梦笑得不行了。

"我出差了，昨天在飞机上，今天才刚落地。"

一落地，他就接到了方梦的电话，听说俱乐部出事，他可是直接扔下行李就跑过来了。

"那这样吧，今晚我请你吃饭，就当作赔罪。"

"有美女请吃饭，那我自然是乐见其成了，张……"

"直接叫嘉颖吧，张女士听了别扭。"

"好吧，那嘉颖，你也直接叫我季扬好了。"

几个人相谈甚欢，误会解除，自然大家的谈话气氛也跟着变了。

张嘉颖发现，这个季扬果然如同方梦所言，是个很出色的男人。

英俊的外表，幽默的谈吐，让人一眼就被吸引，是个天生的白马王子。

可那时她因为先入为主的第一印象，就给人打了一个负分。

果然，人不可貌相。

有了张嘉颖的提议，大家索性聚在一起海吃了一顿。

这一顿饭也算是把大家的积极性都提起来了。虽说俱乐部连着两天都被人砸场子，大家都感叹创业不易，但也没有气馁。万事开头难嘛。

大家边吃边聊，吃完饭都快九点了，等回去的时候，张嘉

颖不仅手机没电了，车子居然也无法启动了。

果真是"屋漏偏遭连夜雨"。

张嘉颖苦笑，"我打车回去。"

"可别，现在也不早了，你一个人打车回去不太安全，而且你手机没电了，万一有什么事还联系不上人，我送你吧。"方梦正说着，忽然手机响了起来。

是女儿悦悦的电话。

"怎么了?"见方梦接了一个电话脸色就变得不太好看，张嘉颖问。

"悦悦说，她饭还没吃，肚子饿了，让我带点东西给她吃。"

"饭还没吃?"张嘉颖震惊了。

"李景明不是出差了吗，不在家，没想到我那个婆婆也不知道去干什么，只留了悦悦一个人在家里。"方梦提起她那个极品婆婆就来气。

她都说了她今晚有事，结果她婆婆竟然把孩子一个人扔在家里了。

"那赶紧回去。"张嘉颖连忙催促。

"那你……"

一旁的季扬应声道："我送嘉颖回去吧。"

"不用了，我自己就可以……"张嘉颖试图推脱，方梦却直接替她答应了。

"那好，季大帅哥，我家姐妹就交给你了。"

"为女士服务是我的荣幸。"季扬微笑。

"那就麻烦你了。"张嘉颖也知道如果坚持自己回去，方梦

肯定也不太放心，只能答应。

原本张嘉颖还有些不习惯坐一个并不太熟悉的人的车子，没想到一路上，季扬一直在侃侃而谈，天南地北、人文政治、社会娱乐……几乎什么话题季扬都能聊得上，让张嘉颖也没感到太尴尬。

此时张嘉颖也有些明白了，为什么当初方梦这么推崇这个季扬了？

确实是个极品的男人。

有钱有颜，还是成功人士，又有绅士风度，哪个女人不喜欢？

当然，张嘉颖对他只是抱着欣赏的态度。

向往美好，是人之常情。

忽然，她想起早上出门时和陆皓宇闹的不愉快，张嘉颖原本还算不错的心情又低落了下来。

没想到，前面正在开车的季扬竟似察觉到了她的异样，打趣道："情绪低落、生闷气，可是女人美容的大忌。"

张嘉颖莫名被逗乐了，"你一个大男人还懂美容呢？"

"没见过猪上树，难道还没吃过猪肉吗？现在信息这么发达，真有心想知道什么，并不算太难……"

张嘉颖原本还觉得对方讲得有道理，可回过味来又觉得不太对劲了，"我说季大帅哥，你骂谁猪呢？"

季扬立刻装腔作势假意轻打了自己一巴掌，"瞧我这嘴欠的。抱歉，抱歉。"

被季扬这么一插科打诨，张嘉颖的心情顿时好了不少，她心里明白，季扬这一番说辞是故意的，心头也不由温暖了两分。

以前她怎么就觉得这个男人是个不尊重女性的沙文主义者呢?

张嘉颖再次反省,眼角的余光却瞥见了窗外一家熟悉的蛋糕店。

"季扬,能不能麻烦你在前面那个蛋糕店停一下,我要买点东西。"

她想去蛋糕店买个凤梨酥给陆皓宇。陆皓宇向来不重什么口腹之欲,只有对这个凤梨酥情有独钟。早上他们在吵架的当口,因为俱乐部出事,也来不及说清楚,就丢下他走了,也是她不对。

"行,没问题。"季扬把车开到了路边,"我在这里等你吧。"

"不用,我自己打车回去就行了。"她其实还是不太想麻烦季扬。

"那不行,我可是接受了方梦女士的任务,任务没完成,我哪能就这样走了?"季扬笑着拒绝。

"那好吧,谢谢。"

张嘉颖也不矫情了。这一带打车也确实不太好打。她快速走向蛋糕店,不仅买了凤梨酥,还给女儿纹纹挑了款最爱吃的巧克力蛋糕,可刚出蛋糕店,眼角的余光却瞥见了一道熟悉的身影。

李景明?

张嘉颖不由顿住了脚步。

不是说出差了吗?

张嘉颖又仔细看清楚了些,发现真是李景明,而且此刻李景明正搀扶着一个孕妇，小心翼翼地弯腰上车。

那孕妇张嘉颖见过，就是上次在小区里差点和方梦撞上、又视方梦为洪水猛兽的那位。

看李景明那小心呵护的模样，完全不像是普通朋友。

张嘉颖的心"咯噔"了一下。

不会被自己的乌鸦嘴给说中了吧?

很快，李景明带着那个孕妇上了车，车子扬长而去。

张嘉颖连忙朝季扬的车急步走去，并且快速弯腰钻入了车里。

"快，帮我追前面那辆尾号888的黑色宝马。"

季扬见张嘉颖那么紧张，也不多问，开了车就跟了上去。

紧紧咬住了前面那辆黑色宝马，季扬才半开玩笑地问道:"你这是要追谁? 不会是抓小三吧?"

张嘉颖脸色还是冷的，"我也希望我猜错了。"

前几天她就觉得那个孕妇有些古怪，看见方梦就跟老鼠看见猫一般，如果没做亏心事，又怎会这种表现?

"你老公?"季扬抬了抬眉。

"不是。"张嘉颖摇头，但也没多说。

季扬也不再追问。

车子一路往前开，竟然又回到了俱乐部所在的小区。

季扬虽是一脸的好奇，但一直强忍着没有问。

这时，因为有另一辆车子出来，挡住了季扬车子的视线，等那辆车子开过去的时候，前面早就没有了李景明那辆宝马的踪影。

张嘉颖懊恼不已，"该死，被他们跑了！"

"既然车子开进来了，说明就住在这个小区。要不，我帮你打探一下？我跟这里的物业比较熟悉。"

季扬既然能在这里买房，肯定对这一带也很熟悉。

张嘉颖犹豫了一下，"那好，麻烦你帮我查一下，这一带有没有一个叫李景明的户主。"

"OK，没问题，包在我身上。"

张嘉颖点头致谢，"谢了。"

"不用客气，只不过是小事情。"季扬往后视镜悄悄看了眼张嘉颖，"其实，这种事最好还是看开一点，如果遇到了渣男，直接一脚踹了就好了，没必要为了渣男而生气伤心，不值当。现在的男人啊，真是靠不住。"

被季扬这么一打岔，张嘉颖笑了，"你不是男人了？"

"我是啊。但我一向视那些渣男为异类。"季扬又把车子开回了路上，"像我们这种千年老光棍就是无法理解，那些已经有了女朋友、有了老婆的男人，真是身在福中不知福啊，吃着碗里的，还偏要瞧着锅里的。"

"男人都是贪新鲜、喜新厌旧。就算结婚前老婆是绝世大美女，婚后该出轨的男人还是会出轨。"张嘉颖心有感慨。

"哎，我说张大美女，你可不能一竿子打翻一船人，至少我季扬就不是。"

这一路上，季扬和张嘉颖又聊了很多关于男人女人的话题。

张嘉颖再一次感受到这个阳光帅哥的健谈，真是无论什么话题，他都不会让你冷场。

因为季扬的开导，张嘉颖心中的沉重和压抑也减轻了不少，事情还没调查清楚，她也不用急着下定论。

毕竟事关方梦，她还是要小心谨慎一些。

张嘉颖心中想着事情，连到了自己所住的小区门口都没注意到。

"到了，是这里吧?"季扬的声音拉回了张嘉颖神游的神志。

"嗯，是，谢了。"张嘉颖匆忙下车，身后却再度响起了季扬的声音，"嘉颖，你的东西。"季扬手里提着凤梨酥和蛋糕，走过来，"多大的人了，怎么还这么冒失?"

"谢啦。"她礼貌地朝季扬表示了谢意，"还有，今天真是麻烦你了。"

"我说过，送美女回家是我的荣幸。"季扬正说着，脸上的笑容突然僵住了，神色古怪地看着张嘉颖的身后。

张嘉颖自然是察觉到了不对劲，她转过身，迎面一张熟悉的脸庞就撞入了眼帘。

"皓宇?"张嘉颖看着突然出现在自己身后的陆皓宇，奇怪地问，"你怎么来了?"

"我在等你。"陆皓宇的脸色并不好看，身上还带着一丝酒气。

他看了看季扬，又回想起刚才张嘉颖脸上那灿烂的笑容，脸色顿时变得更加难看起来。

"你知道现在几点了吗？"

今天他心里不痛快，晚饭的时候，多喝了点酒，不想几杯下肚就有了醉意。

原本还想"一醉解千愁"，却不想，酒意竟让他越发烦躁。

早上他们还在吵架，但张嘉颖却为了俱乐部的事直接就把他给丢下了，连解释都不解释一声。晚上更是索性不回来了，就算打了个电话，也只是通知他一声而已。

陆皓宇越想越气，觉得自己大男人的尊严受到了前所未有的挑衅，于是越想他就越没办法在家里继续待下去，这才顶着这一身的酒意来到小区门口等人，却不想等来的，竟是她跟男人一起回来的一幕。

"你喝酒了？"闻着陆皓宇身上的酒味，看着那张脸上难看的神色，张嘉颖有些心软，知道早上自己可能点儿过分了，连忙解释道："刚才有点事……"

可话还没说完，手腕就被陆皓宇猛地扣住，"你所谓的有点事，就是和别的男人约会？然后有说有笑地一起回来？"

被酒意冲昏了头脑，陆皓宇的语气不可谓不重，让张嘉颖的脸色也瞬间僵滞，"陆皓宇，你知道自己在说什么吗？"

她愤怒地一把甩开了陆皓宇的手，转头朝季扬致歉，"季扬，不好意思，谢谢你送我回家。天色也不晚了，你赶紧回去吧。"

"还有什么好说的，跟我回家。"陆皓宇却再度一把拽住了张嘉颖，拖着就往家里的方向走去。

季扬？叫得这么亲热？

这个男人给了他强烈的危机感。

他就知道，不应该让女人出去招摇。

此时的陆皓宇简直就被满心的怒意和嫉妒给吞噬了，完全没有了理智。

"放开。"张嘉颖愤怒地挣扎，无奈一个女人实在比不过一个大男人的力气。

季扬眼见事态不对，连忙阻止。

"这位先生，有话好好说……"季扬试图将张嘉颖从陆皓宇手里解救出来。

这一下，彻底地激怒了陆皓宇。

"你是什么人？又有什么资格管我们夫妻俩的闲事？"

陆皓宇竟想也不想，一拳就打向了季扬的嘴角。

季扬猝不及防，被打了一个正着。

"住手！"

张嘉颖也没想到，向来斯文的陆皓宇竟然会打人，她冲过去拉住陆皓宇。

两个人拉扯间，手里的盒子也随之掉落。陆皓宇一个趔趄，一脚踩在了盒子上，凤梨酥和蛋糕瞬间碎得不成样子了。

张嘉颖觉得这些凤梨酥和蛋糕，一如自己的心。

"陆皓宇，你是不是疯了？"她好不容易才拦住了陆皓宇，"人家好心送我回来，你不感激就算了，还打人。"

"感激？你都给我戴绿帽子了，我还感……"

"啪！"

张嘉颖一巴掌打在陆皓宇的脸上。

她气得浑身发抖，但半天也骂不出一个字来。

不过是一个男性友人送她回家，就被陆皓宇认为是对婚姻

不忠？

难道他陆皓宇还活在封建社会？

最好女人三从四德，闭户不出吗？

这一巴掌也让陆皓宇的酒醒了。

他都说了些什么？

"老婆……"陆皓宇慌了，"我……"

他后悔了，可说出去的话就像泼出去的水，收不回来了。

他只是因为这几天他和张嘉颖之间的关系太过僵了，他心焦气躁，控制不住自己的脾气，这才口不择言。

这一刻，冷静下来的他也看到了地上被自己踩烂的凤梨酥。

那是他爱吃的东西。张嘉颖是从来不吃这些东西的。

四周此时已经围了不少看热闹的路人，张嘉颖脸上涨红一片，胸膛剧烈起伏着。

从小到大，这还是她第一次受到这样的羞辱。

"很抱歉，季扬，我老公他喝醉了，很抱歉。"

张嘉颖朝季扬深深鞠了一个躬。

"没事没事。"季扬连忙阻拦。

"对不起。"张嘉颖再次道了歉，这才转身朝家里走去。

陆皓宇连忙追了上去。

"老婆，听我说，对不起，我真不是故意的。"

夫妻俩的声音和身影已渐渐远去，季扬擦了擦嘴角，扬起了一抹苦涩复杂的笑。

今天还真是无妄之灾啊！

张嘉颖怒气冲冲在家门口停了下来。

她红着双眼，站在紧闭的房门前，却是深吸了一口气，平复下胸膛里起伏的情绪，尽量让自己保持微笑。

再怎么生气愤怒，她也不能让自己的情绪影响到孩子。

原本这几天家里的气氛就已经对女儿不太好了。

她拿出钥匙正要开门，身后，一只手突然拉住了她的手臂。

是陆皓宇。

"老婆，对不起，你别生我的气，我刚才也是气糊涂了。"

张嘉颖没有说话，只是侧头静静地看着他。

那眼神让陆皓宇感到莫名心慌，"老婆，你这样看着我做什么？我跟你保证，下次我绝对不会这么干了。"

他害怕失去。

从大学开始，在他追求她的时候，他就一直在患得患失。

因为张嘉颖太过出众，那时学生会里追她的可不在少数，而他除了样貌还过得去之外，其实并没有什么出彩的地方。

他一向很有自知之明。

在张嘉颖那么多追求者里，他其实是"吊车尾"的那个。

可最后，学校公认的女神还是选择了他。

虽说多少有感激的原因，但他最终还是如愿以偿。

"我不想在孩子面前吵架。"

张嘉颖面无表情，虽然她此时心痛得就像是裂开一般。

"好，不吵，我们不吵。"

陆皓宇深吸了一口气，平复下脸上的激动，然后拿出钥匙开了门。

"怎么这么晚？"

门才刚开，张嘉颖就听到了林萍不满而冰冷的声音。

一出口就是质问。

张嘉颖张了张嘴，还没来得及回答，陆皓宇就替她回话了，"妈，嘉颖正在创业初期，肯定忙不过来，迟点回家也在情理之中。"

林萍诧异地看了眼陆皓宇，心里不由犯嘀咕。

这小子刚才怒气冲冲出去找人的时候，可不是这么说的。

林萍这么一看，却一眼就看到了陆皓宇脸上的巴掌印。

"谁打你了？"林萍霍然起身，朝陆皓宇急步走去。

陆皓宇捂了捂脸，苦笑道："没，没人打我，是我自己不小心撞到了。"

即使林萍知道陆皓宇说的是谎话，也没有拆穿。

她知道要给儿子留面子，即使猜到这一巴掌十有八九是张嘉颖打的，但她也忍了下去。

一直以来，她其实都不太满意儿子的这一段婚姻。

可当初是儿子铁了心要娶张嘉颖，连她给看好的相亲对象都给拒绝了，甚至不惜为了抗议而绝食。

这件事，一直是林萍心里的一根刺。

她也不知道，这个张嘉颖究竟给他们陆家的儿子吃了什么迷魂药了，竟这样死心塌地。所以，那天她故意去俱乐部找张嘉颖麻烦，也是为了给多年的积怨找一个发泄口罢了。

张嘉颖抿着唇没有说话，只是沉默地朝自己房间走去。

"嘭!"的一声，关上了房门。

林萍看了她一眼，转身就朝冰箱走去，从里面拿出了冰块，用布袋包好，递给了陆皓宇。

"快用冰敷一下，不然肿得难看明天怎么见人？多大的人了，连走路都不会。"

陆皓宇知道，自家老娘其实只是不想揭穿自己，也就顺着这个台阶接过了冰袋。

"妈，时候不早了，你去睡吧。"

林萍"嗯"了一声，转过身朝自己房间走去，但走了两步后又停了下来。

"你还是跟你老婆好好谈一谈，就算我再不喜欢她，我也不想我们这个家散了。"

"嗯。"陆皓宇神色凝重地点了点头。

病友俱乐部

第四章
猝不及防背叛之痛

陆皓宇一边敷着脸，一边打开房门的时候，张嘉颖正伏案整理着资料。

陆皓宇站在门口，看着张嘉颖认真伏案工作的身影，恍惚间想起，当年在图书馆第一眼看见张嘉颖的情景。

她认真的样子，就像真的会发光一样，不自觉地吸引了他的目光。

"对不起。老婆。"

陆皓宇放下了冰袋，走到了张嘉颖身后。

"我只是担心你，这么晚没回来，我着急……我在小区门口等了你一夜，偏偏你手机又打不通……"

那个时候，他正被各种焦躁的情绪包围。

进入了事业状态的张嘉颖，和以前在大学时的样子太像了。她又变回了那道光，那道他抓不住的光。所以，他害怕。害怕自己会抓不住这道光。

这种感觉对他来说太糟糕了。

心底那种患得患失的感觉，让陆皓宇烦躁地抓了抓头发，"你最近在家的日子太少了，不仅纹纹想你，我也想你。嘉颖。"

张嘉颖放下了手里的资料，她知道，陆皓宇说的没错。

她一心忙于事业，其实是真的忽略了家里。

是她没有找准这个平衡点。

见张嘉颖神色有所松动，陆皓宇走了过来，轻轻从背后抱住了张嘉颖。

"老婆，我不是不让你创业，只是想你以后挤出点时间多陪陪我和孩子、多顾顾家里，就算你不顾及我，也要多为纹纹着想啊。这个年龄段的孩子需要的就是陪伴……"

张嘉颖点了点头，"我以后会注意。"

转过身，她伸手轻抚上陆皓宇还有些红肿的脸颊，"还疼吗？"

"没事。是我口不择言，你这一巴掌，打得好。"

陆皓宇的话让张嘉颖气笑了，"那是不是伸过来再给我打一巴掌？"

陆皓宇竟然真的将另一边脸凑到了她的面前，"打吧，只要你高兴。"

张嘉颖看着面前男人带笑的脸庞，心里又涩又暖。

她知道这不全是陆皓宇的问题，她自己也有。当她心里的猛兽放出了笼，她就收不住了。

这一晚，张嘉颖又做了很多乱七八糟的梦。

她梦见自己大学时，开起了学生洗衣连锁店，生意越做越火红。后来，她还做了企划，引进融资，想将这个项目做大，做成连锁性质的联盟店，想要全国高校遍地开花。那时的她，野心极大，事业也逐渐走上了高峰，一切往顺利的方向发展着。她甚至都已经谈妥了资方，就差签合同这最后一步了。于是她大着胆子贷了款，甚至连她爸妈的养老钱都被她借了来，提前进了一大批的器材。

因为她不想丧失这个绝好的机会，再加上意气风发、事事顺心，做事也难免有些激进了，谁知后来竟出现了意外，原本谈好的资方突然间变卦了，资金链断裂，她前面进的货源就全都成了积压货，造成了一系列的连锁反应。

那一次的创业，她失败了，而且败得很彻底，让她从人生的巅峰跌入了谷底，让她对自己产生了怀疑。

最后，是陆皓宇在她人生最绝望的时候，拉了她一把。

这也是她嫁给陆皓宇的最主要的原因之一。

迷迷糊糊地睁开了眼睛，眼前那隐约的光亮，勾勒出了一道晃动而模糊的身影。

是陆皓宇。

他正站在床头，拿着手机，不知在翻找着什么。

她眨了眨眼，让自己的视线清晰了一些，却看清了陆皓宇手上拿着的手机正是她的。

一个激灵，张嘉颖清醒了。

"皓宇，你拿我手机做什么？"

陆皓宇显然被吓了一跳，手上一个不稳，手机掉在了床头。

张嘉颖捡起手机一看，屏幕正停留在微信界面。

而打开的微信界面里，显示着与季扬聊天的界面。

张嘉颖忽然间明白了什么。

陆皓宇这是在查找她和季扬"出轨"的证据。

"老婆，我……"陆皓宇神色慌乱。

"你……"张嘉颖的嗓音微颤，好半天才找回自己的声音，

"你根本就没相信过我，是不是？"

他这是侵犯她的隐私。

夫妻七年，他就这样质疑她？

这是对她人格的侮辱！

"老婆，我……"陆皓宇张了张嘴，想解释，却发现自己根本无处解释。

张嘉颖说的没有错，他就是不相信她，所以，早上起床，看到床头的手机时，鬼使神差地翻看了她的微信聊天记录。

张嘉颖只觉一颗心凉成了一片，就连血液都凝结成了冰。

信任，是婚姻最牢靠的基础。

当婚姻出现了不信任的裂痕，等待他们的，将会是无休无止的猜疑和争吵。

忽然间心灰意冷，张嘉颖抓起手机走了出去。

这一天，张嘉颖的工作并不顺利。

原本今天她要将一份图书策划案给主编，可是一整天下来，她都心不在焉，甚至频频出错，引来了主编的不满。最后，那份策划案，主编交给了别的同事做。

她便以身体不适为理由，请了假。

开车来到俱乐部，俱乐部里却依旧冷清一片。

已经开门有小半个月了，竟然还是没有什么客人。这几天就算俱乐部里的前台小妹跑到外面去发传单，有人有兴趣，但大多数都是在观望，没有人想做第一个小白鼠。而俱乐部里招来的员工，因为没有生意，也就日渐态度散漫，刷手机的刷手机，聊天的聊天。

张嘉颖本就不太好的心情顿时越发烦躁了。

"我请你们来，不是让你们在这里偷懒的。"

"啪！"她将手里的资料砸在了桌面上。

这是张嘉颖第一次对着员工发这么大的火，吼得一众员工噤若寒蝉。

"该发传单的去发传单，该整理器材清单的都去整理，就算没事做，你们也可以想想办法怎么留住客人……"

众员工顿时作鸟兽散，但张嘉颖还是从一些人的脸上看到了不满。

张嘉颖捏了捏眉心，她知道自己这样急躁的情绪不对，更不应该把家里的不顺心带到工作中来，结果搞得不管是出版社还是俱乐部都出了问题。

一时间无所适从，张嘉颖在大厅的沙发上坐了下来，闭目靠在了沙发背上。

她不知道自己应该怎么做？只觉心下茫然一片。她甚至开始自我怀疑，她究竟适不适合出来创业？

家庭、出版社、俱乐部……如今好像所有的事都一团糟。

忽然，大门处传来"叮咚"一声开门提示，张嘉颖睁开了眼睛，就看见方梦走了进来。

"这是发生什么事了？"方梦一眼就看出了张嘉颖的不对劲。

"我们需要好好谈谈。"张嘉颖起身，拉了方梦走进了最里间的办公室。

"怎么了？你脸色不太好。"方梦担忧地问。

张嘉颖关起办公室的门，坐在方梦的对面，一脸的认真，"方梦，我觉得我可能不太适合做你的合伙人。"

方梦愣了片刻，随即反应了过来，"你这是怎么了？怎么突然间这么说？"

张嘉颖苦笑，"这段时间，我家里、单位，还有我们俱乐部，好像事事都不太顺，我突然觉得自己什么事都做不好。如果我们再继续合作，我怕会拖累俱乐部，到时……"

"什么拖累不拖累？"方梦脸色稍好了些，"张嘉颖，我可不希望再听到这样的话。"

她们是什么关系？

比一般闺密都要近，比一般姐妹都要亲。

而她方梦也不允许张嘉颖这样妄自菲薄。

"可这是实话。"张嘉颖眼底多出了一抹自嘲，"你看，我们俱乐部已经开张好几天了，但还是一个客户都没有，而我却一点办法都没有……"

听到张嘉颖如此说，方梦倒是松了口气。

她刚才还以为张嘉颖是不想做了呢。

方梦从容地拍了拍张嘉颖的肩，"我知道我们俱乐部的问题，现在我们缺的就是宣传，现在这个大数据时代，酒香也怕巷子深啊，更何况我们这种睡眠体验店比较小众……"

"你都不着急吗？"

"我说嘉颖，你这是怎么了？我们不管做什么事，都不可能一蹴而就的。我早就做好了前期亏损的准备，像我们这样的

小众营生，肯定是要靠口碑的。"

张嘉颖沉默着。

"你放心吧，现在这种情况只是暂时的，相信我。"方梦直接揽住了张嘉颖的肩，"我说嘉颖姐姐，想当年你创业的时候，遇到的困难可比我厉害得多了，那个时候也没见你这样退缩过啊？"

张嘉颖轻叹了一声，"没办法，现在人都老了，哪还有当年的冲劲？"

方梦却是一脸的不以为然，"这话可就不对了，你也才三十二岁，现在的女人三十岁才是人生的开始，你是怎么把自己活成小老太婆的这种状态的？以前的张嘉颖哪里去了？"

张嘉颖怔了下，是啊，以前的张嘉颖哪里去了？

"一句话，你还想不想干了？"方梦知道自己这个好友缩在龟壳里的时间太久，要她一下子适应是比较困难的，她需要有人在背后推她一把。

"想。"张嘉颖点了点头。

"既然想干，我们就铆足了劲干下去，我相信我们姐妹俩联手，肯定能闯出一番天地来。"方梦举掌，"来，我们好好干一票！"

张嘉颖原本迷茫的心总算恢复了一丝清明，她笑着伸手回击了一下方梦的掌心，"说的对，好好干一票！"

眼见张嘉颖重燃斗志，方梦这才略有深意地看了她一眼，"话说回来，你最近情绪好像不太对啊，你以前可没有这么沉不住气啊，是不是发生什么事了？"

最近因为李景明出差，她婆婆又因为她已经回国，对悦悦几乎是放养状态，她被气得半死，但看在李景明的面子上忍住了，只好自己腾出时间带女儿，再加上俱乐部的事，多少也就忽略了张嘉颖这边。

张嘉颖便将这几天发生的事简单地跟方梦说了一遍。

方梦一听顿时炸了，"他陆皓宇什么意思？合着让别的男人送你回一次家就算出轨了？"

性子冲动的方梦说着拿出手机就要给陆皓宇打电话，"我要是不骂醒这个陆皓宇，我就不姓方。"

但手机才刚拿出来，就被张嘉颖给夺了过去。

"行了行了，这件事我自己处理。"

她就知道以方梦的性子，绝对会直接去找陆皓宇干架，所以她在整理好自己的情绪前，也没想着告诉方梦。

张嘉颖苦笑，"他现在对我产生了不信任，就算别人再怎么说，都是没用的，还有可能适得其反。"

她也明白最近自己的情绪太过急躁了，因为她太急着想要证明自己，想要告诉陆家母子她的选择没有错，结果反而陷入了一个恶性循环里。

"也怪我不好。"方梦语带愧疚，"我那天要是不让季扬送你回家就好了。"

"这件事跟你有什么关系？如果陆皓宇已经拿有色眼镜来看待我了，这样的事，迟早都会发生。"

"那你现在准备怎么办？"

"我会好好跟他谈一谈，如果他还这样卜去，我们这个婚姻也没存在的必要了。"她知道心里的那股子气还没有消下去，而他们之间的不信任也已经给婚姻造成了裂痕。

"那还没到离婚的地步吧？"方梦惊了，"嘉颖，你可要想清楚了，如果因为我，让你的婚姻出现了问题……"

"我说了跟你没关系。我和陆皓宇之间其实一直有问题，我和他们家的三观不同，以前没发生事，所以一直相安无事，但真的有事发生的时候，矛盾是难免的。"就像她婆婆林萍，就一直觉得女人留在家里相夫教子才是正确的，而陆皓宇虽没明说，骨子里也是这样的传统男人。

"但……"

方梦还想说些什么，却被张嘉颖打断："行了，你别多想了，与其去想我和陆皓宇之间的事，不如多想想我们这个俱乐部要怎么经营下去吧。就算你前期做好了亏损的准备，但我们也不能就放任它不管了。"

方梦白了张嘉颖一眼，"我怎么可能放任不管？这可是我的心血。我回国前做了多少研究啊？现在短视频这么火红，我们策划一些小故事，然后拍摄一些短视频放在网上，肯定会达到一定的宣传效果，就是我们这里没人会这些，我还在考虑着是不是要招一些这方面的人才，最好是有一些人气的网红……"

方梦一边说，一边打开了抖音。

"我跟你说啊，现在的年轻人就喜欢玩这些……"

忽然，方梦一顿。

"怎么了？"张嘉颖察觉到了不对劲。

"咦，这小姑娘怎么这么眼熟啊？"

张嘉颖凑了过来，"这不是陈漫吗？"

"没想到这小姑娘的人气还挺旺的。"方梦随手翻了几个陈漫做的短视频，忽然灵光一闪，"这小姑娘短视频做得不错啊，也许能招来试试。"

她话音刚落，外面忽然响起了前台小妹甜美的嗓音："欢迎光临。"

"我找你们老板。"

外间那熟悉的声音，让张嘉颖和方梦对视了一眼。

真是"说曹操曹操就到"，刚刚说起陈漫，那小姑娘居然就来了。

陈漫说，她已经失眠好几天。

上次从俱乐部离开后，她就去找孙承越要钱了。她认为这钱会被坑，孙承越要承担起很大的责任。结果孙承越答应是答应了，却要她撤诉。

为了拿回钱，她只好撤诉了，谁曾想那该死的男人一出来不仅继续纠缠她，还钱的事更是连提都不提，把她气得够呛，整宿整宿无法入眠。

对于伤害过她的人，她怎么可能还跟他复合？再说了，那男人可是有暴力倾向的，她没傻到把自己推到火坑里。

"还好我从来就没想过结婚，这要是真跟这样的男人结了婚，那还得了？"

陈漫谈起孙承越就一脸的心有余悸。

"你为什么不结婚？"方梦好奇地问。

"我跟你们说，婚姻是难以承受的高消费，在竞争高压下勉强结婚，婚姻肯定不稳定，背叛随时都会因诱惑而出现，既然如此还不如独身。"陈漫耸肩，"你看我就遇到渣男了，幸好及时止损。"

但是她拒绝归拒绝，那个孙承越却继续死缠烂打，把她烦得够呛。

陈漫困扰地抓了抓自己的头发，掌心上赫然出现了一把发丝。

"我烦得头发都要掉光了，你们快救救我。"

陈漫作为病友俱乐部的第一个正式顾客，张嘉颖和方梦自然是打起十二万分精神对待。

她们让这俱乐部里最好的助眠师给陈漫做心理疏导，从音乐治疗法，到助眠仪器，到智能按摩助眠床垫……后来张嘉颖更是亲自上阵，和陈漫聊了快两小时，结果却使得陈漫情绪越来越烦躁。

"你们这些所谓的助眠类产品都是骗人的吧？"

小姑娘有些不耐烦了，她觉得张嘉颖这些人就是骗子。

"我现在不仅一点睡意也没有，还觉得整个脑袋都要炸裂了。"

陈漫转身就走，决定不治了。

张嘉颖和方梦对视了一眼，两个人从彼此的眼睛里都看到了势在必得的决心。

"陈漫，等等！"方梦冲过去，一把就拉住了陈漫，"再给我们一次机会，我保证，一定能解决你的问题。"

陈漫半信半疑，"这万一没解决怎么办？我不想再浪费时间了。"

面对陈漫的不信任，张嘉颖有些急了。

这是俱乐部开张以来的第一个顾客，她绝不能就这样流失了。

"这样吧，我跟你下'军令状'。"

张嘉颖的话让方梦诧异地看了她一眼。

显然，方梦并不赞同，但此时张嘉颖也管不了这么多了。

她让前台小林带人搬来了一张智能助眠床垫，"这是我们最新款的智能睡眠床垫，你带回去试两天，可以先付定金，我跟你保证，几天后，你一定会欢欢喜喜地来付尾款……"

"真的假的啊？这床垫是什么高级神器？"

"你先带回去试试再说。我睡过，感觉不错。"

张嘉颖开始跟陈漫说起自己先前失眠的症状，后来因为睡了这床垫，情况得到了改善，渐渐地，陈漫被说服了。

"行，我就信你们一回。不过要是我还是睡不着，我可不客气啊。"陈漫挑高了眉毛，俨然一副傲娇小公主的模样，"对现在的人来说，时间就是金钱生命，你们要是没治好，浪费的就是我的金钱生命。"

"行行行，我保证，放心吧。"

在张嘉颖再三的保证下，陈漫总算带着床垫欢天喜地地回去了。

"还是你厉害，把小姑娘给说服了。"方梦朝张嘉颖伸了一个拇指，"不过，这个'军令状'立得会不会太过了一些？"

"再不开张，我都快没信心做下去了。"张嘉颖轻吐出了一

口气，最近诸事不顺，必须要来一件事激励自己。

"也对，开张大吉。恭喜我们成交了第一笔订单。"

回到办公室的时候，方梦端了一杯红酒递到了张嘉颖面前，"来，我们干一杯。"

张嘉颖接过红酒，一脸的哭笑不得，"需不需要这么夸张啊。"

"第一个客人，第一笔订单，我们怎么都需要一种仪式感啊。"方梦微笑地拿着酒杯，跟张嘉颖轻碰了一下，"cheers，预祝我们病友俱乐部红红火火、名震天下。"

"看来你心不小嘛，不仅要赚钱，还要名。"张嘉颖莞尔。

"那还用得着说嘛。"方梦红唇微勾，妩媚动人之中藏着几分野心勃勃，"咱们要干，就要干票大的。"

"搞得跟去打劫似的。"张嘉颖忍不住笑了出来。

俱乐部成交了第一笔订单，无论如何都是好的开始。

她相信，光明的未来就在前方。

"没想到，你跟你这些'95后'也能聊得来。"想起刚才张嘉颖竟跟陈漫聊了两小时，方梦不禁佩服得五体投地，"这些小年轻可不好打发，看来你也做了不少功课啊。"

"那是当然。"张嘉颖略有倦意地揉了揉眉心，"既然要做，我就要做到最好。"现在她都已经在考虑着是不是要辞职了。只有全心全意地做一件事，才能真正把事情做好，否则分身乏术，有可能两头都落不着好。

她发现她看别人的问题所在都很清楚，可是一旦到了自己身上，就是一团乱麻。

或许，这就是所谓的旁观者清。

"你这追求完美的个性还真是八百年不变。"方梦笑了，"我们家景明也经常这么说你。"

听到李景明的名字，张嘉颖脸色微变，斟酌了一下才说道："方梦，说实话，有时候男人并不能全心全意地信任。"

说起李景明，方梦的脸上浮现出了一抹掩饰不住的明艳飞扬，"别的男人我不敢说，但我家李景明是绝对可以全心信任的那种。"

一时间，张嘉颖把所有想说的话都咽了回去。

还是等她查清楚了再告诉方梦吧。

就在这时，张嘉颖的手机响了起来，她拿起手机一看，是陆皓宇的来电。

方梦朝她眨了眨眼，"还不快接？你应该不会真的想离婚吧？"

张嘉颖接起了电话。

"老婆，我在西餐厅约了一个位子，今晚我们吃顿饭，好好谈谈吧。"电话那头，陆皓宇的声音里带着几分小心翼翼。

张嘉颖犹豫了一下，最终还是答应了下来，"好。"

当张嘉颖到西餐厅的时候，陆皓宇早就在那里等候了。

看了眼桌上摆着的玫瑰花，张嘉颖心情复杂地在陆皓宇对面坐了下来。

餐厅的侍者已经站在旁边等候着，"这位女士想点什么?"

"就菲力牛排七分熟吧。"张嘉颖直接点了菜。

这家餐厅她和陆皓宇经常来，都是熟客了。

陆皓宇却看了张嘉颖一眼，"不来一点红酒吗?"

"不喝了，一会儿还要回去做事。"张嘉颖将包放在了旁边的座位上。

"看来你不记得今天是什么日子了。"陆皓宇苦笑。

张嘉颖放包的动作一顿。

"今天是我们结婚七周年纪念日。"

陆皓宇的话让张嘉颖神色复杂地抬起头，"抱歉，我忘记了。"

最近她果真是忙得忽略了很多东西，连结婚周年纪念日都忘记了。

张嘉颖不由得开始反省。

"没事，我记得就行。"陆皓宇将准备好的礼物拿了出来，递到了张嘉颖面前，一脸的诚挚，"老婆，结婚七周年快乐。"

张嘉颖接过了礼物盒，打了开来，发现里面是一条卡地亚的精致项链。这是今年的最新款，她当时一眼就看上了，可一直舍不得买，没想到就提了那么一次，陆皓宇就记住了。

"当然，在祝贺我们的周年纪念日之前，我也要正式地向你道歉。对不起，我不该疑神疑鬼、不该出手打人，更不该未经你同意就随意翻看你的手机。"

这一次夫妻俩算是敞开了说话，说了很多很多，张嘉颖被陆皓宇的真诚所打动，也意识到自己本身其实也有问题。

"也不完全是你的错。"张嘉颖认真地看着陆皓宇的眼睛，

"我不该忙起来就忘记了时间，更不该冷落你和孩子。"

这段时间以来，她确实忽略了很多人和事，人的精力毕竟是有限的，无法同时兼顾太多的事。

这一刻，她有了新的决定。

"皓宇，我有事跟你说。"

陆皓宇微笑，"刚好我也有事跟你说，你先说。"

"我想过了，我还是辞职吧。"

牛排已经端了上来，正在替张嘉颖切牛排的陆皓宇不由停下了手里的动作，一脸的惊喜，"老婆，这也是我要跟你说的事。你看，纹纹现在长大了，也很乖巧，不用我们怎么管了，我妈一直说，就纹纹一个人太孤单了，不如给她添一个弟弟，家里也热闹一些。"

张嘉颖呆了呆，"你想要二胎？"

"老婆，难道你不想再要一个我们爱的结晶吗？"陆皓宇抓住了张嘉颖的手，"其实那天我会那么生气，也是因为我想再要一个孩子，没想到你竟然事后吃了避孕药。不过，这件事是我的错，我应该提前跟你商量一下。但现在好了，既然你也想通了要辞职，那就刚好给纹纹添一个弟弟或是妹妹……"

张嘉颖忽然间有些不明白，为什么好好的，陆皓宇竟然要二胎？而与此同时，她也忽然明白了，陆皓宇为什么好端端地玩起了浪漫？果然是别有目的。

"是妈要求的吗？"张嘉颖将手从陆皓宇手中抽了回来。

"不是妈的要求，是我自己也这么想。"

"皓宇，你应该知道现在养一个孩子成本有多高？"

"我知道。所以，以后我会努力工作养家，不会亏待你和孩子们的。"

"可我不想。"张嘉颖直接拒绝，"我宁愿将所有的精力和资源都花在纹纹身上，尽可能给她创造好的未来。"

"养孩子哪有你想的那么复杂？"陆皓宇试图继续游说，"嘉颖，我们要是够富裕，就往富了养，要是没那么多钱，就往节省了养，以前老一辈人不都这么把孩子拉扯大的吗？那时他们三四个孩子都是常态。"

"可社会已经不同了。时代在进步，如果再像以前那样放养，你是等着让你的孩子被这个社会淘汰吗？一辈子永远做一个碌碌无为的人？"

陆皓宇神色复杂地看了张嘉颖一眼，"所以，你其实是一直嫌弃我的，对不对？"

张嘉颖愣住，"你在胡说什么？"

"难道不是吗？"陆皓宇苦笑了一声，"你一直在嫌弃我的碌碌无为、嫌弃我的胸无大志。"

"我从来没这么说过。"

"可你有这么想过，是不是？"陆皓宇一脸的落寞，眼底更是多了一抹自嘲，"所以，你如果想过自己想要的生活，就只能靠自己。"

"我……"张嘉颖无言以对。

她确实从来没奢望陆皓宇能做什么，她从小独立自主惯了，很多事情都是自己铆足了劲儿上，没想过依靠任何人。所以当她重新活络了心思想要创业的时候，也从未想过，或许陆皓宇能帮自己什么。

陆皓宇见她没说话，又幽幽问了一句："所以，你想辞职，也不是为了能多腾出时间待在家里，而是想用更多的时间和精力去做病友俱乐部是不是？"

"是。"张嘉颖点头，她的神色很坚定，也不想隐瞒陆皓宇什么，"既然我想要把俱乐部做起来，索性就全心全意地做。不然，我班也上不好、俱乐部也顾及不过来，还因为时间不够用忽略了你和孩子。"

她向来是个有主见的人，并不会因为别人的一些建议和阻拦就随意改变自己的主意。

此时此刻，陆皓宇再度看到了张嘉颖年轻时身上那无法掩盖的锋芒。

"如果我想你留在家里生孩子呢？"陆皓宇的神色很认真，眼中甚至带着一丝试探。

"你知道的，不可能。"张嘉颖的回答也很坚决。

这一刻，她从陆皓宇的眼睛里捕捉到了一抹失望的神色。

"皓宇……"她试图补救解释些什么，但张开了口，却又无从说起。

她要的结果，和陆皓宇要的结果根本就是南辕北辙，除非有一方让步，否则这件事恐怕会成为彼此之间的心结。

于是，好好一顿结婚周年纪念餐就在这食之无味中慢慢地流逝着，张嘉颖切着面前的牛排，只觉心中苦涩无比。

从开始做病友俱乐部开始，她就一直得不到家人和朋友的支持，每个人都在跟她说，这件事是错误的。

可她真的错了吗？

她不过是想证明自己的价值，想创造更好的未来。

忽然，原本还在低头切牛排的陆皓宇说了一句："好吧。

我们家还是老婆大人说了算。你就放手去干吧。"

张嘉颖一顿，惊喜地抬起头，"皓宇，你说真的?"

"当然是真的。我可是好不容易才下了这个决心。"陆皓宇笑着，将张嘉颖面前的牛排端了过来，开始帮她切牛排，但微垂的眼帘却掩去了眼底真正的神色。

看着陆皓宇娴熟的动作，张嘉颖心下微微动容。

这是结婚以前陆皓宇经常帮自己干的事。

"谢谢你，老公。"原本还以为因为刚才这一番谈话，陆皓宇可能会极力反对，没想到这么轻易就答应了。

陆皓宇将切好的牛排又推回了张嘉颖面前，"老婆，你要是真想谢我，就别让我失望。"

这一顿结婚周年纪念饭最终还是以温馨美好的结局落下帷幕。

好不容易得到了丈夫的支持，张嘉颖只觉一身轻松。然而，第二天她这边才刚刚递交了辞职，那边就接到了前台小林的电话，说陈漫带着昨天刚买走的床垫来砸场子了。

张嘉颖只觉一个头两个大，他们病友俱乐部最近还真是多灾多难。不是有人上门讨债，就是有人砸场子。

当张嘉颖赶到俱乐部时，就见刚卖给陈漫的智能助眠床垫就摆在前台大厅的地面上，而陈漫坐在对面的沙发上，面色极为难看。

"你们这是什么高级助眠床垫啊? 我又是一宿没睡……"陈漫愤怒地指着自己的黑眼圈，"你们自己看看，这破床垫一点儿用都没有。我看你们这什么俱乐部，就是个骗人的玩意儿。我跟你们说……我……"

她话还未说完，手腕就被人扣住了。

是张嘉颖。

陈漫瞪了她一眼，"你做什么？想打人啊！"

张嘉颖微笑，"陈漫，我们前几天才刚收拾了一批过来砸场子的人，现在那些人可能还在派出所里蹲着呢。"

陈漫冷笑了一声："吓唬我呢？我这是维权，是维护消费者的正当权益，又有什么错？你倒是报警啊，看看警察帮谁？"

说着陈漫竟拿起手机开始拍视频。

"陈漫，你做什么？"张嘉颖试图阻止，却被陈漫给避过了。

"拍你们怎么骗人啊！我要去网上揭发你们！"

前台小林眼见这个阵仗，就想去抢陈漫的手机，陈漫及时避开，并且瞪了一眼小林，"你敢抢我手机我就报警了啊！"

张嘉颖气不打一处来，"小林，让她拍。我们行得正、坐得端，怕什么？"

陈漫得意地一扬毛眉，顺顺利利拍了好几个视频，这才拍拍屁股走人。

"嘉颖姐，你就真让这小姑娘去网上曝光啊？"小林哭丧着一张脸。

"那不正好吗？帮我们引流。"

其实张嘉颖说的也是气话，她知道这件事是自己激进了。

为了让俱乐部能开张，她当时不顾后果地就立下"军令状"，这才造成了这样的局面。

但张嘉颖没想到的是，陈漫身为一个人气不小的网红主播，在网上曝光的所谓"维权短视频"竟然掀起了不小的风浪。

于是接下来的几天内，来俱乐部的人就更少了。

俱乐部里的员工跑出去发传单，还被人嘲讽了大半天，骗子俱乐部，谁去啊？

一时间俱乐部越发门可罗雀，张嘉颖急得嘴角都起了泡，抓着方梦以及几个助眠师开始讨论陈漫的治疗方案。

她就不信，这件事她搞不定。

好不容易探讨出方案，可当她们打电话给陈漫准备好好聊聊的时候，却发现陈漫的电话打不通。

"小林，你继续联系陈漫，直到联系上为止。"张嘉颖对小林下了死命令。

"行了，压力别这么大……"方梦伸手搭上了张嘉颖的肩膀，"万事开头难，我早就有心理准备了，你也不要对自己要求过高……"

"我只是不想再次跌倒……"张嘉颖垂下了眼帘。

"跌倒怕什么？爬起来不就完了？怕什么！我们两姐妹双剑合璧，肯定势如破竹。"方梦笑着，娇艳如妖。

方梦的话让张嘉颖心头一暖。

是啊，怕什么？

跌倒了爬起来再跑就是！

原还想继续讨论一下陈漫的治疗方案，最终却以方梦的手机接到女儿悦悦的电话而告一段落。

悦悦又只剩一个人在家，她害怕。

方梦忽然觉得，自打她回国之后，她那个极品婆婆就一直在搞幺蛾子，不是今天有事，就是明天有约，好像恨不得把她拴在家里看孩子，一步门也不要出。

"等李景明回来，你要好好跟他谈谈。"张嘉颖还没有告诉方梦那天自己看到李景明的事，她还没得到确切的证据，不能就这样抖搂出来，万一搞错了呢？那可是会伤害她们俩之间的感情。

"肯定。他回来，我必须让他跟他妈好好谈谈，这样下去，我要不要做事了？"方梦也是满肚子的火气。

原本以为就张嘉颖家里的人可能会反对，没想到她那边也出了不少状况。

方梦憋着满肚子的气回家找悦悦了，张嘉颖跟俱乐部的员工交代了几句，便也开车回家。她已向出版社递交了辞呈，就剩下一些交接工作，也能多腾出点时间陪老公孩子。

最近她和陆皓宇的关系还不错，除了林萍时不时地抱怨两句之外，家里好像回到了从前，和谐，而且平静。

正在开车，手机忽然响起。

"喂，你好，哪位？"张嘉颖打开了无线耳机。

电话里，传来了一声很好听的男音，是季扬。

每每听到季扬的声音，张嘉颖总觉得这个男人真的太不真实了。不仅人长得帅气，有钱，就连声音都给人一种安全感，感觉很踏实。

也许是因为先前印象的反转，让她对季扬的好感莫名拉高了几个度。

"喂，嘉颖，你那天让我查的事，我已经查清楚了，小区里确实有一个叫李景明的户主。"

可这一次季扬的话却让张嘉颖的心沉到了谷底。

"那物业那边对那个叫李景明的人有所了解吗？"

张嘉颖正想继续追问下去，突然，马路对面蹿出一道人

影，她吓得一个紧急刹车，脑袋撞到了方向盘上，原本放在车头的手机也掉了下去，屏幕都摔裂了。

张嘉颖捂着脑袋，弯下腰去捡手机。

手机里还不时传出季扬焦急担忧的声音："嘉颖，发生什么事了？你没事吧？"

"没事。"张嘉颖捡起手机，苦笑地说道："出了一点小车祸，额头撞到了，没什么大事。"

"快，把定位发我。"虽说手机里季扬的声音略显几分强势，但也不难听出里面的关切。

张嘉颖心中微暖，连忙打开微信，给季扬发送了位置，便闭着眼靠着驾驶座休息。

额头上的伤虽隐隐作痛，但此刻张嘉颖脑海里想着的却全是方梦的事。

李景明这回算是证据确凿了，现在该怎么跟方梦说呢？她怕她那个好姐妹伤心。

想着想着，张嘉颖有些昏昏欲睡，神志也开始迷糊，也不知过了多久，她听到有人在耳畔焦急地呼唤："嘉颖，嘉颖……"还有一双手正在不断地轻摇着自己的肩膀。

张嘉颖缓缓睁开了眼睛，当模糊的视线渐渐清晰，她看到了季扬那双漂亮的桃花眼。下意识地，她略带遗憾地轻吐出一句："这双眼睛怎么就长在男人的脸上呢？真是暴殄天物。"

心急如焚的季扬原本正打算直接把人抱去医院，谁知对方一睁眼就送了自己这么一句。

"还会调侃人，看来没什么事。"季扬重重吐出了一口气。刚才他看见张嘉颖闭着眼睛，还以为她晕了过去，把他吓得够呛。

所幸张嘉颖受的伤不算太重，只是额头青了一块，而那个肇事者早就跑得无影无踪了，张嘉颖也懒得找交警处理了。

"我没事，但手机有事。"张嘉颖拿出了屏幕裂得不成样子的手机，无奈地苦笑，"看来，我得先找地方去换块屏幕。"

"索性买部新的吧。"

"算了，我手机里还有很多资料没备份，买新的很麻烦的。"

季扬目光却还是落在张嘉颖额头的那片青紫上，"手机的事后面再说，你坐副驾去，我来开车，先送你回家。"季扬说着就要上车。

"不用那么麻烦了。我自己可以……"张嘉颖试图阻止季扬，手上却是一滑，手机再度摔在了车里。

"啪！"这回不仅是屏裂了，整个手机后盖都脱落了，直接黑屏。

张嘉颖呆住，现在的手机质量有这么差吗？

季扬忍不住轻笑，"这就叫旧的不去，新的不来。说吧，你现在是先买手机还是先回家？"季扬坐上了驾驶座问。

"先买手机吧。"张嘉颖觉得今天自己真是倒霉透了，认命地弯腰捡起了手机，眼角的余光却瞥见了一个类似芯片的东西，就在刚才手机掉落的地方。

"这是什么？"张嘉颖不解，她将芯片递给季扬看，"不会是什么零件丢出来了吧？"

"这是窃听器的芯片。"季扬的脸色很凝重。

难怪张嘉颖的手机就这样轻轻一摔连后盖都脱落了，明显

是被人改装过，组装的时候也没弄好。

张嘉颖一时间还缓不过神来，"你说什么？窃听器？"

这么玄乎的东西，她还以为在看科幻片呢。

"对。"季扬点头，"嘉颖，你最近是不是得罪了什么人？"

突然，张嘉颖想起了一件事。

她家老公虽没什么大志向，却一向对这些科技流的玩意儿感兴趣，平时没事的时候总会买一些小零件回来鼓捣。

张嘉颖的心顿时沉到了谷底。

这窃听器不会是陆皓宇装的吧？

张嘉颖一回到家里，直接就去了陆皓宇平时工作的小书房。

果然，她在那里翻出了同样的芯片。

张嘉颖浑身发凉地坐在了椅子上，她怎么也没想到，陆皓宇竟然会做这样的事？

他是有多不放心她？有多不信任她？

可分明，那天在西餐厅，他微笑着答应了她，跟她说，你就放手去干吧。

原来，他就是这样放手让自己去做的？

而她的手机又是什么时候被安装了窃听器？只要一想到这些细节，张嘉颖就觉得浑身发凉，那股寒意一直窜到心底。

张嘉颖忽然觉得自己从来都不曾真正了解过陆皓宇。

没过多久，陆皓宇就下班回来了。

林萍也接孩子放学了，母子俩带着孩子有说有笑地走进家门，却一眼就看见了坐在客厅沙发上、面无表情的张嘉颖。

"妈妈。"纹纹开心地冲了过去，扑进了张嘉颖的怀抱里，"妈妈，你今天怎么这么早回来？"

张嘉颖勉强笑了笑，"妈妈早点回来陪纹纹不好吗？"

"好，好，当然好啦。"纹纹眉开眼笑，在张嘉颖怀里不住地蹭着。

"好了，你跟奶奶先帮妈妈去买点水果。"张嘉颖把孩子从怀里拉出来，抬头看向了林萍，"妈，麻烦你带孩子出去一下，我有点儿事要跟皓宇说。"

林萍虽行事有些强势，但也不是个不讲理的人，最重要的是，她从来不会不给她儿子面子，否则，当初她也不会同意让张嘉颖进门。

多少也察觉到了张嘉颖的不对劲，林萍便拉着纹纹出了门，只是临走前，语重心长地说了一句："我不管你们怎么折腾，我只要这个家还在。"

林萍的话让张嘉颖的心狠狠震了一震，却没说话。

那一老一少终于走出了他们的视线，陆皓宇自然也知道事态不太对头，正想开口问，却看到了张嘉颖额头上的青紫。

"老婆，你额头怎么了？"

张嘉颖没有回答，只是神色平静地将一直攥在手里的芯片扔在了眼前的桌面上。

"这是什么？"

陆皓宇一愣，面色变了。

"我问你这是什么？"张嘉颖的嗓音随之拔高了几分。

陆皓宇没有回答，张嘉颖却随手又扔出了另外几片从书房里搜到的芯片。

"陆皓宇，你就这么不相信我？"张嘉颖的眼睛红了，"对你来说，我张嘉颖究竟有多水性杨花，让你这样防着我给你戴绿帽子？"

这种猜忌就是一把锋利的双刃剑，不仅能刺伤她，同时也会刺伤陆皓宇自己。

"老婆……"陆皓宇上前，试图抓住张嘉颖的手，想解释些什么，却被张嘉颖直接甩开。

"竟然连窃听器都用上了！"张嘉颖怒极反笑，眼角却有泪水流淌而下，"别人说给我听的时候，我还以为在演电视剧呢。还以为在看什么科幻片、警匪片，没想到，这样玄幻的事竟然出现在了我的身上……"

张嘉颖几乎泣不成声，无法再让自己说下去。

这是张嘉颖七年来第一次哭得这么惨烈。

她上次这般痛哭，还是七年前，她创业失败陷入谷底那会儿。

她也是哭得这么撕心裂肺。但那个时候，她哭是因为悔恨，悔恨自己的鲁莽与冲动，背上了巨额的债务，连累了父母，而此时，她哭是因为心痛，心痛陆皓宇的不信任。

这种相当于被背叛的感觉，就如同刀割一般刺着她的心。

"老婆，这件事你要听我解释，我只是怕你遇到坏人……"陆皓宇紧紧抱着痛哭的张嘉颖，"你们女人自己出去闯荡，总会遇到一些心怀不轨的人，总会被一些灯红酒绿给迷了眼，我也是出于保护你的目的……"

"我们回归以前的生活好不好？你平时上上班，下班了就回家带带孩子、看看电视、逛逛街，一家人享受一下天伦之乐，根本就没必要去做那些事，养家糊口的事，交给我们男人去做，女人只要在家里做好自己妻子的本分就好……"

张嘉颖一把就将陆皓宇推开了。

如果先前是心痛，那么现在就是愤怒。

在这些男人眼里，难道女人就必须要靠这样肮脏的事上位？就必须要靠出卖自己才能获得成功？

这是整个社会对女人的偏见。

她不禁回想起，当年在学校，当她的洗衣连锁店做得风生水起的时候，当她找到了靠谱的资方的时候，很多风言风语就起来了，说她一定是靠自己的美色取悦了那些老板，这才能签下那么大一个合同。

后来，她失败了，她又被那些人唾弃，说她空有花架子，没有那个本事就别逞能，结果到头来，赔了夫人又折兵，什么也没得到。

那时种种流言，都充满了对一个年轻女孩的恶毒偏见。

或许创业失败的打击很大，但真正让她萎靡不振的，正是那些流言蜚语，差点让她整个人都废了。

在她人生的至暗时刻，是陆皓宇伸手拉了一把。

是陆皓宇不离不弃地陪着她。所以，一直以来，她对陆皓宇都存着感激之情，她以为，他跟那些人是不一样的。

原来，她又错了。

"我们需要冷静一段时间。"哭过了，心也凉了，张嘉颖抹了把脸，心情也跟着平静了下来，"我会回我妈家住一段时间，孩子我也会带走。"

"老婆，你不能走。"陆皓宇一把抓住了张嘉颖的手，"你是我陆家的媳妇，你回娘家住，我怎么跟我妈交代？我知道，是我的错，我不该这么疑神疑鬼，可你身边优秀的男人太多，我无法控制自己不去多想……"

张嘉颖无言以对。

她看着一个人高马大的男人连眼眶都跟着红了起来，说不心疼那是骗人的。

可陆皓宇显露出来的控制欲，却也是她无法接受的。

狠下心，她再次甩开了他的手，"我们彼此都冷静一下，好好想清楚。"

张嘉颖头也不回地走回房间去收拾行李，客厅里，陆皓宇将桌上那些芯片狠狠地砸在了地上，用力踩得粉碎。

张嘉颖就这样带着孩子回了娘家，陆皓宇装窃听器的事，她也没跟其他人多说些什么，唯独透露给了方梦知道。

方梦听了后，也赞成张嘉颖的决定。

谁也想不到，一向老实的陆皓宇竟然会有这样的一面。

"我当初就跟你说过吧，陆皓宇配不上你，你们从头到尾

就不是一类人。"办公室里，方梦一边喝着咖啡，一边不停地数落着陆皓宇，张嘉颖却听得有些心不在焉。

李景明的事她已经找季扬确认过了，可她不知道该怎么跟好友开这个口，只是让季扬尽量保留证据，好让方梦以后有反击的机会。

"我说张嘉颖，你走什么神呢？"方梦察觉到了张嘉颖的走神，伸手到她面前摇了摇，"听到我说话了吗？"

张嘉颖回过神，"怎么了？"

"还怎么了？我还想问你怎么了呢？"方梦轻轻一拍张嘉颖的肩，"姐妹，别为了一个渣男伤心，天涯何处无芳草啊，我们踹了陆皓宇那只沙文猪……"

张嘉颖笑了笑，正想反驳方梦，这个时候，负责前台的小林走了进来。

"方梦姐，我还是联系不上陈漫……"

"电话一直打不通吗？"

"也不是，有打通过，但没人接。"

"好吧，这件事交给我。你先去做你的事吧。"打发了小林，方梦便拨通了陈漫的电话。

结果半天都没人接听。

"这小丫头是不是把我们拉黑名单了？"张嘉颖苦笑。

"有可能。"方梦一边打电话，一边回答，"实在不行，我们找上门总行吧？亲自上门比较有诚意……"

方梦话还没说完，忽然电话被人接起。

"喂，陈漫吗？"方梦叫着陈漫的名字，但对方没有回应，"喂，喂，陈漫，你听到我说话了吗？"

张嘉颖觉得不太对，"是不是信号不太好？"

方梦开了免提，拿着手机走到了窗边，刚想说话，忽然手机那头传来"咣唧"一声，似是有什么物体摔碎的声音，紧接着陈漫的抽泣声响起。

"你们这是要逼死我对吧？好，那我就去死！我就死给你们看！"

张嘉颖和方梦的面色变了。

按着陈漫在俱乐部留下的资料，张嘉颖和方梦开车急急赶到了陈漫住的地方。

陈漫住的单身公寓楼，她在里面租了一个小套间。

当二人赶到那栋单身公寓楼时，发现那栋楼前围着人山人海，甚至连警车都出动了。

"这是发生了什么事？"张嘉颖拉过一个看热闹的路人问。

"有人跳楼啦！"路人指着 16 层窗台上那道模糊而娇小的身影。

"谁要跳楼啊？"方梦问。

"听说是六单元的一个小姑娘，叫什么漫的。"

张嘉颖和方梦都吓坏了，连忙就往人群里挤。

楼前，几个警察正在维持秩序。

张嘉颖跑上前，"警察同志，我们是陈漫的朋友，让我们上去劝劝，也许能劝得下来。"

那几个警察面露犹豫。

"是啊，那小姑娘轴得很，她平时最听我朋友的话了。你们让她上去试试。"

方梦好说歹说，总算让警察把他们放了上去。

当她们两个人气喘吁吁地跑到 16 层时，一眼就看见了坐在楼道窗台上的陈漫。

"陈漫！"张嘉颖小心翼翼地靠近，"你别冲动，有话好好说。"

坐在窗台上的陈漫晃动着双腿，一脸的心如死灰与绝望。

"嘉颖姐，你说我到底做错了什么？为什么那些人连一个申辩的机会都不给我！他们光听孙承越一面之词，什么也不知道，就说我是出来卖的，说我下贱，眼里只有钱……"陈漫流着泪，"其实我不怕他们骂我、诋毁我，反正那些人也不会顺着网线爬过来对我怎么样，我就当成没看见就好，我已经努力地让自己忽略那些人的存在了，可为什么，那些人竟然找到了我爸妈那里，打电话去骂我爸妈？"

张嘉颖正自不解，一旁的方梦已经翻到了网上的消息，把手机递给了张嘉颖看。

原来是孙承越那个渣男，不满陈漫与自己分手，于是在网上到处抹黑陈漫，说她滥交，说她贪慕虚荣、爱钱财贪……于是陈漫被网暴了。那些键盘侠不仅打爆了陈漫的电话，没日没夜地骚扰，还骚扰到陈漫老家的父母那里。

"他们又做错了什么？他们什么都不知道，可那些人逮着我爸妈就是一通谩骂，说他们生了我这么一个不知廉耻的女

儿，现在连我们那个小镇的人都知道了……"陈漫几度哽咽，已是泣不成声，"我爸妈老实了一辈子，他们哪里受得住那些人这样戳脊梁骨，我妈都已经气得住院了，可那些人还不放过他们……"

"对，那些人确实太过分了。但漫漫，我们这样做，根本解决不了问题……"张嘉颖慢慢地朝陈漫靠近着，"你知不知道，你死了，只会让亲者痛、仇者笑，你应该勇敢地面对这一切，曝光孙承越那个渣男……"

"可我找不到他！"陈漫失控地吼叫，"我打电话让他放过我了，但他的电话打不通，号码都换了，他是存心想弄死我，或许，只有我死了，他的气才会消，他们才会放过我爸妈……"

情绪激动下，陈漫差点儿摔下去，吓得一旁的方梦一声惊呼，所幸陈漫自己及时扶住了窗沿。

16层，真高啊。

陈漫看着脚底下那灰蒙蒙的一片，眼前阵阵晕眩，面色也随之发白。

"漫漫，你知不知道，你从这里跳下去，会是怎样一个结果？"张嘉颖强迫自己镇定下来，她也看出了陈漫的害怕，继续劝说道："就在上个月，我有一个同事，也是从十几层跳了下去，整个人都四分五裂，手脚都断了，死得很惨。她因为受不住丈夫和婆婆的冷落，在坐月子的时候，患了抑郁症，以为这样一跳就完事了。可她死的那一天，她妈妈哭成了泪人，而那她老公和婆婆反倒无动于衷……可怜她才不到三十岁，让白发人送了黑发人，还留下了两个嗷嗷待哺的孩子，漫漫，你觉得她这样做值得吗?"

陈漫听得恍惚，张嘉颖终于靠近了她，只是小心地站在她的身后，并没有触碰她的身体。

"我还听说，我那个同事的老公在她死后不到半个月，就又去相亲了。你看……我那个同事是不是死了也是白死，根本就惩罚不到应该惩罚的人!"

陈漫愣住了，在她愣住的那当口，张嘉颖扑了过去，一把揽住了陈漫的腰。

方梦吓得面色发白，"快帮忙!"

立时有几个警察反应了过来，一起将陈漫和张嘉颖给拖了下来。

陈漫被救了下来，抱着张嘉颖就是一阵失声痛哭。

病友俱乐部

第五章
祭奠我死去的爱情

这场救援总算是有惊无险地完成了。

张嘉颖和方梦在公寓楼里，陪着她渡过了漫长的一夜。

陈漫说了自己的过往，说自己在老家的时候，大学还没毕业，家里就给她安排上相亲了，就怕她嫁不出去。

她才二十四岁，不想就这样稀里糊涂地把自己嫁了，她还有自己想要过的人生。所以，她宁愿只身在外面闯荡，也不想回家面对无休无止的相亲。

"难道女人存在的意义就是为了结婚生孩子吗？"陈漫问。

她不想结婚。在她的眼里，结婚从来都不应该是两个男女凑在一起，将就着过日子。因为她看了太多身边因凑合着过日子的男女都经历了怎样的婚姻生活。

一地鸡毛，鸡飞狗跳。

结婚的成本对她来说太高了，她难以承受，因为她害怕背叛，那么就从源头上把这个背叛的因子给杜绝了，那么，她也就不会再受到伤害了。所以，她拒绝了孙承越的求婚，在她和孙承越刚开始交往的时候，她就已经告诉过他，她谈恋爱并不以结婚为目的。当时孙承越满口答应着，却不想后面会翻脸不认人，而且在网上大肆地抹黑她，进而影响到了她的家人、朋友。

她也是个怕死的人，如果不是被那些人逼至如今这个境地，她又怎会生出跳楼的想法？

她还年轻，她还有大好的年华，她不想死。

"现在的人动不动就网暴，那些键盘侠们更是听风就是雨，从来不管事实真相究竟是什么，只要图他们一时骂得痛快就行了……"方梦义愤填膺。

"这件事要消停，恐怕只有找律师来处理。让他们知道，造谣是要付出代价的。"张嘉颖冷静地分析。

方梦然像是想起了什么，"我认识一个律师，她叫孙钰，打这方面的官司很厉害，我把她介绍给你吧。"

"谢谢你们。可是我现在没钱……"陈漫此时情绪已稳定了下来，只是她没钱是事实。

她的钱被那个叫郑阳波的坑了，再加上最近的网暴事件，她的直播根本就没办法做下去。

"钱的事以后再说。"方梦拍了拍陈漫的肩膀，"当务之急，先把那个人渣给揪出来。"

陈漫眼眶湿润了，"谢谢，我那么对你们，你们却还……"

陈漫哽着声，再也无法说下去了。

张嘉颖和方梦相视一笑，"那是我们业务能力不行，没治好你，是我们的失误，你拍的那些短视频也是实事求是，并没有错。等这件事解决了，我们会继续调整治疗方案，只是陈漫，你愿意给我们机会吗？"

"愿意，愿意。"陈漫重重地点了点头。

在方梦的安排下，陈漫在 WAIT 咖啡厅见到了孙钰律师。

孙钰表情严肃，戴着一副金丝框眼镜，看起来就是那种行事冷酷干练、说一不二的主。

留下陈漫战战兢兢地跟孙钰沟通，张嘉颖朝外面的走廊上走去。

方梦烟瘾犯了，正在那里抽烟。

僻静的走廊上，方梦一个人拿着一支烟静静地吞吐着，周身笼罩在淡淡的烟雾中，莫名带着几分颓废之色。

"你这烟最好还是戒了。"

张嘉颖走到方梦身边，用手轻扬了扬她周身的烟雾。

其实方梦现在已经很少抽烟了，以前跟李景明刚谈恋爱那会儿，才叫抽得凶。因为家里的反对，她为了跟李景明在一起，可是顶着极大的压力。

后来生小孩，为了孩子的健康，她才勉强把烟给戒了，再后来，她就算偶尔有抽，也是因为心烦或是压力过大，才会抽那么一两根。

"我也就这点爱好了。"方梦将烟头拧灭，扔进了垃圾桶里，"你不会连我这最后的一点爱好都要剥夺吧？"

只有在尼古丁吸入身体的那一刻，她才能全然感觉到放松。

"是不是有什么烦心事？"张嘉颖略有深意地看了她一眼。

"还能有什么事，想我家亲爱的老公了啊。"方梦半真半假地开着玩笑，"李景明那个混蛋啊，这次竟然出差这么久，也不知道在搞什么？"

张嘉颖犹豫了一下，涌到嘴边的话又咽了回去。

她不知道应该怎么跟方梦说。

她和方梦不一样，她和陆皓宇闹矛盾，她可能可以很理智地脱身而出，但方梦不行。

因为她是一路陪着方梦走来的，知道方梦对这段感情的付出，有多么惨烈与悲壮，直到现在，结婚六年了，孩子都四岁了，她也没跟娘家人联系过。

为了李景明，她众叛亲离。

可是李景明那个混球又是怎样回报她？

"是不是你那个极品婆婆又为难你了？"张嘉颖试探着问。

"除了她还有谁？"说起她那个极品婆婆，方梦就一肚子的火。

这些天李景明不在家，她简直就把自己当成了太后，指使着她做这做那，甚至于拿再也不管悦悦的事来威胁她。

方梦觉得，这次自己回国，李母的态度可以说较之前发生了翻天覆地的变化。

在和李景明结婚前，李母简直把自己当宝一样供着，就怕自己把李景明给甩了，结婚后，因为她拿钱给李景明开公司，对自己也是和颜悦色。虽说后来她生了悦悦之后，重男轻女的李母脸色多少有些难看，但从没撕破脸，只是隔三岔五地让她生二胎，给李家添个香火。

但那时，她人在国外，怎么可能给李家生二胎？也是从那

时开始，李母就对她颇有微词了。她反正无所谓，在她的认知里，她觉得只要李景明对自己好就行了，其他"闲杂人等"，她方梦还从未看在眼里过。

而这次她回国，李母的态度可就跟从前大相径庭了，动不动就使唤她，有时甚至还会在悦悦面前落脸面。李景明在的时候还好些，李景明一不在，那就是在试探的边缘疯狂作妖。

张嘉颖心里多少也有点儿明白，李母的态度为什么突然间会发生变化。

想来，李景明外面有人的事，李母是知情的，甚至很有可能，那个小三的肚子里还怀了一个李家的孙子呢？

张嘉颖正想开口说些什么，突然方梦的手机响了起来。

方梦接起电话，面色却变了。

"什么？悦悦进抢救室了？"

当方梦和张嘉颖、陈漫等人一起赶到医院时，悦悦已经被送进了抢救室。

方梦怎么也没想到，悦悦的病竟会突然间爆发。

前几天不是还好好的吗？

今天因为要去俱乐部，李母又不肯帮她看孩子，她只能临时找了一个熟悉的保姆帮她看着悦悦，谁知道竟发生了这样的事？

安静的医院走廊里，方梦坐在冰冷的椅子上安静地等候着，脸色憔悴倦怠。

急救室里，医生正在给悦悦进行各项检查，方梦能做的，就只有等。

李景明出差不在，她打电话也没人接，而刚刚，她也打电话给李母了，谁知李母竟然直接挂断了，也不知道在忙些什么？

看着冰冷的医院走廊，她其实很害怕，害怕悦悦就这样离开了。

心中忐忑难安，方梦又拿出了手机拨通了李景明的电话。

为什么李景明一直不接电话？

看着神情焦虑的方梦，张嘉颖心里阵阵难受。

她想，李景明现在应该还在那个小三那里吧？

"别着急，悦悦不会有事的。"张嘉颖抓住了方梦冰凉的手，"我们先安心等等。"

陈漫也安慰道："是啊，方梦姐，小悦悦肯定吉人自有天相的。你别太担心。"

正说着，抢救室的大门打了开来，医生快步走了出来。

方梦扑了过去，"医生，医生，我女儿怎么样？"

"孩子状态不是太好。"医生看着方梦，凝重的神色里却多出了一丝谴责，"你们明知道孩子的心脏病很严重，怎么都不定期检查呢？我看过孩子的档案，这几年检查都是三天打渔两天晒网，有时候甚至连药都没拿。"

"怎么可能？"方梦震惊地睁大了眼睛。

"你是孩子的母亲吧？你怎么连孩子的治疗情况都不

知道?"

医生后来又说了些什么，方梦已经听不清了。

她只知道，李景明似乎对孩子并不上心，可她每次打电话回来的时候，李景明都是怎么说的?

他说，孩子很好，都有定期去检查，医生说没什么大事，让她放心。

可结果呢?

方梦失魂落魄地坐在病床前，看着病床上乖巧安静、但脸色苍白的女儿，只觉心口像是压上了一块巨石。

"悦悦，是妈妈不好。"

方梦红着眼，俯下身，紧紧抱住了女儿温软却消瘦的身体。

她不是一个合格的母亲。

孩子病得这么重，她竟然一丁点也不知情。

被方梦紧抱在怀里的悦悦伸出肉肉的小手，学着大人的样子轻拍了拍方梦的后背："妈妈不哭，悦悦没事。"

那奶声奶气、带着几分忐忑、几分安慰的童音，不仅让方梦哽了声，也让张嘉颖红了眼睛。

悦悦才四岁，却比一般孩子懂事成熟得多。

虎毒还不食子呢，可李景明那个畜生又是怎么对孩子的?

悦悦总算是有惊无险地渡过了一劫，方梦稍稍松了口

气，她走到病房外面，再一次拨通了李景明的电话，但依旧没打通。

医生的话就像一根刺，刺得她心口隐隐作痛。

她很想找李景明问清楚，她觉得这应该是个误会。

可偏偏这个时候联系不上李景明。

"我出去给悦悦买点东西。"方梦拿起包就往外走去。

张嘉颖自然是看出了方梦的不对劲，叮嘱孙钰和陈漫先帮忙看着孩子，然后连忙跟了上去。

果然，方梦一出医院门口就走到角落拿出包里的烟，点了一根往嘴里塞。

张嘉颖走过去，一把扣住了方梦的手，"你不是说不抽了吗？"

"嘉颖，我现在很烦，我想……"

张嘉颖一把将方梦手里的烟夺了去，"抽烟不能解决问题，而且现在公共场合也不允许抽烟。"

方梦苦着一张脸，"你让我发泄一下都不行吗？"

张嘉颖拍了拍方梦的肩，"先找李景明吧。"

此时张嘉颖还在犹豫，要不要告诉方梦真相，现在孩子进了医院，那个李景明却在陪另外一个女人和孩子，这于情于理都说不过去，但她又不想在这个时候火上浇油。

"我要是能找到他，我还能这么烦吗？"方梦却开始胡思乱想了，"你说景明会不会出了什么事？以前他从来没这样过……"

正说着，忽然她神色一僵。

"怎么了？"张嘉颖察觉到了异样，顺着方梦的目光望去，

看到了一个很像李景明的人正扶着一个孕妇走进医院。

张嘉颖忽然间明白了什么，在心底轻轻叹了口气。

"我好像看到李景明了，我肯定是看错了。"方梦也顾不上多说什么，急步就返回医院。

方梦的心有些慌，脚步也有些乱。

可现在正好是医院人流高峰期，方梦没能追上李景明和那个女人，转眼就失去了他们两个的身影。

那个女人明显是孕妇，也许去了妇产科。

方梦拐过弯朝妇产科室走去，却被随后赶来的张嘉颖给拉住了。

"方梦。"张嘉颖的神色凝重。

"嘉颖，我刚才真看到李景明了，我很确定自己没看错，但他不是出差了吗？怎么会在医院？"最重要的是，身边居然还有另外一个女人，而那个女人看起来还有几分眼熟。

方梦的眼中透着焦虑，"我必须去确认一下。"

"李景明没出差。"张嘉颖突然吐出一句。

方梦怔住了，喃喃问道："什么意思？"

"我说，李景明根本就没出差，你刚才没有看错。"

方梦呆呆的，没有反应。

张嘉颖深吸了一口气，"方梦，还记得那个孕妇吗？"

听了张嘉颖的话，方梦终于回过了神，整个人却透心地凉，"什么……什么孕妇？"

她其实已经猜到了些什么，但她不敢往下深究。

"我要跟你说一件事。"张嘉颖最终还是决定把这件事告诉方梦，最主要是别让方梦处在被动的地位，让她有所防范。

方梦张了张嘴，想说些什么，但最终却是一个字也说不出口。

"我曾看见那个孕妇和李景明在一起。"

方梦愣住了，下意识便反驳："怎么可能?"可随即，脑海里闪现出刚才自己撞见的那一幕，只觉整个心都被刺了个鲜血淋漓。

"就在上周。"张嘉颖深深注视着方梦的眼睛，"你让季扬送我回家的那晚，我看见了李景明扶着那个孕妇上车，一起回病友俱乐部的小区。"

方梦好半天没缓过神，只是怔然看了张嘉颖许久，才慢慢地从嘴角挤出了一抹难看的笑，"我说张嘉颖，姐妹间开玩笑也要有个度。"

"我没开玩笑。"张嘉颖伸手握住了方梦冰凉的手，"这件事我犹豫了好几天，一直在想着要不要和你说，为了弄清事实，我甚至让季扬帮我查找小区里有没有一个叫李景明的户主，但都一一对应上了。"

"不可能，这不可能的……"方梦的脸色惨白成了一片，做着最后的挣扎，"他最近不是去天津出差了吗?怎么可能还在帝都?这不可能!"就连刚才她自己看到那一幕，也肯定是一场幻觉。

突然，她就欲往外冲，却被张嘉颖给拉住了。

"方小梦，你站住!"

"别拦我，我要找李景明问清楚!我要问清楚，他的良心是不是被狗吃掉了，竟然背着我找小三?"方梦喊得声嘶力竭，引来了路人的竞相侧目。

此时张嘉颖已经一把抱住了方梦，"方梦，你先冷静下来，这件事我们是要解决，但不是用这样的方法。而且孩子还在医院，她需要你！"

提及悦悦，方梦总算冷静了一些。

"那还用什么方法？他找小三，我难道连问都不能问吗？"方梦面色惨白，巨大的冲击让她根本就无法接受这个事实。

"那我问你，你是想跟李景明继续过，还是想撕破脸？"

张嘉颖一句话，把方梦问住了。

"告诉我，你的选择。"看着方梦失魂落魄的苍白脸庞，张嘉颖虽然很心疼，但理智告诉她，这个时候冲动地过去质问，只会让事情变得更糟糕。

"这混蛋背叛了我，我怎么可能还跟他过下去？"

她的爱是有底线的。

她不可能为了爱，什么自尊骄傲都被人践踏在脚底下。

她是爱情至上，但她要的爱情却是纯粹而没有杂质的。

"好，既然你想跟他撕破脸，那你现在就不能冲动，否则就是打草惊蛇。"

"打草惊蛇？"方梦忽然低笑了起来，"我现在还顾忌什么打草惊蛇？我只想把李景明那个混蛋的心挖出来看看，究竟是红的还是黑的？他怎么能这样对我？他怎么能这样对我？"

方梦终于崩溃了，她无力地半跪在地上，泪流满面。

"方梦！"张嘉颖冲过去，一把扶住了方梦，"你别这样……"

她试图安慰，但所有的言语在此时都显得苍白无力。

"你既然早就知道了……"突然，方梦抬头，她直直望着张嘉颖的眼睛，脸上竟多出了一丝责备，"你既然早就知道了，为什么现在才告诉我？为什么要等到现在？"

"我……"张嘉颖正欲解释些什么，方梦却推开了她，起身跟跟跄跄离去。

张嘉颖伸出手，想唤住方梦，最终却只能苦笑着收回了手。

她只是不想方梦伤心，只是想等到最恰当的时机再告诉方梦真相，谁知，偏偏在这种时候让方梦撞破了真相。

当方梦和张嘉颖一前一后回到病房的时候，陈漫和孙钰都感觉到了不对劲。

"发生什么事了？"最终，陈漫没能忍住偷偷走到张嘉颖身边，压低了声问。

现在的方梦太可怕了，整个人好像被某种寒冰包围，还没走近就让人感觉到了凉意。

张嘉颖苦笑着摇头。

方梦却突然开口了："孙律师，如果我老公出轨，我要怎样才能让他净身出户，什么也没有？"

方梦的眼底凝着冷色，原本就美艳的脸上更多出了几分凌厉。

孙钰诧异地看了她一眼，也没多问，只是淡淡地回答道：

"如果你想在离婚过程中掌握主动权，你就必须沉住气，搜集所有你丈夫出轨的证据，否则根据现有的离婚法，你们离婚，就要分割所有的现有财产，还要争夺子女的抚养权……"

孙钰话还没说完，就被方梦厉声打断："不可能！谁也不能和我争悦悦……"

如果爱情真的死去，孩子，就是她唯一的逆鳞。

方梦在医院照顾了几天，悦悦终于出院了。

这期间，李母总算出现了一次，却只是意思意思地摸了摸悦悦的小脑袋，叫了几声"小乖乖"，就又心急火燎地跑去打麻烦将了，好像在她的眼里，麻将可比自己的亲孙女重要多了。

方梦此时也懒得理她了，她怕自己跟李母多说一句话，都会忍不住冲过去揍人。

直到悦悦出院，李景明也没有出现。

方梦给他打过电话，但不是关机，就是没人接，后来她也索性不打了。

只是悦悦出院后，她却没将悦悦接回李家，而是送到了一个朋友家里，还请了保姆照顾。

她知道，她的战争要开始了，但孩子必须提前保护好。

安排好悦悦的一切事宜后，张嘉颖开车将方梦送到了家

门口。

一路上，方梦都没怎么说话。

这几天张嘉颖虽然一直在陪着她，但二人之间其实并没说上几句。

张嘉颖清楚，方梦心里那道坎还没过去。

"方梦……"张嘉颖犹豫了一下，最终还是开了口。

她不想多年的姐妹因这个而产生隔阂。

然而她才刚刚开口，就听方梦说道："抱歉。"

张嘉颖抓着方向盘的手一顿。

方梦转过头，看向张嘉颖，"我知道，你其实是为我好。我也打电话问过季扬了，他说你不仅让他帮你查证，还保留了相关证据。你暗中为我做了很多很多……"

方梦这几天其实是后悔的，后悔那天那么质问张嘉颖。

她们从小一起长大，她又怎会不了解张嘉颖？

她之所以隐瞒，还不是怕自己伤心？

只是那天她受到的冲击太大，伤心悲愤之下有些口不择言。这几天她一直想要道歉，但一直没找到机会。

"我们姐妹之间又何必这么客气？"

"嗯。是，我们之间是不需要客气。"方梦轻轻吐出一口气，"但那天，我确实太冲动了，我无法接受李景明的背叛，却把气撒在了你的身上。嘉颖，你必须接受我的道歉，对不起。"方梦诚挚地说道。

"行了行了，还有完没完？"压在心口的巨石总算是轻了几分，张嘉颖由衷地露出了笑容，"这件事我们就不提了。当务之急，是解决你和李景明那个混蛋之间的事。"

"嗯。"方梦点了点头。

张嘉颖继续开车，期间看她数次拿起烟盒，本以为她要抽烟，却不想，她只是紧紧捏着烟盒，然后又将烟盒给丢了回去。

"不抽了？"张嘉颖问。

"嗯，打算戒掉。你不是让我别抽了嘛。"

张嘉颖莞尔，"这个时候倒是听话了。"

"戒了，就当成是对过去的一个了断吧。"方梦笑了笑，转头看向了窗外，眼底满是回忆，"还记得我是从哪一年开始抽烟的吗？"

张嘉颖回想了一下，"和李景明认识的那一年？"

"对。"方梦冷笑，"当年那个混蛋说我抽烟的样子很美，对他有着致命的吸引力。"

方梦说着，眼前的视线微微模糊了起来。

其实当年她并不喜欢抽烟，只是在认识李景明的那一场聚餐上，被朋友挑唆着抽了一根而已。

后来，她和李景明交往，李景明说，他喜欢她抽烟的样子，于是她就把抽烟变成了习惯。

女人天生是个感性动物，可以为了男人而改变自我，可男人呢？男人们肯为女人改变的很少很少，他们不想着改变女人就不错了。

"想清楚怎么做了吗？"张嘉颖轻叹了一口气。

方梦点了点头，她想笑，眼角却又有一股微热涌上，连忙眨了眨眼，将泪水逼了回去，"你说我们姐妹俩怎么就这么命苦呢？你家变，我也家变，真是同病相连。"

张嘉颖也跟着笑了笑，"没事，我还有你，而你也还有我。"

张嘉颖的这句话，让方梦原本冰凉的心，微微一热。

"嘉颖，谢谢你。"方梦真诚地说。

"搞得这么肉麻做什么？"张嘉颖搓了搓手臂上的鸡皮疙瘩，"快点回去休息吧。"

方梦下了车，深吸了口气，平复下翻涌的情绪，目光却是一顿，落在了家门口一辆熟悉的宝马车上。

李景明回来了？

可他并没有通知她。

方梦红唇一扬，嘴角勾起了一抹凌厉的笑。

刚打开门，迎接方梦的，就是一个无比热情的拥抱。

"老婆。"

耳畔响起的，是熟悉而温柔的声音，方梦强忍着一巴掌甩出去的冲动，红唇强自勾起了一抹笑，脸上甚至故意露出了惊喜。

"老公，你什么时候回来的？"

"刚刚。"李景明笑着，将方梦拦腰抱了起来，惹得方梦一阵惊呼。

"快放我下来，妈还在呢。"

方梦双手搂着李景明的脖子，眼睛却看向了客厅里正在看电视的李母。

　　谁知李母却是笑眯眯应了一声："行了行了，你们就当我这个老太婆不存在吧？小别胜新婚，我也不在这里碍你们的眼了。"

　　李母起身，向自己房间走去。那温和的态度和语气，跟这几天趁着李景明不在，一度为难自己的老太太简直判若两人。

　　方梦垂着眼眸，掩去了眼底的嘲讽。

　　这老太太一贯会演戏。

　　可以前，她因为爱着李景明，所以总是睁一只眼、闭一只眼，从没想过计较。想她方梦，从小就是在方家手里捧着长大的，可能连她爸妈都没想过，有一天，她竟会为了一个男人如此委曲求全。

　　愚蠢！

　　方梦在心里狠狠骂了自己一顿。

　　李景明一看老太太进屋了，低下头，看着方梦娇好的容颜，眼睛里有灼热的光在涌动着，"老婆，我想你了。"

　　他凑过去就欲亲方梦，却被方梦避开了。

　　"先放我下来。"此时的方梦可没有那个心情跟李景明温存，她挣扎着跳下了李景明的怀抱。

　　"怎么了？心情不太好？"李景明自然是察觉到了什么，不由多看了方梦一眼。

　　"你不知道悦悦住院了吗？"方梦问。

　　李景明神色僵滞了一下，"哦，我听妈说起了，现在悦悦怎么样？"

方梦看着眼前这个长相出色的男人，忽然之间觉得无比陌生。

悦悦是他的亲生女儿啊，他在知道的情况下，竟然连问都不问一声，这究竟是有多不在意？而她以前却一心以为李景明是个宠女狂魔。

方梦心头一痛，忽然间不敢去想，她不在国内的这些日子，悦悦究竟过着怎样的日子？

"怎么了老婆？"见方梦半天不说话，李景明有些奇怪。

"没，只是太累了。"方梦恹恹地摆了摆手，"悦悦没什么事了，但需要调养，所以我把她送到我一个朋友那里了，她是个营养师，懂得怎么调养孩子的身体。"

"那就好。孩子没事就好，反正你安排。"

李景明那淡漠的语气让方梦心头一痛，却是掩去了眼底的异色，走到沙发前坐下，懒洋洋地靠着。

李景明立时有眼色地上前，给方梦捏肩，"你看看你，又累着了吧？我早就说过，家里又不是没钱，那个俱乐部有什么好开的？还投那么多的钱。"

方梦闭着眼，享受着李景明的服务，听到李景明这么说，直觉最后一句才是重点。

其实自打她创立病友俱乐部以来，李景明没少说这样的话，以前她都以为是李景明心疼自己，但现在却品出了味儿来，这个男人是怕自己花太多的钱去创业。

"我方梦能做亏本的生意吗？投钱自然是为了回报。"方梦不咸不淡地丢出了一句。

果然，李景明捏肩的手一顿，"你们今天销量怎么样？生意不错?"

"很不错啊,接待了好几个大客户,我们这个病友俱乐部还是很赚钱的。"

"还是我老婆厉害。"李景明奉成的话像是不要钱似的往外冒,"但你也不要太累了,有需要帮忙的地方说一声。"

"嗯。我就知道老公你心疼我,不过,俱乐部里有嘉颖在,你不用担心。"方梦说着,像是极随意地问了一句,"对了,你这次去天津出差有什么收获?"

这次据李景明所说,他是去天津见一个大客户,谈一个大单子的。

"当然是谈成了。你老公我亲自出马,还有谈不成的业务吗?"在方梦看不见的背后,李景明的眼神微微闪烁着,"不过,老婆,这次去见客户,人家发现我虽然占着执行总裁的位子,却不是最大的股东,质疑我没有最后的决策权,可是闹了不少幺蛾子。说,男人做事,女人瞎掺和什么,还说他只和大股东谈,可够折腾的。"

方梦猛地睁开了眼睛,转过头的时候,却是一脸的义愤填膺,"你那客户怎么能这样?公司是我们夫妻一起开的,夫妻为一体,我做大股东和你做大股东有区别吗?"

那间外贸公司,是当初方梦出钱给李景明开的,所以,当时她占了一个大股东的位置,但并没有参与管理。

如果换成以前,她听到李景明这么"诉苦",肯定二话不说,就把股份转移了,好让李景明放开了手脚去做事,可如今听起来,这些话里何尝没有别的意思?

方梦忽然觉得有些心凉。

这个男人借着所谓的"出差"去找小三，现在已经把主意打到她的财产上了，这是想在那个小三的孩子出生之前，转移霸占她的财产，好和小三双宿双飞？

李景明看出方梦生气，连忙聪明地打住这个话题，"老婆说的是，我当时就是这么回怼那个客户的，不过不管怎么样，我最后还是拿下了那个单子，中间过程虽折腾了一点，但最后的结果还是好的。"

方梦重新闭上了眼睛，"我就知道，老公你最厉害了。"

嘴里说着恭维的话，方梦的心里却在冷笑，紧接着又冷不防丢出一句，"对了，我跟你说一件很奇怪的事，我们病友俱乐部的小区有一个孕妇莫名其妙地很怕我。"

方梦话音刚落，就感受到捏着自己肩头的手微微僵了一下。

"什么……孕妇？"李景明假装不经意地问，但语气却难掩心虚和慌乱。

"我也不认识。"方梦嘴角微微一勾，笑意嘲讽，"就是那天差点儿和她撞上、并害我脚崴了的那个。"

此时回忆起来，方梦突然觉得李景明简直就是破绽百出。

那天她被那个小三害得崴了脚，李景明赶来后竟然连问都没问一句，为什么脚崴了，就好像早就知道了原因一般。

可那时，她根本就没察觉出来。

想来，那天李景明早就在小三家里了吧？所以才会那么快赶到。

"哦，那个啊……"李景明心不在焉地应和着，"她为什么怕你？你是不是多心了，你们又不认识？"

"我也觉得奇怪啊。后来我在电梯又碰到了她，她看见我就跟看见鬼一样，跑得比谁都快……"方梦微侧过头，看着李景明脸上僵硬的神色，以半开玩笑的语气说道："老公，你说那个女人是不是做了什么对不起我的亏心事？"

李景明吓得一个激灵，"她能做什么对不起你的亏心事？"

方梦假装诧异地问："老公，你这是怎么了？反应这么大？"

"没，没什么只是觉得老婆你太多心了些，孕妇本来就情绪不稳定，你以前怀悦悦的时候不也是那样吗？疑神疑鬼的。"

"说的倒也是。"方梦一脸恍然大悟的模样，"可能还真是我多心了。也有可能是因为那天我差点撞了她，她生我气吧？老公，你说我去找找那个孕妇怎么样？给她赔礼道个歉，左右是邻居，以后总会经常碰面的。"

"别，你可别再折腾了。"李景明吓得脸都白了，但还是稳住了语气，"这件事都过去好几天了，人家有没有放在心上都不知道，你现在再去找人家，保不齐人家还怀疑你图谋不轨。这件事你就别多想了，我去帮你处理。"

听着男人在她身后睁着眼睛说瞎话，方梦的心却如刀绞一般。

她当年是有多眼瞎，竟会爱上这样一个虚伪的男人？

张嘉颖在回去的路上接到了季扬的电话。

电话里，季扬问了方梦和李景明之间的事，也旁敲侧击地打听张嘉颖和方梦是否已经和好了，还不着痕迹地帮方梦说了很多好话，让她们姐妹俩不要因为某些误会而产生隔阂。

这一刻，张嘉颖的心是温暖的。

与季扬相识并不算太久，但这个男人真的帮了她和方梦很多很多。

她和方梦如今有难同当，两个人婚姻都不太顺利，所幸身边还有值得信任的朋友。

原本她早早就要挂了季扬的电话，谁知季扬觉得她一个人走夜路不太安全，认为通着电话比较保险一些，她动容于季扬的细心，也就答应了。

将车子停在张家所住的小区后，张嘉颖一边打电话，一边往回走。

"好了，季大帅哥，我到家了，回头再聊吧。"

张嘉颖拐过弯，正想挂掉电话，黑暗的路口陡然出现了一道人影，吓得她一声惊叫。

电话里，顿时传来了季扬担忧的声音："嘉颖，怎么了？发生什么事了？"

昏暗的路灯下，张嘉颖终于看清了面前那个人的脸。

"皓宇？"几日未见，陆皓宇神情憔悴、眼底青紫，整个人好像瘦了一圈。

说不心疼，那是骗人的。

毕竟她和陆皓宇有了七年的感情。

夜色渐深，昏暗的路灯在街道上投射下了斑驳的树影。

"张嘉颖，你在和谁打电话？"终于，陆皓宇开口了，那语

气却是满满的质问，瞬间凉了张嘉颖的心，也将她几欲冲出嘴角的关心又咽了回去。

电话另一头，季扬的声音还在不断地传来，"嘉颖，你没事吧？"

"我没事，先挂了。"不等季扬回答，张嘉颖挂断了电话。

陆皓宇突然冲了过来，一把就抓住了她的手，咄咄逼人的目光仿若利箭，"为什么挂掉电话？心虚了吗？"

张嘉颖怒了，她奋力挣开了陆皓宇的手，"陆皓宇，你干什么？"

"我干什么？我在这里等了你一整晚，你还问我干什么？应该是我问你干什么才对？有家不回，半夜三更却跟别的男人谈情说爱？你侬我侬？"陆皓宇的神情渐渐狰狞起来。他在这里守了她一天，本来想去俱乐部找她谈谈，谁知却扑了一个空。打电话，怕她不肯接，所以就只好在这里守株待兔。

可这漫长的等待换来的是什么？换来的是她和别的男人肆无忌惮地煲电话粥。

张嘉颖几乎气笑了，笑过之后，却是身心俱疲，"陆皓宇，你把我当成什么了？"

月光打在男人眉眼间，没有往日的温柔，有的只是如利刃般的冷漠与质疑。

她忽然觉得面前这个男人很陌生，陌生得像是完全不认识了一般。

一段婚姻要想长久地走下去，信任和尊重是基础。但如今，他们之间已经连基本的信任都失去了。

"我累了，我想我们没什么好谈的了。"

张嘉颖举步就欲离开，却再度被陆皓宇一把扣住了手腕。

"什么叫没什么好谈的了？"陆皓宇布满血丝的眼睛里满是控诉，"张嘉颖，你说清楚，你是不是移情别恋，喜欢上了那个季扬了？你不要忘记了，你是我陆皓宇的老婆！"

"啪！"张嘉颖狠狠甩了陆皓宇一巴掌。

那一巴掌打得很狠，陆皓宇的头歪向了一边，脸颊瞬间就红肿成了一片。

"陆皓宇，你不要用你那龌龊的心思去随意揣测别人。我有我正常的事业，我也有我正常的社交，而不是你陆皓宇困在家里的牵线木偶。"

或许是她眼中的神色太过决绝，瞬间让陆皓宇慌了神，一丝惶恐爬上了脸庞。

"老婆，我……"

他顾不得脸上的疼痛想再度靠近张嘉颖，却被避了开来。

张嘉颖往后退了一步，看着夜色下那个熟悉而又陌生的男人，"陆皓宇，我曾经以为，你是我生命中的救赎，你在黑暗里拉了我一把，你和别人是不一样的，结果，我错了，大错特错。"

"这几天，我想了很多很多，想起我们曾经的那些过往……"张嘉颖苦笑，"或许，从一开始就是个错误。"

张嘉颖深深看了陆皓宇一眼，最终丢出一句："皓宇，我们离婚吧。"

这句话似是震住了陆皓宇。

他脸色苍白地怔在那里，久久都没有言语。

"过几天我会给你寄离婚协议。"张嘉颖抓紧了手里的电话，大步转身离去。

夜风很冷，一直冷进人的心里，仿佛连血液都凝结成了冰。

不远处的身后传来了陆皓宇的嘶声怒吼："离婚？不，不可能！张嘉颖，我是不会离婚的！"

张嘉颖再度加快了步伐，没有回头，但泪水却不受控制地滑落而下。

原本，她没想走这一步的。

她还想给女儿一个完整的家。

她不想女儿缺失父爱。

可这一刻她突然觉得，她以往的坚持是错误的。

她和陆皓宇之间有着太多理念的不同、三观的不同，那些曾经埋在生活里的隐患慢慢积累成疡，终会有爆发的一天。

深吸了口气，她抬首望向沉沉夜空。

与其让那些伤口溃烂进心里，还不如勇敢地直面那些伤口，或许这样才能重获新生……

有了孙钰的帮忙，陈漫的事情很快就得到了处理。

孙承越被起诉，并以网络造谣诽谤罪立案调查。很快孙承越就撑不住了，在网上发布了道歉公告，并还原了事实真相。

陈漫很快从被网暴者，变成了所有人道歉的对象，粉丝数量更是猛涨。

而针对陈漫失眠的问题，张嘉颖也找到了症结所在。

其实陈漫的问题并不是因为床垫没用，而是因为睡眠恐惧症。

这是一种强烈的心理暗示作用，就像"墨菲定律"一样，越担心失眠就越会失眠。

而有睡眠恐惧症的人就要学会转移注意力，比如可以睡前看电视，或者看一些轻松的书，注意力转移了，等困了自然就会想睡了。

后来张嘉颖还让俱乐部的助眠师给陈漫做了心理测试，并按照测试结果，改造了一间充满幻想的、粉色浪漫的体验房。

在这个梦想世界里，陈漫的精神得到了前所未有的放松，终于睡了一场好觉。

"干杯！"餐厅里，陈漫拿着孙承越给的赔偿金，请孙钰及张嘉颖和方梦一起吃饭。

陈漫怎么也没想到，在自己人生最灰暗的时刻，竟然是三个甚至都称不上朋友的人拉了自己一把。

"嘉颖姐、方梦姐、孙律师，从今往后，你们三个人就是我陈漫的再造恩人、衣食父母……"陈漫因为开心，已经喝得有几分醉意了。

"什么衣食父母？漫漫，你方梦姐我可没这么老……"方梦也醉了。

这一晚，她喝得比陈漫还多。

"是，是，方梦姐一点都不老，是永远年轻的小妖精。"

陈漫的奉承让方梦愉快地笑眯了眼睛，"别以为你说两句

好话，就算感激了啊。"

"当然不是说两句话就能表达得了我的感谢。"陈漫其实也没想好要怎么感激张嘉颖她们，除了帮她解决了孙承越的问题，还解决了她失眠的困扰。

方梦醉醺醺地一拍桌子，"那还用说吗？以身抵债！"说完，又摇摇晃晃地跌回了椅子上。

陈漫愣住了。

张嘉颖无奈抚额，"漫漫，你别听她的醉话。其实是这样的……我们想请你来我们俱乐部工作。你做过直播，应该对抖音、快手这些平台挺熟悉的吧？我们正打算聘请几个对这方面熟悉的人才，好帮我们病友俱乐部做宣传啊。"

陈漫眼前一亮，"没问题没问题，只要两位姐姐开口，我陈漫赴汤蹈火在所不辞！"

众人又是一阵笑闹。

原先一开始笑得最欢的方梦到了最后倒是不怎么说话了，只是一杯接着一杯地灌酒。

张嘉颖知道她心里不痛快，也没阻止她。

同时庆幸自己没有将正在起草离婚协议的事告诉方梦。毕竟她这个好姐妹已经够烦了，她也不想再给方梦增加压力。

这段时间，孙钰在处理陈漫的事情时，方梦也沉住气，在收集李景明出轨的证据。

这不查不知道，一查心惊肉跳。

原来李景明早在和方梦谈恋爱的时候，就已经"脚踏两条船"了。那姑娘叫钱晓兰，是李景明大学时期的初恋。李景明当初看上方梦，为了追求方梦，这才甩掉了钱晓兰。原本按正

常的剧情发展，这姓钱的姑娘应该是恨死了李景明才对，可偏偏，这姑娘死心眼，一心认准了李景明，甚至表明了态度，她宁愿没名没分地跟李景明在一起，也不想离开他。

对于送上门来的女人，几乎是个男人都不会拒绝。享齐人之福可以说是大多数男人的梦想。李景明自然也不例外。

于是李景明一边跟方梦拍拖，一边养着钱晓兰这个地下情人。也算李景明厉害，这么多年居然也没露馅。

后来方梦和李景明结婚，因为工作需要，长年出差国外，这就更给了这对狗男女机会。

再后来，方梦生了一个女儿，又不想要二胎，而偏巧这个时候，钱晓兰怀上了孩子，而且他们偷偷去香港做了检测，是个男胎。

这可把李母给乐坏了，管你是正妻还是小三生的孩子，只要是个儿子就算了了她的心愿。

查到这里的时候，方梦简直就要气笑了。

她觉得自己真的好傻，以为突破一切阻碍，众叛亲离，终于找到了一个真命天子，结果呢，竟然只是一个人渣。

现在，她已经搜集好了证据，就等着明天摊牌，把这些证据都扔到李家母子的脸上。

"嘉颖，明天我们一定有一场硬战要打。我们一定要李家那一家三口好好尝一尝我们的厉害。"

明天就是那个女人的预产期，她连他们在哪家医院生产都打听好了。

她要的，就是一击必中。

病友俱乐部

××女子医院

产房里，女人叫得撕心裂肺。

产房外，李母焦急地走来走去，脸上却是一片不耐之色，"哎，这孩子怎么生得这么久？可别给我出什么幺蛾子啊！"

她素来就是个自私自利的人，当初看上方梦，是因为方梦的钱，后来看上钱晓兰，自然是因为钱晓兰肚子里的娃。

李家需要香火继承，这就是她的心病。可惜方梦太过强势，打死不肯生二胎，幸好她家儿子聪明，身边一直留着一个备胎。

那个方梦啊，除了有钱，还有哪点能配得上她家优秀的儿子？

"妈，你就放心吧。晓兰底子好，医生也说了，肯定可以顺产，不像以前方梦……"因从小受家庭熏陶的影响，李景明也是个重男轻女的主。

他盼这个儿子盼了很久了。

见李景明提及方梦，李母不由沉着脸打断："这个当口，跟我提方梦做什么？有钱又怎样？连一个儿子都不给我们李家添，这是存心断我们老李家的香火。我跟你说，等晓兰这孩子生下来，我不管你要不要跟方梦离婚，这孩子都得姓李，上我们李家的户口本。"

"行了行了，妈，您就放心吧，这件事我心里有数。"

李景明的安抚声中，紧闭的产房房门终于打了开来。

"医生，怎么样？是不是个男孩？"

见到有护士抱着一个孩子出来，李母激动地冲了过去。

"恭喜，是一个大胖小子。"护士微笑着报喜，可把李母给乐坏了。

"哎哟，我的大胖孙子哦，我老李家终于盼到了。"

李母从护士手里接过了孩子，一旁的李父也乐得眼睛都快眯成一条缝了。

"太好了，景明，你小子不愧是我儿子。"

李景明也凑了过去，看着刚出生的孩子那张皱巴巴的脸，眼底却写满了慈爱，"乖儿子，等着爸爸给你上户口本，给你一个正式的身份……"

"想要给谁身份呢？"

身后突然响起的声音，让原本沉浸在喜悦中的李家三口脸色都变了。

他们齐齐转过身，就看见方梦一身时尚精致的洋裙，脸上还架着一副墨镜，就站在那里，似笑非笑地看着他们，俨然一副出巡女王的姿态。

"老婆。"李景明想也不想就朝方梦跑过去，可意识到手里还抱着孩子，连忙将孩子往母亲怀里一塞。

"老婆，你……你怎么来了？"

李景明心底满是不好的预感，但依旧做着垂死挣扎。

方梦看着面前男人慌乱的神情，将脸上的墨镜给摘了下来，嘴色勾起了一抹嘲讽的笑，"这不是你们老李家要添香火

了吗？我身为李家的儿媳妇，这么重要的场合，我怎么能不在呢？"

李景明脸色难看，"老婆，你听我解释。"

"啪！"方梦直接就给了李景明一巴掌，"李景明，你怎么还有脸叫我老婆？你不配！"

李景明猝不及防被甩了一巴掌，李母自然是不依了。

"方梦，你这个天杀的，景明可是你老公，你说打就打，你还有没有良心？"

她冲过来，想要替儿子出口气，但手里抱着她的宝贝孙子，自然也腾不出手来，只能恶狠狠地瞪着方梦。

"良心？"方梦冷笑，"该问有没有良心的，是你们！"她的目光冷冷落在了李景明的身上，"李景明，我们离婚吧！"

第

五

章

第六章
我的世界我来做主

天阴沉沉的，乌云笼罩大地，带来了几乎令人窒息的压抑，如同此时客厅里所有人的心情。

张嘉颖觉得今天发生的事完全刷新了她对厚脸皮的认知。

所谓人要脸、树要皮，可对面坐着的那一家三口已经完全颠覆了她的三观。

不，应该是一家五口。

现在除了李家那三口人，还外加了一个叫钱晓兰的女人和一个襁褓中的婴儿。

"所以，你们这是要方梦净身出户？"张嘉颖努力压抑着心底的怒气值。

在他们被揭穿了之后，这几个人怎么还有脸提出这样的要求？

身边，沉默了良久的方梦终于开口，她嘴角勾起一抹冷笑，让原本美艳的脸庞多出了两分凌厉之色。

"要我净身出户？做梦！"

方梦盯着对面沙发上坐着的那个相貌堂堂的男人，仿佛在看一个陌生人。

李景明无疑长的是好看的，她方梦当初会看上一穷二白的李景明，不就是因为这张脸吗？

他们的爱始于颜值，当初她以为反正钱她有，男人穷一点没什么，对她好就行。更何况，这个男人当初追了她三年。在追她的那些男人里，李景明算是最有毅力、最有耐心、最长情的。

她二十三岁认识他、二十六岁嫁给他、二十八岁替他生了孩子，如今三十二岁，孩子都四岁了……她以为自己当初捡了个宝，谁曾想她方梦还是被大雁啄了眼，最终捡了个垃圾回来。

婚内出轨的、甚至还跟别的女人有了孩子的人竟然还有脸要她净身出户？谁给他的勇气？

对面沙发上，李景明并没有开口，他一直躲避着方梦的视线，完全不敢直视，但他身边一脸阴沉的李父却忍不住开口了："方梦，你这像什么样子？我们家景明这么优秀，当初能看上你，是你八辈子修来的福气。现在让你净身出户怎么了？"

李父话音刚落，穿着一身名牌、打扮光鲜亮丽的李母也接着开口："我们家老头子说得不错。方梦啊，这几年你都在国外打拼，家里上上下下、里里外外，哪件事不是我们景明在打点？我们没跟你算青春损失费都已经算好了？我们景明模样周正、工作稳定、收入又高，想嫁给他的女人都可以绕京城一圈了，凭什么要他为你空守这么多年？更何况，你们都结婚六年了，除去生了一个病恹恹的没用赔钱货，连儿子都生不出来，你浪费了我们家景明六年的青春，又差点儿让我们李家绝后，只是让你净身出户还算是看在多年情分的面子上了！"

果然不是一家人不进一家门。

方梦几乎要气笑了，跟这一家子强盗讲逻辑那就是自找

罪受。

"所以，李景明，你也是这么认为的，是吗？"

方梦的目光冷冷地落在了李景明身上。

男人没有回应，依旧躲闪着她的视线，但这无疑就等同于默认了其父母的说辞。

方梦再一次唾弃自己当年的眼瞎。

"他李景明工作稳定、收入高哪里来的？还不是我给他钱让他开公司，让他从一个一无所有的穷小子，变成了一家外贸公司的执行总裁？"方梦目光如刃，笑容嘲讽，"你们身上穿的、平日里用的、就连住的房子都是我方梦在国外打拼赚回来的！你们吃我的、用我的、住我的，还拿我的钱给小三养儿子，怎么有脸说我浪费李景明的青春？"

方梦的咄咄逼人，让李母瞬间铁青了脸色。

霍然起身，李母摆出了泼妇的架势，"方梦，你别给脸不要脸了。你说吃的用的住的都是你给的钱，那你倒是给出证据啊，就连房子都写着我们李景明的名字，我们李景明养儿子怎么了？他那是用的自己的钱……"

"是吗？"方梦冷冷地吐出两个字，忽然举手一拍，"你们可以进来了。"

顿时，几个壮汉就冲进了李家大门。

那阵仗，让李母吓得面色微微发了白，"你……你们这是干什么？"

方梦低头，漫不经心地整理着刚刚染好的指甲，"干什么？当然是收回我的东西啊。"她话语一顿，目光再度变得犀利，"砸了。"

这一次，方梦是有备而来。

她本就是天之骄女，隐忍了这么久，如今证据又全都在自己手里，怎么可能咽得下这口气？

所以，这口气是肯定要出的。

张嘉颖就坐在方梦身边，什么话也没说。

她知道，今天这是方梦的主场。

她方梦被李景明糟蹋的几年青春，都得在这个场子里找回来，否则如何对得起自己满腔热血的付出？

此时的李家早已乱成了一团。

方梦带着搬运公司的人砸坏了满屋子的高档家具，一地狼藉。

原本襁褓中沉睡的孩子更是受到了惊吓，哇哇大哭了起来了，钱晓兰没有将孩子抱出去，反而坐在一旁一直抹眼泪。

每抹几下，就看几眼李景明，那楚楚可怜、受尽了委屈的模样，忽然间方梦明白了，自己究竟哪点输给了这个女人。

因为她不会示弱、不懂得装白莲，在婚姻中，女强人终究是不得男人喜欢的吧，但，她装不出来。

此时李母正坐在地上撒泼打滚、嘶嚎哭闹："方梦！你这个天杀的！你竟敢砸我的家具，你要赔钱！五倍赔！不！十倍赔偿！"

李父更是气得浑身直哆嗦，指着方梦怒骂："我们李家真是家门不幸，竟然娶了这样的女人回来！"

李景明则站在房子的角落，不住地抽着烟，一言不发。

方梦坐在沙发上，一派优雅，神色冷静地可怕，目光扫过角落里那个一声不吭的男人，眼底又多了几分嘲讽。

"这些家具都是我方梦出钱买的，我砸我自己的东西，你有什么权力叫我赔？"

她方梦向来不会轻易妥协。

房产证上的名字因为当初瞎了眼，被这一家三口蛊惑，没加上自己的名，甚至连钱都是给现金，没有留任何记录……现在回想起来，何尝不是李家的人坑她？他们早就算计好了一切，只有她傻傻地往坑里跳。

现在这些家具就算砸了卖废品收购站，也不会再轻易便宜他们。

撕破脸，她方梦从来不惧。

李母跳了起来："什么你买的家具？证据？你有什么证据能证明这些家具是你买的？"

方梦艳红的唇微微一勾，扔出了一堆购买发票和收据。

"看清楚了吗？"

李母捡起了地上的收据，脸色难看。

"就算是你买的又怎么样？既然这些家具都搬进家里了，就算是夫妻共同财产……你得赔我们一半钱……"

一直沉默的李景明终于按捺不住，拉了母亲一把，"妈，您少说两句。"

李母瞪了李景明一眼："少说什么少说？傻孩子，妈这是在给你争取你的权益……"

"原来你也知道是夫妻共同财产？"方梦冷笑着打量了一下房子四周，"那这房子，当然也有我的一半！"

"你想得美！那房子只有我儿子的名字，而且是婚前买的，算婚前财产……"一说起房子，李母就像是打了鸡血，"方梦，你要是敢分我们的房子，你就别想要到悦悦的抚养权！"

一直压抑的怒火终于爆了，方梦霍然起身，却是直指李景明，"李景明，你要是个男人，就不要拿孩子做要挟！"

李景明终于说话了，把手里的烟一摔，"是，我不是男人。我要是男人，就不会一直被你当成狗一样呼来唤去。在家里，你哪一天不是高高在上的女王？在你的眼里，我们李家哪一样东西不是你方梦施舍的？我李景明要的是一个体贴暖人的妻子，不是一个趾高气扬的公主放在家里供着。方梦，我跟你说，这些年我也受够了，如果你想离婚就离，我李景明不稀罕。但该我得的东西，你也别想着要收回去，就当是我这么多年的青春损失费！"

李景明这番话对方梦来说，可谓万剑穿心。

或许她是小姐脾气了一点、娇纵了一点，可她所有的好，都在这点不好面前烟消云散。

一个大男人，竟有脸在她面前提什么青春损失费？

方梦心里，最后一点的情分也在此刻消失殆尽。

"啪！"她一巴掌狠狠甩上了李景明的脸。

"李景明，你怎么有脸说出来？"方梦冷笑。

见李景明的脸颊迅速红肿成了一片，原本躲在一旁的钱晓兰发出了一声尖叫，抱着孩子就扑向了李景明这边，"景明，你没事吧？她怎么可以打你？方梦，我要告你故意人身伤害……"

女人愤怒的目光瞪着方梦，就好像她是那出轨背叛的人。

方梦冷漠地看着那个女人作妖，"原来你也是懂法律的，那好啊，你去告！我倒要看看法官怎么判？"

"够了！"李景明狠狠抹了把红肿的脸，"方梦，你别太过分！我不过是说出了这些年我过得憋屈！"既然撕破了脸，李景明也不再装了，露出了狰狞的嘴脸，"还有，悦悦在哪里？你把她藏哪里去了？她是我李家的女儿，我现在就要见她！"

方梦自然是明白，李景明现在提悦悦的目的。

还不是想拿女儿要挟她？

她很庆幸，她早让人把悦悦接走，没让悦悦看到她这个父亲令人作呕的嘴脸，也很庆幸，这件事她沉住了气，猝不及防的这么一击，让李家没来得及提防什么。

李景明话刚说完，李父就开始叫嚣："儿子，说的对，快让这个女人把悦悦交出来。方梦，我告诉你，悦悦身上流着的是我们老李家的血脉，你想带走？没门！"

李母也跟着掺和："就是，别跟她说这么多废话！方梦，我告诉你，你想要悦悦的抚养权可以，只要你净身出户，并把公司里的股份都转移到李景明名下，我们就让你带走悦悦，也不跟你争悦悦的抚养权……"

"你们怎么不去抢？"张嘉颖简直要被气笑了。

人性的贪婪和自私在他们身上展现得淋漓尽致。

李父冷哼了一声："我们抢什么了？我们不过是争取自己该得的利益。而且真正没理的人是你！你带着这么多人砸了我们的家，就算去法院告你，我们也有理！"

李父的叫嚣声中，门外传来了急促的脚步声。

"去法院正好！我当事人奉陪到底。"

随着那一道冷漠的女音落下，"嘭"的一声，半掩的房门被推了开来。

一名身着职业装、脸上架着金边眼镜的女人出现在了人们的视线里。

是孙钰。

孙律师终于来了，张嘉颖一直提着的心，总算是稍稍落下了一些。

"你是谁？"李母直觉那个戴眼镜的女人不太好惹，气势上莫名矮了一截。

"我是方梦女士的律师孙钰。受我当事人委托，我将全权处理我当事人的离婚事宜。"孙钰信步走向李景明，目光犀利得仿佛能穿透人的心，"李景明先生是吧？根据《中华人民共和国刑法》第二百五十八条，有配偶而重婚的，或者明知他人有配偶而与之结婚的，处二年以下有期徒刑或者拘役。"

李母一听顿时炸了，"什么重婚？我家李景明又没跟别的女人领结婚证！"

孙钰看了李母一眼，神色淡定，"虽未经结婚登记，但又与他人以夫妻关系同居生活，称为事实上的重婚。更何况，他们已经有了孩子。"

李母脸色变了，"你们有什么证据？别以为空口说白话，法官就会信你们！"

方梦忽然从包里拿出了所有李景明和钱晓兰出轨的所有证据和照片。

"要证据是吗？自己看！别以为你们不登记就钻了法律空子，不犯法了！李景明，我告诉你，我方梦可不是软柿子，任由你捏圆搓扁，招惹了我，我就算倾家荡产，我也要告死你！"

这一回，轮到李家一家三口脸色变了。

高档西餐厅里，方梦面前的食物丝毫未动，红酒倒是开了不少瓶。

张嘉颖给家里父母发了微信，说自己会晚点儿回去后，这才抬头看向已经半醉的方梦。

这一顿饭的工夫，方梦跟她说了很多很多。

吐槽她的爱情，还有吐槽她的眼睛。

吐槽她以为自己嫁给了爱情，结果到最后还是一地鸡毛……

想当年，在方梦遇到李景明之前，方梦就是方家独宠的小公主，不知人间疾苦，无忧无虑，可后来为了李景明，一身反骨的方梦反出了方家，甚至不惜与父母决裂。

方家那一套所谓门当户对的说法，遭到了方梦极强烈的抵制。

那时方梦甚至落下狠话，说就算自己再苦再累，就算自己落魄地去当乞丐，也不会回去求父母。

爱情，总是能轻易迷惑女人的眼睛。

方梦自知伤了父母的心，所以，当悦悦被查出心脏病，后续治疗需要一大笔手术费时，性格刚烈强势的方梦也没有想过回去求父母。

或许是为母则刚。

陷入了绝境里的母亲，硬生生地用自己瘦弱的肩膀开辟出

了一条活路。

方梦将自己所有的积蓄留给李家母子后，便利用手头的人脉资源去国外闯荡，谁也没想到，继承了方家商业头脑的方梦，抓住机遇，搞了一家进出口贸易公司，竟在极短的时间内闯出了一番事业。

一人得道，鸡犬升天。

李家自然也跟着沾了光。

悦悦的医药费解决了，就连李景明也被方梦安排进了公司里担任要职。

方梦对李景明是没有防备的。

因为当年李景明一家对她真的很好，每天当祖宗一样供着，方梦在李家就是女王般的存在，就连李母对方梦也是每天嘘寒问暖，看起来就像是把方梦当亲闺女一般看待。所以，当李景明要求负责公司的国内业务，顺便还能照顾悦悦时，方梦连想也没想就答应了。

然而，人心隔肚皮。

方梦做梦都想不到，李景明在国内负责项目、照顾悦悦为假，养小三、生私生子却为真。他们甚至都没有好好带着悦悦去检查身体，任由悦悦的病情恶化。他们拿着她辛苦赚来的钱，给李家传宗接代去了。

她究竟是有多眼瞎，才会看上那个狼心狗肺的男人？

"莎士比亚说过，不如意的婚姻好比是座地狱，一辈子鸡争鹅斗、不得安生。相反的，选到一个称心如意的配偶，就能百年谐和、幸福无穷。现在我脱离了那个地狱，确实是一件值得庆祝的事。"方梦再度举起了红酒，笑容妖娆而妩媚，"来，一起祭奠我死去的爱情。"

张嘉颖举杯，两人一口饮尽。

所幸，她们不仅仅为了爱情而活。

方梦终于离婚了。

走出民政局，方梦看着手里那本离婚证，突然觉得满身的轻松。

因为李景明怕方梦告自己重婚罪，所以他们很痛快地放弃了对抚养权的争权。而且孙钰也拿捏着李景明有力的出轨证据，甚至还查到了李景明有偷税漏税的嫌疑，于是在孙钰的精神施压下，李景明几乎净身出户，李家一家三口什么好处也没捞着。

这一场官司，可真是打得酣畅淋漓。

回想起刚才法庭上李家一家三口那青白交加的脸庞，张嘉颖就觉得痛快万分。

方梦就更不用说了，简直就是神清气爽。

忽然，张嘉颖眼角的余光瞥见了几道熟悉的身影，连忙用手肘轻撞了撞方梦，示意她看。

方梦转过头，就看见民政局门口的另一边，李景明一家三口都在，外加一个抱着孩子的钱晓兰。

也不知是不是因为损失了一大笔财产，李景明的心情不太

好，整个人都阴沉沉的，跟钱晓兰没说两句，竟就一巴掌甩了过去。

钱晓兰可能没提防到李景明会当街打她，但手里抱着娃，她连捂脸的机会都没有，只能眼泪汪汪地看着李景明，满目的委屈。

虽说这条路是钱晓兰自己选的，但方梦还是对她生了几分同情心。

男人的嘴，骗人的鬼。

她相信，钱晓兰是被鬼迷了心窍，才会做出这样作贱自己的选择，就如同当初的自己，不也是被那只鬼给迷了心吗？

可能是注意到方梦在看自己，李景明狠狠瞪了方梦一眼，然后推着还淌眼抹泪的钱晓兰便离开了。

看着那一家三口远离的背影，方梦知道，从此刻开始，她与这一家人从此再无关系了。

他们最后会是什么结果，又会过着怎样的生活，都跟她方梦毫不相关。

方梦沉沉叹了口气，"好看的皮囊下，藏着的却是令人恶臭的灵魂。嘉颖，你说我以前究竟是多眼瞎，才会看上这样一个男人。"

张嘉颖笑了笑，伸手搭上了方梦的肩，"你以前不是常说，人的一生遇到几个渣男才算完整吗？"

"去！"方梦笑着打了张嘉颖一拳。

那是她年少轻狂时的戏言。

遇上渣男，那是女人一生的不幸。

她希望以后所有的女人都有辨别渣男的眼力，免得落得和

她一样伤心的下场。

收拾好心情，方梦转头看向了张嘉颖身边一直沉默寡言的孙钰，"孙律师，这次真的谢谢你了。"如果没有孙钰，她还不知道要跟李景明一家耗多久。

孙钰轻托了托鼻梁上架着的金丝边眼镜，依旧一副公事公办的口吻，"不用客气，这是我的工作。没什么事的话，我就先走了。"

方梦连忙挽留，"不如一起吃顿饭吧。"

"不用了，我律所还有事。"

孙钰跟张嘉颖和方梦告了辞，便转身离开。

方梦目送着孙钰走远，不由感叹："是不是律师都这样？看起来很难亲近……"

她跟孙钰也算是认识挺久了，但每回见面几乎都是谈公事。

张嘉颖却不赞同，"看人可不能看表面，有些表面上看起来很冷淡，其实内心火热。我看这孙律师人挺好的。"

这段时间孙律师百忙之中还在帮她起草离婚协议，而且守口如瓶。

方梦却是眼珠子滴溜溜一转，"你说，我们俱乐部需不需要一个法律顾问？"

"原则上，应该是需要的吧？员工的合同、疗程的协议等等，其实最好还是有专业的律师来做，这样也比较正规一些。免得日后有人钻空子。"

方梦一拍掌，"OK，改天我试试游说一下孙律师，看看她有没有兴趣来我们俱乐部帮忙。"

"这件事你看着办吧。"张嘉颖笑了笑，那笑容略带着几分勉强，有些走神。

自打她提出离婚，陆皓宇竟然避而不见了。

方梦看了她一眼，眉峰轻挑，"姐妹，你是不是有什么事瞒着我？"

最近不管是她自己还是陈漫的事，都是一地鸡毛，也没空顾上张嘉颖。

"我正在起草离婚协议。"

张嘉颖的话让方梦愣了片刻，"你真决定离婚了？"

"嗯。"张嘉颖点头，将前几天发生的事简单说了一下，"不想再这样耗下去了，没意义。大家三观和理念都不同，勉强在一起，只会互相折磨。"

不知想到了什么，方梦神色讪讪，"我总觉得我害了你。如果不是我硬拉着你出来做俱乐部……"

"胡说什么呢？"张嘉颖没好气地瞪了方梦一眼，"就算没有这件事，我和陆皓宇也不会长久的。"

俱乐部的事不过是个导火线，她和陆皓宇之间最大的问题还是彼此的价值观不同。

方梦轻拍了拍张嘉颖的肩，"姐妹，我们俩还真是同病相怜，看男人的眼光好像都不太行啊。"

张嘉颖笑了，"我们又不需要靠男人，没有男人我们一样可以活得很好。"

"说的对！"方梦眉眼间又重新亮了起来，她拉着张嘉颖就走，"走！我们去吃顿大餐庆祝一下！庆祝我方梦又成为单身贵族，还有庆祝你张嘉颖即将成为单身贵族……"

张嘉颖失笑地摇了摇头，任由方梦拉着走。

她看得出来，虽然方梦表现出满不在乎的模样，可埋在心底的痛却一点儿也不会少。

毕竟十多年的感情，不是说放下就能放下的。

这一个下午，方梦带着张嘉颖完全地放飞自我。

先是带着张嘉颖疯狂购物，大包小包提了满满当当，还特意带着张嘉颖去做头发、换造型。

张嘉颖看着镜子里那一头大波浪卷、穿着性感紧身裙的小女人，神思不由恍惚起来。

这简直就像是变成了另外一个人。

她已经很多年没有这样打扮过了。

"这样……会不会太夸张了？"张嘉颖有些不习惯，仿佛再度看到了年轻时期的自己。

这几年她长期坐办公室，每天重复着机械而枯燥的文字工作，就连衣着打扮，也永远是一丝不苟的职业妆容，外加一个老气横秋的盘发。

她早就对自己的外表不太在意了。

还在做染发的方梦一脸的不敢苟同，"夸张什么？你不觉得自己找回了青春？嘉颖，你真是白长了一张漂亮的脸蛋，每天把自己打扮得老气横秋。现在既然决定重新开始，就从形

象改造开始!"

张嘉颖看着镜子里自己那容光焕发的模样，心情似乎又豁然开朗了些。

果然美丽可以让女人心情愉悦。

因为早年的经历，她对生活失去了热情，也对自己失去了热情，每天那么得过且过地过着，所以，也从未在意过自己的妆容打扮。

站在镜子面前，张嘉颖随意摆弄了一下自己的大波浪，嘴角微微勾了勾，"这种头发打理起来可能比较麻烦。"

方梦忍不住翻了个白眼，"你要不要这么懒啊？女人要美丽就必须勤奋。更何况，爱美是女人的天性。而女人让自己变得更漂亮，不是为了男人，而是为了自己。活得开心、活得自信、活得逍遥自在，这才是我们女人应该追求的至高境界。我的世界我来做主，从今天开始，你要勤奋起来。"

方梦说这些话的时候，神采一如既往的自信飞扬。

"看来你心情好多了。"

"为了男人而痛苦、自我折磨，那是傻瓜才会做的事。"方梦嘴角凝着冷笑，"踹掉一个李景明是我的解脱。我方梦要颜有颜、要能力有能力，自然会有更好的男人拜倒在我的石榴裙下。"

张嘉颖眼见好友似是原地满血复活，心下不由松了一口气，"是是是，你说的都对。"

方梦忽然神色认真地拍了拍张嘉颖的肩膀，"嘉颖，你也一样，我相信你一定会找到真正适合自己的人。"

张嘉颖微笑着点了点头。

　　第二天，顶着一身新形象的张嘉颖出现在俱乐部里，几乎惊艳了所有人的目光。

　　"嘉颖姐，可以啊，这身打扮就跟换了一个人似的。"陈漫的眼里满是艳羡，"在哪里做的造型，快，介绍一下，我也要去换换造型。"

　　陈漫这一声咋呼，顿时让俱乐部的好几个小姑娘都围了过来，逮着张嘉颖就是一阵讨教。

　　张嘉颖好不容易摆脱了小姑娘们的纠缠，俱乐部里忽然响起了熟悉的门铃声——"欢迎光临"。

　　张嘉颖转过头，意外对上了一道熟悉的身影。

　　是陆皓宇。

　　与那天晚上的憔悴相比，今天的陆皓宇西装革履，手里还捧着一束玫瑰花，显然是有备而来。

　　"嘉颖。"

　　陆皓宇显然也没想到，会见到这样一个全新的张嘉颖，他呆愣了片刻，本来想好的说辞到了嘴边绕了几圈之后，只吐出一句："能出去谈谈吗?"

　　张嘉颖带着陆皓宇去了附近一家咖啡厅。

　　咖啡厅里很安静，这个时候并没有多少人。

　　陆皓宇手里的花一直没有送出去，只是盯着张嘉颖那一身

打扮，眉宇间隐见郁色。

"为什么……打扮成这样？"

终于，他还是问出了口。

其实他今天是来求和的。

他回去想了很久，他知道自己还是爱张嘉颖的，他不想失去她。

可看到如今焕然一新的张嘉颖，他仿佛间又看到了那个曾经高高在上、不可企及的存在。

张嘉颖拧着眉反问："为什么不能打扮成这样？"

陆皓宇沉默了半晌，"嘉颖，原来你真的变了。"他的嘴角扬起了苦笑，"在你想要出去创业之前，你从没想过像这样打扮得花枝招展，你是不是要出去做什么应酬？其实你这样很危险，如果去赴什么饭局酒局，那些男人恐怕就都围上来了。他们会认为，你打扮成这样就是存心勾引他们……"

张嘉颖只觉一盆冷水当头泼了下来，透心的凉。

她忽然想起前段时间自己看的一段新闻，一个女孩子被人强奸了，可社会上很多舆论却尽数指向那女孩，说是因为那个女孩穿衣太暴露，自己招惹来的，否则为什么别人不出事，就你出事了？

"女人爱美，也是为了愉悦自己，而不是只为了取悦男人。"

或许是张嘉颖的语气太冷，终让陆皓宇意识到了自己的失态。

"嘉颖，我只是……"

张嘉颖没让他把话说完，只是从包里拿出了离婚协议，推到了陆皓宇面前。

"如果想好了，就在上面签字吧。"

其实，说实话，陆皓宇拿着花出现的那一瞬间，她是有些心软动容的，可此刻，除了满心的失望，还有无尽的悲哀。

三观不合的婚姻，两个人其实都很累。

"我说过，我不会同意的。"陆皓宇看着面前的协议书，连动也没动，"我今天来，其实是想让你回去看看妈。"

张嘉颖怔住，"妈……她怎么了？"

"她病了，因为我们的事气病的。"陆皓宇苦笑，"嘉颖，我知道我们之间有很多问题，但现在妈已经病倒了，离婚这件事我们能不能以后再说？至少先骗过妈这一段时间……"

陆皓宇的哀求让张嘉颖犹豫了。其实这几年林萍对她并不算坏，他们夫妻俩的事，也不希望让长辈太过操心，如果林萍真因为他们离婚的事而气坏了，那也是她的责任与罪过。

"而且妈很想念纹纹。"陆皓宇最后一句话，终究还是击中了张嘉颖柔软的心房。

"好，我答应你。"张嘉颖深吸了一口气，平复下心中翻涌的思绪，"我带纹纹回去住一段时间，你也要趁这段时间多做做妈的思想工作。"

陆皓宇脸色有些难看，"嘉颖，你就一点机会都不给我吗？"

张嘉颖摩挲着手里的咖啡杯，"皓宇，一面破碎的镜子，你就算想重新粘起来，那些裂痕永远都在，修不好的。"

说完，张嘉颖起身，将离婚协议书收进了包里。

"晚上我就带纹纹回家。"

张嘉颖最终还是为了林萍而回了家。

林萍确实是病了，而且还病得不轻。

方梦对于张嘉颖的心软有些恨铁不成钢，但事关老人的身体健康，方梦也知道无法做得太绝。

不得不说，陆皓宇这一招其实挺损的，如果林萍这病一直不好，张嘉颖是不是永远都不能离婚了？

当方梦这样追问张嘉颖的时候，张嘉颖除了苦笑，也别无他法。

所幸现在俱乐部因为陈漫的加入，多出了几分年轻人的朝气和活力。

再加上陈漫擅长做短视频，招呼着俱乐部里的小姐妹们接连拍了好几个短视频，还做了一个关于现代人压力大、失眠的搞笑小故事，竟在网上引起了不小的反响。

这一下子，原本冷清的俱乐部热闹了起来。

张嘉颖简直忙得脚不沾地，毅然决然地辞去了出版社的工作，全心全意投入到俱乐部的工作里。

方梦眼见俱乐部渐渐上了轨道，便带着孩子去治病了。悦悦的心脏病越发严重，方梦久不联络的父母终于打来了电话，告诉方梦他们找到了一个权威的心脏科专家，或许可以治愈悦悦的病。

接到电话的那一天，方梦泪流满面。

张嘉颖眼见好友与父母解开了心结，很是欣慰，她亲自将方梦送去了机场，并叮嘱她好好给孩子治病，俱乐部有她在，让方梦放心。

然而，张嘉颖前脚刚送完方梦，后脚俱乐部就发生了一件大事。

一张昂贵的床垫被几个工人抬着塞进了店门，吓跑了一波正在咨询的顾客，随后跟来的五十多岁妇人身着素净的连衣裙、盘着高耸的发髻，有种不怒而威的气场，冷着脸进来，明显来者不善。

来人自称姓崔，店员笑脸相迎，却被一通冷言奚落。不仅要求原价退回床垫套餐，还要赔偿人身伤害损失，理由是床垫不仅无法满足睡眠要求，还造成她腰椎损伤，否则就到工商部门举报，涉嫌扩大虚假广告推销、强买强卖、产品质量严重不合格等问题！

还在机场的张嘉颖接到员工的求救信号后，立刻飞车赶回了俱乐部。

就见那位崔阿姨清高地端坐在会客区，座椅只坐一半的位置，双手撑着手拿包，黑着脸等着，对面前的茶水、果品看都不看一眼。

"崔阿姨，您好，我是店长张嘉颖，您喝点水吧，别着急，慢慢跟我说。"张嘉颖一看这面相，就知道这人不好打发，只能硬着头皮笑脸相迎。

没想到崔阿姨并不着急她的索赔，而是上下打量了一下张嘉颖，优雅地拿出手机，翻照片给她看，都是翻拍的手机聊天记录，"这些深夜鸡汤、录音、有来有往的看似客气的寒暄，还要上门拜访，都是你发给我老伴儿的吧？"

张嘉颖一愣，一时间没有能回过神来。

"原来醉翁之意不在酒啊，这是原配打上门了……"旁边不知是谁这么嘀咕了一句。

张嘉颖转头冷冷地朝围观的员工看了一眼，众人顿时作了鸟兽散。

"崔阿姨，请问您的老伴儿是……"

"我丈夫姓张。大家都叫他张教授。"

张嘉颖这才记起，一周前的下午，她与一位五十岁上下的老先生不期而遇。

现在俱乐部的客人还挺多，但唯独对这位老先生，张嘉颖印象深刻。

那天，那老先生身着西服套装，整齐的暗红色领带映衬着金丝眼镜，格外衬出梳得油光闪亮的假发，就如同从《金粉世家》里面走出来的富家老爷。

老先生自称姓张，是一个大学的教授，在抖音看到了俱乐部的广告，对他们的智能折叠床垫很感兴趣。

张嘉颖没想到一个穿着如此复古的老者，竟然还会玩抖音这么潮流的玩意儿，不由刮目相看。

自打陈漫上了短视频后，他们那款床垫可谓带货王，卖得非常好。不仅对于中老年腰颈问题、记忆功能慢回弹有奇效，还能预防静脉曲张……那天张嘉颖把有些不好意思的老先生请到床边体验，谁知那老先生问的虽是床垫，却偏偏推三阻四不肯尝试。

张嘉颖看出了点门道，便让那老先生去体验房体验了一回。

俱乐部里的体验房间相对封闭，而且完全是卧室的装修风格，灯光昏黄，温馨暧昧，视觉上就会让人放松不少。

那天，张嘉颖为先生沏了一杯淡淡的白茶，老先生这才慢慢打开了话匣子。

"我姓张，是大学里教中文的，虚长姑娘几岁，今年五十八岁，我跟老伴儿身体都还可以，她退休后就专职伺候我这个吃闲饭的，呵呵，儿子也争气，夫妻俩结婚后一起去澳洲工作了。我今年晋升了副院长，没什么生活负担，工作也不算紧张、压力大，但是从半年前开始失眠，不知道是不是人老了'零件儿'不好用了，试了很多种方法，枕头换了好几个，仍然整宿睡不着，老伴儿怕她起夜吵我，早就搬到隔壁房间了。"

经过一番畅谈，张嘉颖这才知道，原来这张教授夜里睡不着，偏偏白天一开会就想睡觉，因此也闹出不少笑话，让他苦恼不已。

市面的几类床垫软枕他都试了，就连按摩床也都买了，可惜都没用。于是张教授有了一个不情之请——让他坐着睡！

这还是俱乐部里第一个要求如此奇葩的顾客。

坐着睡看似容易，实际能满足这要求的设备却不多。所幸俱乐部里有一款智能折叠床刚好符合这老教授的需要。

那款高精尖的现代工艺智能睡眠床垫，采用了国际上最新黑科技，会自动调整到适合人身体的弯度，让人迅速进入深度睡眠。

果然，那天张教授在特殊处理过的房间里，手托着脑袋，架在床桌上，半躺半坐的姿势靠在床垫上睡着了，后来还是张嘉颖慢慢放平智能床，让张教授睡了一场好觉。

没想到，这一觉就是四个小时，让那张教授非常满意。他当场拍板买下了这套智能床垫套餐，而这个套餐里，除了安神精油等标配，还增加了张嘉颖的报告式录音、白噪音的配套利器，张嘉颖还答应张教授，随后给他多录点报告录音，回头发他微信，没想到，这一个暖心之举，给她惹来了这样的麻烦。

"崔阿姨，您是不是误会了什么？我发给张教授的语音，

都是正常的顾客回访。"张嘉颖强笑着解释。

崔阿姨却不客气地打断她的话："误会？我就是想听你解释下，你这样深夜骚扰我丈夫，是为了什么呢？现在想上位、想挣钱的年轻人我见得多了，希望你不要在我先生身上动歪心思，我儿子就是律师，你休想再从他身上得到一分钱，我们保留一切追究法律责任的权利。"

张嘉颖觉得自己冤枉极了。她一向很在意个人作风问题的，21 点以后不会主动联系男士的，确实是老先生白天没有回复她的留言、问候，晚上有空了给她回复客套几句，而且都是关于病友们的心得。

而前段时间张教授一直睡得非常好，身体也硬朗了不少，可就在前几天，突然就又回到之前的烦恼状态，睡不好，又说不清原因，被她问及是不是床垫的智能功能不太会操作，她可以上门帮助设置，没想到老先生避犹不及一样果断回绝了。

确实是老太太多心了，她只是把张教授当成长辈一般看待，但此刻老太太的难听话一句接着一句，不冷不热地打在张嘉颖的身上，她只感觉全身都火辣辣的疼，一个头两个大。

欲加之罪何患无辞，可男主角不在场，她跳进黄河也解释不清楚了，连忙示意员工给张教授打电话救场。

可惜前台小林一直没能打通张教授的电话，脸色难看地朝张嘉颖摇了摇头。

张教授的电话直接关机了。

崔阿姨似乎是看出了些什么，拿出了老伴儿的手机。

"别想找救兵了……"崔阿姨拿着手机往张嘉颖面前虚晃了晃，"我不会让他来救场的，你们就死了这条心吧？"

陈漫拦在了张嘉颖面前，"你们无凭无据，别血口喷人。我们家嘉颖姐只是为了解决张教授的失眠问题……"说着，她上下打量了崔阿姨一眼，"崔阿姨，您家那位都多大年纪了，您以为我们风华正茂的嘉颖姐看得上吗？"

陈漫毕竟年轻气盛，说出的话更是口无遮拦，只是好心办坏事了，把崔阿姨气得够呛。

"好啊，看不上，看不上是吧？看不上还半夜给我家老头子发那些暧昧短信？"

"漫漫……"张嘉颖头都大了，拉过陈漫阻止她继续往下说，试图再和老太太讲道理。

可她并不知道，跟着老太太来的其中一名小伙子，竟早就偷偷录下众人争吵的视频，并且恶意剪辑，直接上传到短视频网上。

而门口，早已挤满了很多看热闹的"吃瓜"群众，挤爆了门，把屋里的绿植、桌椅搞得乱七八糟，场面一度失控。

所有的人都对着张嘉颖指指点点。

张嘉颖脸色涨红，她感觉又回到了那一年的夏天，她创业失败，流言蜚语铺天盖地而来，全是针对她的品行，只因她是女人，大多数人看待她的事业都戴着有色眼镜。

深吸了口气，她整理了情绪，缓声说道："崔阿姨，如果我们俱乐部的服务方式影响到了您和家人的生活，我首先表示道歉，我们会调整方法更好地为病友们服务，但是您的这些对我个人作风的指摘，我希望您向我道歉，毕竟有没有这些事儿，只要您问一问当事人您先生，自然明晰。您要求退还产品，不在我们的销售合同职责内，因为产品本身没有问题，但是出于对俱乐部会员的负责任态度，这单损失我个人来出，至于其余不合理要求，会由我们的律师跟你的律师走正常法律程序，毕竟我的个人名誉也是不容侵毁的！"

崔阿姨冷着一张脸，"年纪轻轻敢做出这样不要脸的事，就不要怕被人骂……"

"你不要太过分啊！"陈漫像是护犊子一般，再度拦在了张嘉颖面前。

在陈漫的心里，张嘉颖就是她的再造恩人、她的亲姐姐，她绝对不会让人欺负她的姐姐。

陈漫的举动，让张嘉颖原本冰凉的心微微暖了几分。

"闹够了没有啊？你不嫌丢人，我还嫌丢人呢！"人群里，一名老先生在一个男人的搀扶下，挤了进来。

是张教授，而扶着张教授的那个人竟然是季扬。

张嘉颖怔住了，也来不及询问季扬缘由。

张教授一出现，没想到老太太一改之前嚣张跋扈的气焰，泪如雨下，就像在俱乐部里受尽了委屈一般。

"你还有脸来？你这个没良心的老头子……你知不知道我在这里受了多少委屈……"

张嘉颖简直被气笑了。

这老太太不去演戏真是可惜了，都可以给她颁一个奥斯卡小金人了。

张教授显然也是见惯了老太太的演技，一边尴尬地向张嘉颖道歉，一边低声安抚老伴儿。

"误会，这全是误会，我回去好好给你解释。我们这一大把年纪了，难道还想在这里给人当猴子看吗？"

张教授的话总算是说服了老太太。

最终，"虚弱"的老太太被张教授搀扶回了家，一场风波这才勉强平息，而围观看戏的路人也渐渐散去。

"季扬，多亏了你。"

季扬带着张教授及时赶到，让张嘉颖感激万分。

她发现季扬总是在她最需要的时候出现。

"我刚才正想来俱乐部找你，结果发现这里出事了……"

季扬笑着解释。

他先前已经在人群里站了一小会儿了，大概了解了一下来龙去脉，在发现小林打不通张教授的电话后迅速做出判断，这老太太既然做了万全的准备来砸场子，定然不会让张教授出现，所以他打电话直接给前台，和小林要了张教授的地址，并且把人带了过来。

张嘉颖此时不得不佩服季扬的判断力与行动力。

"我以后要跟你多学学才是。"张嘉颖由衷地感叹。

"嘉颖姐，快看，我们上热搜了。"一旁的小林忽然发出了惊呼，并将手机递了过来，"是我们俱乐部的视频。"

"视频?"张嘉颖接过手机一看，果然，先前老太太恶意剪辑的视频被一众网友给顶上了热搜，底下一水儿的骂声。

张嘉颖苦笑，"现在好了，我倒成了名人了。"

"这个热搜我会想办法帮你撤下来。"季扬出声安抚，"不过，那老太太可是出了名的难缠。我们要解决的，不是热搜问题，解铃还须系铃人。"

季扬毕竟是商场老手，他心知，热搜可以撤，但只要老太太没解决，后面还会有更多的热搜等着他们。

"嗯，谢谢。我知道了，这件事我会想办法。"张嘉颖感激地看向季扬，"这回也不知道该怎么感激你了。"

"真要感谢我的话，那就帮我个忙。"季扬微笑。

"什么忙？"

"我失眠了。"这一回，轮到季扬苦笑了。

张嘉颖带着季扬去了助眠体验室，俱乐部里一众年轻女孩却看着季扬的背影犯花痴。

"哇，这谁啊？这么帅？"陈漫以前没见过季扬，自然很好奇，"没想到这么帅的男人居然也失眠？"

而且刚才俱乐部遭难，这个男人如同天神一般降临，快、狠、准地直接就解决了问题。

前台小林回答："他叫季扬，是我们俱乐部的房东。"

"房东？"陈漫感兴趣地眨了眨眼，"没想到，不仅是个帅哥，还是个有钱多金的帅哥，我说小林，我们这位帅哥房东有女朋友吗？"

小林笑嘻嘻地白了陈漫一眼，"这我怎么知道？你不会自己去问啊？"

"小林，我想恋爱了，我遇到了我心目中的男神……"陈漫双眼放光。

小林忍不住怼她："你不是奉行不婚主义吗？"

"结婚是一回事，谈恋爱是另一回事了。不结婚，又不代表不谈恋爱。"陈漫眨了眨眼，继而猛地一拍手掌，"我决定了，我要开始实施倒追男神计划。"

丢下话，陈漫就从前台拿过一张纸，低头在上面认真地写写画画，也不知道在写些什么，小林无奈地摇了摇头。

果真是个小女孩。

温馨平静的睡眠体验室里，季扬正和张嘉颖谈心。

原来季扬最近工作压力特别大，手头好几个项目都压在了手上，他忙得连轴转，而就在这时候，他家里人竟然给他安排了相亲。他母亲更是为了逼他相亲，一哭二闹三上吊，他不得不分出时间去赴约。

只是他暂时还没有谈恋爱结婚的想法，所以也就应付着任务，可那些跟他相亲的女孩子里，十个有八个都对他有好感，害得他如履薄冰，就怕让那些女孩子误会，每次赴约，精神都高度紧张，以至于后来直接就失眠了。

他原本手上工作就忙，这一失眠，整个工作进度就落下来了，只能用更多的时间去加班，如此恶性循环，就算等真正歇下来能休息的时候，他却完全睡不着，都是睁着眼睛到天亮。

听着季扬的讲述，张嘉颖心底不由升起了一抹同情之色。

"没想到你季大老板也会有这样苦恼的时候？"张嘉颖笑颜灿烂，"其实你也老大不小了，找一个女朋友谈谈恋爱也没什么不好啊！"

生着一双桃花眼的季扬，确实第一感觉就会让人觉得他是个情场老手。

张嘉颖还记得当初与季扬第一次见面时，他身边就跟着两

个女孩，那时她还以为对方是个花花公子，这才对他误会连连。

谁知人家竟然如此洁身自好，倒是人不可貌相。

"我现在以工作为重，而且，感情这种事，也要随眼缘……"季扬苦笑，"我的婚姻观可不是凑合着过就行，我宁缺毋滥。毕竟这不仅关乎自己一生的幸福，也关乎对方一生的幸福。"

张嘉颖微微动容。

谁说不是呢？

现在这个社会有多少婚姻其实就是凑合着过的。

就比如……她和陆皓宇之间……张嘉颖心头一刺，收回了神游的思绪，继续和季扬畅谈。

没想到这一番聊下来，发现两个人的三观极为相似，甚至连最爱的小说都是柳青的那本《创业史》，结果，两个人就越聊越投机，越聊越停不下来。

聊着聊着，季扬的精神渐渐放松了下来，眼底露出了困倦之色。

"困了吧？"张嘉颖拍了拍旁边床上的床垫，"我们这里的助眠智能床垫可是一流的，睡一觉，包管你直接就想扛回去！"

季扬在助眠师的帮助下终于安稳入睡了。在入睡之前，他笑着跟张嘉颖说了一句："没想到，和你聊天竟然这么放松。"

季扬终于睡着了。

张嘉颖和助眠师对视了一眼，然后小心翼翼地走出了体验房。

其实季扬的问题主要是没有一个很好的倾诉对象，他可能是独自承受惯了，所有的事都一力承担下来，不管是工作，还是母亲的期许。

如果他早点找到一个合眼缘的女朋友，或许这种情况会好很多。

张嘉颖一边走，一边心里盘算着身边有没有比较好的女孩介绍给季扬，可没走几步，就看见不远处陈漫正鬼鬼祟祟地往这里张望。

"漫漫，你做什么呢？"

陈漫有些不太好意思地笑了笑，"那个……嘉颖姐，里面那帅哥睡着啦？"

张嘉颖一眼就看穿了小姑娘的心思。

陈漫的情绪从来都是外露的，很容易就能被人看穿。

"怎么？这是芳心动了？"张嘉颖挑眉。

"这可是男神啊，谁不动心啊？"陈漫倒也干脆，没有丝毫的扭捏作态，"嘉颖姐，这帅哥还没有女朋友吧？"

"没有。刚才他还在跟我说，他父母逼他相亲呢。"

"什么？相亲？那怎么行？我好不容易才遇到我的生命中的男神，我可不能让他跑去跟别的女人相亲……"

张嘉颖看着陈漫年轻生动的脸，伸手轻拍了拍她的肩膀，"加油，我看好你哦。"

刚才她还自想着给季扬介绍女朋友呢？这不，眼前就有一个。

老太太大闹俱乐部的事，最终还是在网上炒了起来，热度之高远超出了张嘉颖的想象。

就连不太上网的林萍都听到了风言风语，据说是她出去遛弯儿的时候，平时玩的那些老太太们跟她明里暗地地打听俱乐部的事，林萍这才知道，原来自己的儿媳妇都成了抢老男人的小三了？

林萍气冲冲地回家，连弯儿也不遛了，逮着陆皓宇又是一阵数落。

当初儿子为了挽回儿媳妇，不惜让她装病留人。为了儿子她也配合了，结果呢？结果这才过多久，儿媳妇竟然闹出了这样的丑事来？

当张嘉颖回到家的时候，家里的气氛已冷至了冰点。

林萍一开口就兴师问罪："你知不知道，现在整个小区的人都在议论你？我们陆家的脊梁骨都被人戳烂了。"

"妈，您在说什么？"张嘉颖不解。

"说什么？"林萍拿出了手机，放出了网上那段视频，"你看看，你看看，这些人都在骂你什么？"

"妈，这件事只是个误会。"

"可人家不知道是个误会。"林萍霍然起身，她今天一天已经气饱了，"嘉颖，你就听妈一句话，别做了，好不好？就算你不为我，不为皓宇，也要为纹纹着想……你想纹纹在外面抬不起头见人吗？"

张嘉颖却气笑了，"妈，我行得正、坐得直，纹纹又为什么要抬不起头见人？"

"可……"

林萍还想说些什么，却被陆皓宇打断："妈，您先去休息吧，天也不早了。"

林萍动了动嘴，但看到陆皓宇难看的脸色，最终还是咽了回去。

"好，我不管了，你们夫妻俩自己看着办。"

陆皓宇看向张嘉颖，"老婆，妈其实说的有道理。"

张嘉颖冷冷看着他，没说话。

最近这段时间，她回婆家后，陆皓宇似是有心修复他们之间的关系，倒是没再限制她了，夫妻俩可谓相敬如宾，也没发生过什么争吵。再加上最近俱乐部的事确实很忙，一直没找到机会，她也就没再提离婚的事。

有时候她甚至在想，就这样维持下去也不错。

可她发现自己又错了。

陆皓宇眼见张嘉颖沉默，情绪突然激动了起来，"张嘉颖，你是故意的对不对？你铁了心要离婚，所以才做出这样的事……"

张嘉颖闻言面色苍白了起来，却是怒极反笑，"陆皓宇，我张嘉颖基本的廉耻心还是有的。我做病友俱乐部，是为了实现自我的价值，而不是……"

"而不是什么？"陆皓宇所有的隐忍终于彻底爆发，"张嘉颖，自从你创立了这个所谓的病友俱乐部后，我们整个家就这样散了。你说说，现在过的都是什么生活？我只想回到从前，我下班回家，看到你在家里等，我看到你正在和孩子玩游戏、做作业，看到一家人其乐融融，那才是我想要的生活……"

"那我们道不同不相为谋。"张嘉颖冷静地丢出一句。

"你什么意思？"陆皓宇脸色变了，"你还是心心念念想着离婚是不是？"

"女人的价值并不是只在家庭里，女人也有追求自己梦想和事业的权利。我曾经想着和你一起渡过这道难关、一起磨合我们的婚姻，但我们都尽力，你费力地想改变我，而我也一直想改变你……何苦呢？"

张嘉颖觉得自己这段时间真的很累。

她忙着俱乐部的事，可回到家里，还要顾及着林萍和陆皓宇的感受，至少要维持着家庭里表面的和平，不想伤了任何一个人的心。

她也曾为了这个家而努力过，但最终，她没有成功。

或许是他们俩没有找对合适的方法，或许是因为价值观与三观不同，再这么勉强过下去，只会让双方都变得痛苦不已。

"你果然是铁了心要离婚。"陆皓宇的眼睛红了。

"是。离婚吧。"

"我不同意。"陆皓宇直接拒绝，"你这是为了你的事业，打算抛弃这个家？"他拼了命想留住她，可为什么最终还是留不住？

说着，陆皓宇伸手就抓住了张嘉颖的手腕，"走，我们马上一起去工商局把俱乐部给注销。你回家好好做你的陆家儿媳……"

陆皓宇情急之下，竟就拉着张嘉颖要出门去工商局。

"你放开我！"张嘉颖挣扎，手腕上的剧痛让她额际瞬间就布满了冷汗，"陆皓宇，你弄疼我了。"

陆皓宇扣住张嘉颖的力气很大，就像是要拧断她的胳膊。

第六章

-209-

"我宁愿我弄疼你，也不想以后让别的男人弄疼你。"

陆皓宇这句话里的暗示可以说是极具侮辱性了。

张嘉颖眼睛红了，并不是因为手疼，而是因为心痛。

愤怒并不足以形容她此刻的心情，或许，更多的是失望。

"啪！"张嘉颖另一只手狠狠甩了陆皓宇一巴掌。

这时，林萍正好带着纹纹回来，一到门口就撞见了这一幕。

"张嘉颖！"林萍放开了纹纹，三步并作两步，反手就给了张嘉颖一个耳光。

世界仿佛在这一刻静止了。

张嘉颖不记得自己是怎么走出陆家的。

林萍那一巴掌可以说是下了狠手，她半边脸颊都肿了起来，耳朵更是嗡嗡作响。当时她脑海里一片空白，唯一记得的，就是抱起早已吓呆的纹纹，冲了出去。

最终，张嘉颖带着纹纹回了娘家。

她知道自己为了这段婚姻尽力了，但三观的不合，是他们婚姻无法再进行下去的最大障碍。

陆皓宇要的是一个相夫教子、安心待在家里的好妻子，而她却是"野心勃勃"。

她从来不认为自己的"野心"与家庭会是一种不可调和的

冲突与矛盾，所以，她一直想要把握这个平衡点，但她还是失败了。

母亲对她回娘家这件事，并没有多问，只是当回家的张正南看到她脸上的巴掌印时，差点儿冲到陆家算账，但最终还是被张嘉颖给拦了下来。

她这一巴掌是林萍打的，而她也打了陆皓宇一巴掌，算是扯平了，她总不能真的照着长辈的脸上招呼过去。

"嘉颖，来，先拿冷毛巾敷一敷吧。"施月娥叹息着给她拿来了冷毛巾敷脸，"不管你做什么决定，我和你爸都支持你。"

从小到大，他们都知道他们这个女儿是个有主意的人，他们也不会干涉她的决定。

张嘉颖一边敷脸，一边重重地点头。

她的父母就是她灰暗人生里的另一道光，让她知道，她张嘉颖并不是一个人在战斗。

第七章
家，是人心的依靠

张嘉颖将所有的精力都投入到了工作中。

她知道自己和陆皓宇已经回不去从前了。

微微失神，她看着手下那些工作纪要，忽然发现，她能解决得了别人的问题，却无法解决自己的。

或许，这便是当局者迷。

轻揉了揉额角，张嘉颖苦笑连连。

这时，门外有敲门声响起："嘉颖姐。"

是陈漫。

"进来吧。"

陈漫推门而进，看到了张嘉颖脸上的红肿，"你……你没事吧？"

陈漫小心翼翼地问着。

早上张嘉颖顶着这一脸的伤来的时候，大家都看出来了，但不太敢问。憋了这么久，最终还是把陈漫给推了出来。

"我没事。"张嘉颖抬头看了陈漫一眼，笑了笑，"让你们担心了。"

"是不是你老公打的？"陈漫刚才已经和外面的小伙伴们讨论了大半天了，讨论来讨论去，好像也只有这个结论最符合了。

"嘉颖姐，你别怕，我们都在你背后支持你。如果你老公再家暴你，我们整个俱乐部的人都会过去给你讨回公道的。"

陈漫话音刚落，门外原本在偷听的几个员工已经迫不及待地推门而进。

"对，嘉颖姐，我们帮你揍那个渣男。"

"家暴只有零次和无数次，你一定要告他！告到他把牢底坐穿！"

"没错，嘉颖姐，你千万不能心软。"

……

看着面前那一张张真挚的脸庞，张嘉颖心头暖洋洋的一片。

不知从什么时候开始，俱乐部的这些小伙伴们都已经上下齐心了。

她们早已把俱乐部当成自己的家了，把她张嘉颖当成了她们的亲人，而她当然也一样。

"谢谢。谢谢大家。"张嘉颖哽咽出声，她起身，微笑应对，"我身后有你们支持我、鼓励我，对我来说就足够了。没有什么事是解决不了的，也没有什么坎是过不去的。"

这个世上，不仅有爱情，还有一种感情弥足珍贵——友情。

张嘉颖很庆幸，很庆幸自己创办了这个俱乐部，认识了这些真诚而热心的小伙伴。

"好了！"张嘉颖拍了拍手掌，让大家停下了叽叽喳喳的讨论，"来，我们现在正式进入工作状态，这几天我们的任务就是——攻克崔阿姨。"

"啊？那个崔阿姨很难搞啊。"陈漫小声地嘀咕。

"漫漫，我们不能还没开始就自己先退缩了……"张嘉颖的笑容仿佛带着某种镇定人心的力量，"再难的难关，只要我们俱乐部的人齐心协力，一定都能闯过去的。"

季扬说的没有错，要解决问题，就必须从源头解决。解铃还须系铃人。

于是张嘉颖当机立断，约见了崔阿姨。

隔天，没想到崔阿姨真的来了店里，电话中她是不卑不亢不配合的高姿态，以退款利诱也没有明确表示。

这次张嘉颖把崔阿姨带到内间体验室，这里还没来得及撤掉会议室的装饰布局。

看到她的诧异，张嘉颖跟她简单描述了张教授来求助她的过程。

"我们这间房间是安排有本店内统一的摄像头的，对于客人的面部采取保密处理，但是如果需要，可以给崔阿姨展现张教授体验的全程录像，看看我们是否有越礼行为。我还可以给您看我与张教授的手机聊天全记录，您可以做鉴定，我保证其中没有过任何删除等操作，也并没有过分暧昧的言语，完全是俱乐部成员之间的交流关心。"

听到这里，崔阿姨尴尬地喝了口水。她心知，自己可能真的误会了。

经过几番推心置腹的攀谈，崔阿姨逐渐敞开心扉。

当年崔阿姨和张教授是一起在考研教室抢座位结识的。她是化学系，张教授中文系，女生实用主义，男生浪漫主义，两人在热恋中同时读研读博，结为伉俪，一生荣耀，55岁崔阿姨退休，社会认同感的突然变换，让她亟须抓住最重要的东西，儿子已婚又在国外工作，不好意思打扰孩子，只好牢牢抓住老伴儿。

"这两年老头子的女人缘是越来越好，人也越来越爱美，头发掉了剪短就完了，非要戴假发，比我这个女人还爱照镜子，从来不主动关心一下我，买了新衣服他都看不出来，倒是常夸赞他的女学生这儿好、那儿好。于是，我就只能闹，白天不敢打扰他的工作，就只有睡觉前的时间倾诉，他不愿意听，就只能闹呗，不然得憋死了！"

崔阿姨也开始诉说她的苦恼。

每天吵架除去更年期身体不舒服的影响，很多时候就是想故意气张教授，让他在意她，哪怕是多看她一眼，哪怕跟她吵一架，火气撒出来心里才舒服，但是老头子整天被嫩得能捏出水来的小姑娘们围着，只见新人笑啊，怨气越积越多，代沟越来越大。

眼见老太太悲从中来，张嘉颖连忙递上纸巾，"崔阿姨，其实张教授对您真的不是您形容的这样，您上次误会了他，他却绅士地一力承担，对您没有半句埋怨责问，而是温柔询问您的身体，非常恩爱体贴呢。"

崔阿姨不好意思地摸摸头发。

"我们聊天中，偶尔提到您的只言片语，都是满含骄傲，外加一些无奈，张教授的言外之意，他的失眠和您退休时间，基本吻合，其实他还是很担心您的退休生活不适应，从而整夜都睡不好呢！"张嘉颖言下之意崔阿姨也听出来了，您退休了，疑神疑鬼，搅得老伴儿整宿失眠，人家还没什么怨言，已经非常仁至义尽了。

崔阿姨没好气地看了她一眼。张嘉颖赶紧安慰："崔阿姨，我不是心理专家，不过我也听明白了，您跟张教授都是顶好的人，彼此也非常恩爱，其实是真没多大事，如果有，也是沟通方式的问题，我没什么大本事，但想帮您跟张教授聊聊，我也是有丈夫的人，明白男人其实很大条，女人的细腻他们没那么快领悟，不是不爱，是不知道怎么爱，我愿意我们俱乐部的会员们都幸福，您能不能批准我行使这个权利呢？"

崔阿姨被她的捧杀逗乐了，摇摇头，怎么感觉自己还喜欢上这个刚刚撕破脸的小丫头了？

随后，张嘉颖主动找到教授谈心，希望教授服个软，在家里，女主人不顺气，大家谁也不会好过，找回当年的绅士和大度宽容，对失去生活重心的老伴儿多些关心，多带她散心，报个老年合唱团之类的兴趣活动等等。畅谈之后，也提出床垫的解决方法，为他们免费升级为独立升降的智能床垫，张教授坐着睡，老伴儿躺着睡，既能陪伴老伴儿，两人也都能睡好。

一场风波，被张嘉颖完美地解决，网上的丑闻也都被撤下来了，教授一家还做了补偿性的优质买家秀，一通好评再掀销售小高潮。

张嘉颖松口气的同时，也产生了一种极大的成就感。

她忽然明白了建立这个病友俱乐部的意义。

解决了一件大事，张嘉颖正想回家好好休息一下，迎面却碰上了季扬。

"季扬，你怎么来了？"

张嘉颖话音刚落，里面的陈漫就已经蹿了出来。

"季帅哥，你来啦，今天怎么这么有空啊？是不是有什么事啊？最近睡得好吗？"

陈漫一身精致的妆容，对着季扬狂抛媚眼。

季扬一脸蒙，张嘉颖却是哭笑不得，"漫漫，你这是做什么？"

她知道陈漫想追求季扬，只是小姑娘会不会太热情奔放了一点？

"咳……"陈漫清了清嗓子，"嘉颖姐，我有话跟季扬说。"

张嘉颖顿时明了，便暧昧地朝陈漫笑了笑，转身离开。

走出俱乐部，张嘉颖看着外面大好风光，深深吸了一口气。

崔阿姨的事虽然解决了，但家里的事却是一团糟。

张嘉颖想起了这些日子以来发生的点点滴滴。其实，陆皓宇虽有错，她也有错，因为前段时间她太热衷于自己的事业，忽视了家庭，等她醒悟过来想要改变的时候，已经来不及了。

婚姻，是要靠两个人共同经营的。

最主要的是，三观要合。

正想着，身后传来了脚步声，是季扬。

张嘉颖调侃："居然这么快？我还以为你要请小姑娘吃饭之类的。"

季扬苦笑，"你就别取笑我了，我和那小姑娘没什么的。"

"怎么？看不上啊。"

"我还不想老牛吃嫩草。"刚才陈漫确实是找他表白，但他拒绝了。

张嘉颖打量着季扬，"我说季大帅哥，你就算年纪真比漫漫大一些，但还不至于这么妄自菲薄吧？"

"我说过，我只找合眼缘的。"

季扬这句话，顿时让张嘉颖明白了，她也是个通透的人，也就没再多说什么。

"今天我来这里，其实是想请你吃饭。"

"这么客气?"

"和你那一番谈心，我这几天睡得特别好。"季扬深深注视着张嘉颖，"所以，这顿饭无论如何我都要请的。不知道张女士赏不赏脸?"

"帅哥相约，怎么也得捧场啊。"

张嘉颖笑了，阳光下，她的笑容分外明艳亮丽，让季扬不由晃了神。

西餐厅里，季扬和张嘉颖相谈甚欢。

两个人从娱乐八卦谈到国家时事，对于人生的看法和见解，很多地方都有相似之处。

"我发现，我终于找到了一个好的聊天对象。"季扬笑着说。

他笑起来的时候，那双漂亮的桃花眼总是闪动着莫名的情深，让女人为之怦然心动。

张嘉颖其实今天喝了不少酒，略带了几分醉意，脸颊上的飞红也给她平添了几分平日里少有的妩媚。她笑盈盈地看着季扬，说:"我说季大帅哥，你这双眼睛真的会骗人，可能连看一只酒杯都会让人觉得你对它情深意重……所以，当初我第一眼看见你，就觉得你是个花花公子、情场老手，再加上你身边一直跟着的那俩小姑娘对你那深情款款的模样……我这人最讨厌欺骗女人感情的骗子了……"

季扬听了哭笑不得，"难怪你那时对我意见那么大。可是我也好冤，这双桃花眼是娘胎里带出来的，我又没得选择。"

因为这双桃花眼，季扬这辈子没少被女人"骚扰"，就像张嘉颖说的，他这双眼睛认真地看着某一个人或是某一个物体时，总会给人一种深情款款的错觉。

"好了好了，我也是开玩笑的。"张嘉颖挥了挥手，笑容有些娇憨，"你还是早点儿找一个女朋友吧，这样至少有一个倾诉对象，有人倾诉，把心里的压力释放出来，你就不会那么容易失眠了……"

"要是那么容易找到合眼缘的，我就不会一直当只单身狗了。"季扬自嘲。

"你就算是单身狗，也是只镶了钻的单身狗啊。"

……

两个人就这么有一搭没一搭地聊着，时间在愉快的交流中流逝着。

此时张嘉颖并不知道，另一边陆皓宇在她娘家等了她一晚上，结果，天都黑了，也没见人回来。

施月娥知道女儿和女婿出现了问题，但她心里明白，在感情的世界里，他们就算父母，也只能算是"外人"，感情的事还是他们年轻人自己去处理比较好。

一直没能等到张嘉颖回来，陆皓宇憋着一股子气准备回

家。可刚走出小区，便看见一辆熟悉的车子开了进来。

是季扬的车。

他看见季扬送张嘉颖回来的那一次，他就记住了季扬车的车型和车牌。

陆皓宇"噌"的一下，火就冒出来了，三步并作两步便往前疾步走去。

刚钻出车门的张嘉颖酒意还没消散，没走两步就差点儿栽倒，所幸被身后赶来的季扬及时扶住。

"小心点。"季扬扶着张嘉颖，满脸无奈，"你今晚喝得确实有点儿多了。"

"还好吧。"张嘉颖揉了揉额角，苦笑。

季扬看了眼张嘉颖，看着她月光下那略带红晕的柔美脸庞，微微失了神。

"张嘉颖！"

忽然前方响起了一声冷喝，紧接着一道人影直接冲到了二人面前。

是陆皓宇。

"皓宇？"张嘉颖有些意外，话音刚落，就见陆皓宇竟扬起巴掌就朝她脸上甩来。

但那一巴掌落空了。

季扬紧紧扣住陆皓宇的手腕，面色冷沉道："你怎么能随便打人？"

"她是我老婆，我打我老婆，碍着你什么事了？"陆皓宇恨恨挣脱了季扬的钳制，他显然也在气头上，双目通红，口不择言。

"有本事别跟女人动手。"季扬脸色难看地一拳就朝陆皓宇的脸上打了过去。

两个人瞬间扭打成了一团。

回过神来的张嘉颖冲了过去，一把将两个扭打成一团的男人分开。

"别打了！陆皓宇，你闹够了没有？"

"我闹够了没有？张嘉颖，是谁在闹？我在这里等了你一晚上，结果呢？你却牵着其他男人的手回来了。"陆皓宇越说神色越激动，"你是不是早就已经和季扬有一腿了？说，你们俩上床多少次了？是不是连肚子里都已经有种了……"

"啪！"

张嘉颖忍无可忍，狠狠一巴掌甩在了陆皓宇脸上。

"陆皓宇，我们离婚吧。"张嘉颖心力交瘁地吐出一句。

"离就离。"陆皓宇只觉脸颊生疼，怒不可遏，"我陆皓宇也没有你这种水性杨花的老婆。"

张嘉颖和陆皓宇终于离婚了。

这一次陆皓宇倒是干脆，可能真的认定了她和季扬有什么，而面对叫不醒的人，张嘉颖也懒得再去争辩。

她自认为自己行得正、坐得端，身正不怕影子斜，所谓清者自清，她没有做过对不起陆皓宇的事，所以也不必对他心怀愧疚。

因为纹纹还小，张嘉颖争取到了抚养权，当然，为了抚养权，陆张两家没少打官司，所幸孙律师出面，替张嘉颖打赢了这场战。

林萍为此没少打电话骂张嘉颖，每次张嘉颖就将手机放到一旁，自己淡定地做着自己的事，任由林萍骂够挂电话才收起手机。

对于张嘉颖现在的处事态度，陈漫佩服得五体投地。

从创立这个俱乐部到现在，张嘉颖也是一步一个脚印走过来的，很多经验也渐渐积累了起来。

俱乐部近来的业务量不错，而且顾客反馈也比较好。

上次张教授夫妇还送了一面锦旗过来，表扬她们是"医心圣手"。虽说有些夸张了，但对于俱乐部的成员来说，这可以算是一次非常有纪念意义的认同。

那一天，俱乐部里的员工们几乎彻夜狂欢，没有什么比获得顾客的认可更值得人高兴的。

"只可惜，方梦不在啊！"

张嘉颖开始想念方梦了，因为那一身情伤，那个女人跑出去散心到现在也没有回来。

说起来，她才是俱乐部最大的股东，最大的老板，可是甩手掌柜当起来也是不亦乐乎。

正当张嘉颖在心里暗自吐槽方梦的时候，方梦终于回来了，带着一身明媚与张扬，瞬间让整个俱乐部都明亮了起来。

看着好像已经原地满血复活的姐妹，张嘉颖由衷地松了口

气，"恭喜你，真正从心魔里解脱出来。"

别看当初方梦断得干净利落，但向来以爱情至上的她，既然爱，那就是爱得掏心掏肺，没有任何保留。李景明的伤害对她的打击不可谓不大。

"我回家了一趟。"

分完礼物，方梦和张嘉颖窝在一间布置温馨的体验房里，享受着安静的时光。

她说："我在我爸妈面前痛哭了一场，然后又让悦悦高高兴兴地改了姓，落户到我爸妈名下，可把我爸妈高兴坏了。"

看着父母满是泪痕的脸庞，方梦那一刻真心觉得自己很不孝。

为了她所谓的爱情，她不仅伤害了她的父母，也让自己遍体鳞伤。

"那现在悦悦呢？"张嘉颖问。

"被我爸妈留下了。"方梦耸肩，"他们说要补偿悦悦这么多年缺失的爱。再说了，我爸那边认识儿童心脏科的国手，他们已经在商讨治疗方案了。"

张嘉颖松了一口气，"太好了，悦悦迟早都会恢复健康的。再加上有疼爱她的姥爷姥姥，她一定会过得很快乐。"

张嘉颖替方梦高兴，这些年方梦其实过得很累。

那个极品婆婆一直在她这个大小姐的头顶上压着，作威作福，其实连她都很意外，方梦竟然能坚持下来。

果然，在爱情里，女人容易迷失自我。

现在敢爱敢恨、洒脱开心的方梦又回来了。

"不说我了，说说你吧，最近怎么样？"

在张嘉颖离婚的第一天，方梦就已经接到了张嘉颖的电话。

原本那时她就想飞回来的，但张嘉颖强烈要求她处理好悦悦的事再回来。

张嘉颖耸肩，"还能怎么样？我发现一个人过其实也不错。"

方梦轻叹，"你能想通就好。"

"婚姻中，三观的契合真的很重要。"张嘉颖由衷地感叹，"一段错误的婚姻，及时止损其实也是件好事，对我、对陆皓宇都好。免得我们俩彼此互相折磨。"

他们陆家要的是一个只顾及陆家，完全没有自我价值的"贤妻良母"，她做不到。

"贤妻良母的人设也不是不好，只是要视情况而定……"方梦托着下巴，看着窗外远方美丽的风景，"如果当初陆家母子支持你一些，不给你压力，不拖后腿，做你坚强的后盾，没有什么平衡是实现不了的。人的关系都是相互的。"

张嘉颖点了点头，"谁说不是呢？好了，这些过去的事我们就不要再提了，现在你回来了，可要扛起我们俱乐部的大旗啊，方总。"

正说着，方梦的手机响了起来。

"喂，亲爱的，你怎么现在才给我打电话啊？嗯，我早下飞机了，现在正跟我好闺密聊天呢。"方梦一拿起电话，声音立时又变得娇滴滴，那哆声哆气的模样，让张嘉颖忍不住打了一个寒战。

她就说嘛，方梦这么快就从李景明的阴影中脱离出来了，原来是有新目标了啊。

随意说了两句，方梦挂了电话，张嘉颖看着她，满脸的调侃："亲爱的……是哪个亲爱的啊？"

"就是回我妈家的时候认识的。他叫 TONY，是个漫画家，浪漫又有才华。"方梦说起新的恋情，又变成了那个爱做梦的小女孩。

"你呀，吃一堑长一智吧，可别再恋爱脑了。"张嘉颖拍了拍她的肩，"还有，现在你回来了，也该轮到我放假了。"

这个把月，几乎给她忙疯了，连觉都睡不安稳。

她做的是助眠，要是自己因压力过大而失眠，那才叫笑话。

"老板娘，我请假两天。"张嘉颖觉得是时候让自己放松一下，也是时候多陪陪孩子了。在病友俱乐部里，见识了很多"病友"，虽说每个人的病因不同，但大多都是因为逃避，因为没有时间和家人沟通，这才让"病情"越来越严重，可见沟通的重要性。

丢下话，张嘉颖优雅地伸了一个懒腰，踏着愉快的步伐离开了俱乐部。

可刚走出俱乐部大门，就看见外面停靠着一辆熟悉的黑色轿车。

看着阳光下，靠着车头的那道修长身影，张嘉颖有些头疼地摁了摁眉心。

季扬又来了。

自从她离婚之后，季扬就三五不时地跑来俱乐部"报到"，不是因为失眠，而是为了找她。

她不是傻子，也不是木头，自然能察觉出异样。

她不知道季扬是什么时候开始喜欢上她的，她也曾经旁敲侧击过，季扬却只是丢给她一句，"合眼缘的人终于找到了。"

从这之后，季扬就再也没有掩饰过自己的情感与行动力。

这期间，季扬对张嘉颖的追求还让陈漫伤心了好一阵，她的男神就这么被自己的女神给抢了？

所幸陈漫是个通透的人，她也知道自己对季扬的好感也只是一厢情愿，更何况，虽是一见钟情，但还远没有到非君不嫁的地步。

闷头哭了一阵，陈漫便放下了这段还未萌芽的感情，重新变回了那个快快乐乐的青春女孩。

只是这一切对张嘉颖来说却是一个负担。

她刚从一段感情里结束，怎么可能这么快又重新迈入另一段感情？而且她也害怕自己处理不当，季扬又会变成第二个陆皓宇。

"走走吧。"季扬看到张嘉颖走过来，直起了身，微笑。

"嗯。"张嘉颖点头，决定跟季扬好好说清楚。

俱乐部所在的高档小区里有很多不错的配套设施，里面也有不少幽静可以散步聊天的地方。

张嘉颖和季扬肩并肩走着。

微风徐徐吹送而来，带来了花的清香，让人心旷神怡的同时，也让人松懈了一直紧提的神经。

"季扬，我现在还没准备好接受新的感情。"张嘉颖首先打破了沉默，她其实骨子里是个很决断的人，拖泥带水并不是她的作风。

"我知道，我没有要求你现在就接受。"

季扬的嗓音很独特，低沉性感之中又带着几分撩人。

这个男人其实真的是个妖孽，很容易就让女人心动。他可
以说是上帝的最完美的杰作，出众的相貌，不错的人品，超绝
的能力……简直就像是从小说、电影里走出来的男主角。

只是……她没有做好准备。

"嘉颖……"季扬忽然伸手扳过了张嘉颖的肩膀，深深注
视着她，"我说过，我宁缺毋滥，但如果我遇到了，我也不会
轻易放弃。"

被那双漂亮而深情的桃花眼凝视着，张嘉颖莫名地脸颊
微烫。

张了张嘴，她正想说些什么，手机却震动了起来。

是俱乐部打来的电话。

张嘉颖和季扬赶回病友俱乐部的时候，俱乐部里已经闹得
不成样子。

一个40多岁的中年女人正愤怒地拍着陈漫的桌子，怒骂
陈漫是骗子，要陈漫赶紧还钱。

张嘉颖苦笑着看了眼身边的季扬，"我们俱乐部还真是招
黑体质。"总是三五不时地发生各种稀奇古怪的问题。

"虽然招黑，但架不住有你张嘉颖镇场子啊！我相信这些事难不倒你，你一定能解决得很好。"季扬眼里传递出来的信任，让张嘉颖微微动容。

曾经，她多希望自己能从陆皓宇眼里看到这样的信任与支持，可惜，她没有等到。

收敛起思绪，张嘉颖好不容易挤进外面黑压压的人群，就看到那个中年女人已经坐在地上哭得一把眼泪、一把鼻涕。

"我们家小宁才十四岁啊，你竟然连孩子的钱都骗！现在孩子都不见了，肯定是你拐带我的孩子。"

陈漫急得满面通红，"阿姨，这件事不是这样的，我……我……"

"这是怎么回事？"张嘉颖总算挤了过来。

"嘉颖姐……"陈漫一看见张嘉颖，就像是看到了救命稻草一般，"救命啊！快帮帮我。"

现在的张嘉颖，就是陈漫的主心骨。

"你是这个俱乐部的负责人是吧？"女人气急败坏地从地上爬了起来，直接就往张嘉颖身上扑，季扬眼明手快地往前一挡。

"这位大姐，我们有事说事。别冲动。"

男人高大挺拔的身影拦在了张嘉颖的面前，就仿佛要替她挡去所有的危险。

说不感动，那是骗人的。

张嘉颖深吸了一口气，目光落在了那中年女人身上，沉声说道："这位大姐，究竟发生了什么事，麻烦您慢慢说，别着急。"

中年女人却不买账，指着陈漫又是一阵怒骂："你看看你招的好员工，竟然骗一个十四岁孩子的钱，现在又把人拐跑了！"

"我真没拐带小宁，是小宁自己……"

陈漫一激动，这才惊觉自己说漏了嘴，想捂住嘴，已是收不回刚才说出的话了，顿时懊恼不已。

"陈漫，究竟是怎么回事？"

别看张嘉颖平时都是好声好气地跟你交流，但真正端起架子来的时候，那种不怒自威，让人莫名地心底发颤。

陈漫立时把小宁的事说了一遍。

原来，这位马大姐的儿子小宁，是陈漫以前在抖音做主播时的忠实粉丝。为了讨陈漫欢心，小宁更是打赏疯狂抖币，一度还爬到榜首的位置。

陈漫出于感谢的心理，和小宁加强了互动，期间更是逐渐成了朋友，却不想竟被她打探出小宁竟然还是个未成年人，他打赏的那些抖币都是从他妈妈马大姐账户里盗刷出来的。

作为一个有良心的主播，她当然不会再任由小宁这样下去，于是她劝小宁好好学习，不要再盗刷妈妈的辛苦血汗钱，她甚至还把小宁打赏给自己的钱都转回去，还给了小宁。但因为她们的收入是被平台扣掉分成后的收入，她能还的，也只是平台分给她的那部分分成。

她害怕小宁无法交代，还跟小宁说，等以后她赚了钱，再还他另一部分被平台扣掉的钱。但前几天，小宁突然联系她，说他后面那些钱不要了，以后也不用陈漫再还了，陈漫就知道事态发生了变化。

所幸小宁还是个孩子，很快陈漫就套出了话，这个孩子竟然离家出走了。

她今天才刚刚从小宁那里套出了现在小宁落脚的地址，正打算等下班了就去找小宁，没想到，这个马大姐也不知道通过什么途径知道了她，并且还找上了俱乐部。

马大姐听完，情绪还是很激动，"你哪里有还钱？那孩子刷了我十一万的存款，一分钱都没拿回来。"

陈漫也激动了，"不是，我真的还钱了。上周五，我刚给了那孩子五万的现金，当时还怕他一个人拿着钱危险，我是一路送他到家门口的。"

回想起那天，陈漫其实也有些心虚。

她没亲自带着钱去见马大姐，多少也是怕马大姐骂人。

虽然她也挺无辜的，并没有逼着小宁给她打赏，但有些蛮不讲理的家长追责起来，才不会管你有什么理由或是原因，他们只管你骗了孩子的钱。

以她现在的经济能力，想还上全款，那是不可能的。能还这五万，还是东拼西凑的结果。

"他根本就没拿钱回来。"马大姐流着泪，"就在上周五晚上，他当天就离家出走了。"

想来那孩子就是拿着那五万块离家出走的。

"如果你不给他钱，他就不会离家出走。"马大姐的暴躁脾气又冒了出来，冲过去就想抓陈漫的头发，却被张嘉颖给拦住了。

"这位大姐，现在不是追究责任的时候，最要紧的就是找到小宁，一个孩子手里拿着那么大一笔钱，可不是小事。"

张嘉颖一句话惊醒了梦中人。

于是在陈漫的带领下，一行人终于在一个网吧里找到了正在打游戏的小宁。

马大姐一看到小宁，就冲过去，扬起巴掌就要打下去，却被张嘉颖再次拦住了。

她发现这个马大姐的脾气很暴躁，动不动就打人，好像根本就无法控制自己的情绪。

忽然间，她有些明白这个叫小宁的孩子为什么要离家出走了。

"你打啊！你有本事就打死我！"小宁瞪大了眼睛怒视着马大姐，那眼底的青黑堪比熊猫，脸色蜡黄，整个人都像是一只暴怒的小兽。

"你……你……"马大姐气得说不出话来，张嘉颖连忙拍着她的胸口顺气。

"马大姐，有话好好说，孩子可以慢慢教育，打坏了，可就后悔也来不及了。"

陈漫一把将小宁给拉了过去，她打量着小宁狼狈的样子，不禁拧眉，"小宁，你怎么这副德行？"

她数落着，看了眼小宁上机的记录，竟然已经超过 70 小时了！

"你别告诉我，你打了三天三夜都没睡觉！"陈漫不由拔高了嗓音，这一嗓子把马大姐和张嘉颖都给吓坏了。

"什么？三天没睡了？"

原本马大姐带着小宁回家，想让他先在家好好睡一觉再说，谁知小宁说，他根本一点睡意都没有，就算马大姐把他按在床上，孩子也不肯睡。结果又是一番天崩地裂般的折腾。

　　张嘉颖发现，这对母子的沟通方式，就是以暴制暴。马大姐动辄打骂，于是孩子便以同样的方式回应，如此恶性循环下去，只会让母子关系陷入无法化解的僵局。

　　"把孩子带回我们俱乐部试试吧？"张嘉颖好心提议，"孩子这样下去也不是办法。我们那里有助眠体验室，还有一些助眠设备，也许对孩子有用。"

　　"我才不去你们什么俱乐部，你们这些人都是骗子。"马大姐一脸的不信任。

　　季扬看了眼角落里一声不吭的小宁，"马大姐，难道你想让孩子继续这么硬扛着？到时候可能要去的就是医院了……"

　　季扬话虽说得重，但也是实话，直戳马大姐的心房。

　　"你这人什么意思？竟这么咒我的孩子……"马大姐眼眶红了，直抹眼泪，"我一个人带孩子已经够辛苦了，你们这些人还来给我添乱……"

　　"我们也是想孩子好。"张嘉颖递给马大姐一张纸巾，她看得出不仅是那个叫小宁的孩子，就连马大姐自己也时刻处于一种紧绷的状态，再这样下去，不管大人还是孩子都会支撑不

住的。

"孩子脸色真的很难看，我也是一个孩子的母亲，和你感同身受。这世上最担忧最操心孩子的，除了母亲，还有谁呢？"

张嘉颖的话终于触动了马大姐，"那我们可说好了，这件事你们得负责到底，我可没钱给你们……"

见马大姐松口，张嘉颖一颗紧提着的心总算是稍稍落下了几分，"放心吧，马大姐，这件事我们也有责任，我们会负责把小宁治好的。"

安静的助眠体验房里，张嘉颖让陈漫陪着小宁聊天，安抚他焦躁的心，而她自己则带着马大姐去了另一间房。

"马大姐，你也是好几天没睡了吧？"张嘉颖看着马大姐的脸色，并不比小宁那孩子好看多少。

"怎么可能睡得着？"可能是被体验房里安静温馨的氛围影响，马大姐的情绪总算稳定了一些，"我怎么就生了这么一个熊孩子？一点都不体谅我，一点都不知道我这个妈妈过得有多辛苦。"

话匣子一开打，马大姐就收不住了。

原来小宁的父亲早年因车祸去世了，为了不影响孩子成长，马大姐从来没想过带着孩子改嫁，而是自己一个人苦苦支撑着，把孩子养大。但她一边工作，一边要带孩子，有限的精

力根本让她无法兼顾更多，再加上最近她工作上也出现了一些问题，还有可能会被老板炒鱿鱼，情绪难免暴躁，整夜整夜睡不着的后果，就是对待孩子的问题上也越来越蛮横，只要小宁有一点过错的地方，直接抄起架子就打。

每次打完之后，她也后悔，可她就是没办法控制自己的情绪，她整个人都被一种叫作"焦虑"的猛兽给吞噬了。

张嘉颖看着马大姐微红的双眼，忽然想起了当初她给孩子跑学区房的事，那时她也是因为焦虑，影响了她的情绪控制和对问题的判断，过大的压力，只会让自己陷入无法自拔的恶果里。

其实现在回想起来，当初她也是太着急，孩子才六岁，以后有的是机会。

"现在他都十四岁了，眼看着就要初三了，这样下去，万一连高中都考不上该怎么办？"马大姐说得声泪俱下，"我就是着急啊！"

"我理解您，我也是一个孩子的母亲，当初我为了给孩子跑一个好学校，也跟您差不多，动不动就跟家里人发脾气，无法控制自己的情绪。"

张嘉颖也开始跟马大姐吐槽，两个人渐渐有了共同的话题。

"其实我们就是想得太多了。每个孩子都有自己的成长特点，我们应该细心观察孩子的长处与短处，结合实际情况，放长远看待教育和母子关系，这才能更好地教育孩子……"

在张嘉颖的安抚和劝慰下，马大姐也终于认识到了自己的错误，甚至还在体验房里安安稳稳睡了一觉。

张嘉颖替马大姐关了灯，走出来时，看到了同样从另一间房里走出来的陈漫。

"怎么样，睡着了吗?"

陈漫点了点头，"这孩子其实很困了，可是非要自己跟自己较劲。"

"漫漫，这件事是你处理得不太好，如果你早点儿和孩子的家长沟通，事情也不会演变成如今这样。"张嘉颖就事论事，如果不是陈漫把那么大笔的钱交给孩子，那孩子也不会这么明目张胆地离家出走。

"我知道。"陈漫惭愧地低下了头，"我也是怕挨骂啊。"

上一次的事，已经让陈漫怕了。

她怕这个马大姐也跟孙承越一样，把这件事捅到网上，最后她很可能又要遭遇一次网暴，即使她不知情。

"我记得未成年人在平台上打赏是可以追回的，你也不用替平台还那部分钱，这件事交给孙律师，让她想想办法。"张嘉颖给了陈漫一点建议，只是这样一来，恐怕又要加重孙钰的负担了吧?

其实张嘉颖也挺希望把孙钰拉入病友俱乐部的。

孙钰看起来性情冷漠，不好亲近，其实心地柔软，否则上次她就不会帮陈漫，那个时候，陈漫真的没什么钱，孙钰几乎是义务做工。

"嗯，好。"想起那个厉害的孙律师，陈漫总算是露出点笑容，"嘉颖姐，你简直就是我的福星。"

"福星我可不敢当，只是以后有什么事解决不了的，尽可能都跟我们说，我们能解决的，也尽力帮你一起解决……"

陈漫冲过去，抱住了张嘉颖，"我这是积了几辈子的福气才能找到你这么一个好老板啊。"

"可别把我夸得太好了，要是不努力工作，我会扣你工资的。"

"YES，MADAM！"陈漫做了一个调皮的敬礼动作。

"对了，我们方老板娘究竟跑哪里去了？"张嘉颖这才记起，她来这里老半天，现在事情都处理差不多了，竟还没见到方梦。

"去约会了。"陈漫一脸八卦地眨眼，"好像是一个叫什么TONY 的漫画家。"

"这个一谈起恋爱就什么也不管不顾的家伙！"张嘉颖哭笑不得，说好的放假呢？

看来她的假期又泡汤了。

张嘉颖无语望天。

走下二楼，张嘉颖一眼就看见了在沙发上坐着的季扬。

没想到他竟然还没走？张嘉颖略感诧异。

沙发上的男人似乎等得有些累了，一手支着脑袋，撑在沙发扶手上闭目假寐，即使是这样一个简单的动作，也是美好如同画卷，自成一道风景，引得前台好几个小姑娘不住地往他那边偷瞄他。

张嘉颖觉得这个男人就是来勾引她们俱乐部的员工的。

"嗯哼。"张嘉颖清了清嗓子。前台看帅哥的小姑娘们顿时作鸟兽散。

季扬也听到动静，睁开了眼睛，"搞定了？"男人看向她的桃花眼里满是温柔的笑意，"不知道现在吃夜宵还来得及吗？"

张嘉颖哭笑不得，"你每次过来就是为了请我吃饭？"

"我不仅想请你吃饭，还想请你逛街、看电影……"季扬起身，朝张嘉颖走去，"只是，我猜你不会给我这个机会？"

张嘉颖勾唇，"恭喜你，答对了。不早了，你快点回去休息吧。还有……"她微微一顿，眉宇间多出了一抹感激，"今天也要谢谢你。"

俱乐部里的事他原本可以不用参与，但今天一天，他可以说是从头跟到了尾。

"光谢谢就完了？"季扬好看的眉一扬，表达自己的不满。

"那改天我请你吃饭。"

"哪一天？"季扬步步紧逼，"'改天'这个词太广泛。"

张嘉颖一个头两个大，"后天吧。"

季扬重新露出了笑容，"那就这么说定了，大家是成年人，说话要算数。"

张嘉颖有些无语地看着季扬，"我怎么觉得你现在跟当初我们刚认识那会儿不太一样了？"

那会儿季扬比现在绅士多了，哪里会像现在这样几乎像块狗皮膏药。

"机会是靠自己争取的。我如果再装绅士，什么时候才能娶到老婆？"季扬薄唇一扬，带着几分得意，然后挥了挥手，扬长而去，留下一脸呆滞的张嘉颖独自站在客厅凌乱着。

失神间，忽然传来了陈漫故作忧伤的歌声："我爱的人，他已经有了爱人，从他们的眼神，说明了我不可能……"

张嘉颖回过头，叹了口气，"漫漫……"

"嘉颖姐，虽然理想很丰满，但现实很骨感。我已经接受残酷的现实了。所以，请你好好把握住我的男神，加油！"陈漫朝张嘉颖做了一个加油的手势，随后继续哼着歌快步离开。

张嘉颖再度无言。

现在的小姑娘可活得真洒脱。

夜幕渐渐降临，方梦正独自一人在酒吧喝酒。

空气中到处都弥漫着酒精的味道，让人沉沦其中无法自拔。震耳欲聋的音乐、痴迷疯狂的舞步……昏暗的光线、迷乱的世界都能让人暂时忘却那留在记忆深处的痛……

"哪有什么 TONY ？"方梦醉眼迷蒙地喃喃自语。

那个所谓的 TONY 只是一个她的普通朋友，而且是个GAY，人家只是把她当成好姐妹罢了。

她是不想张嘉颖担心，所以制造了一个恋人出来。

只是这个骗局骗得了别人，却骗不了自己。她发现自己根本无法静下心来做事，那一段情伤，怎么可能那么容易就放下？

她爱了那个男人近九年，全心全意地爱着，没有一丝保留，所以面对这样的背叛，她根本就无法走出来。

先前她见俱乐部里没什么事，她就找了个约会借口出来了。因为无事可做的时候，她就会忍不住地胡思乱想，但她不想这些情绪被旁人看见。

方梦不停地给自己灌酒，渐渐地，眼前那纸醉金迷的世界也开始变得模糊起来。

她感觉有人朝自己靠近，甚至还有人攀上肩膀动手动脚。迷迷糊糊中，她想推开那个色狼，但手上没有力气，反而被人抱了一个正着。

"美女，一个人啊。"

男人猥琐的声音在耳畔响起，方梦努力地推开那个男人。

她觉得自己快被那男人身上的味道给熏吐了。

"滚！别想占老娘便宜！"

可惜，她一个女人，哪里敌得过男人的力气。

男人将她搂得更紧了。

"醉得不轻啊，哥哥带你去休息。"

这一声"哥哥"总算让方梦忍不住吐了出来，紧接着，她听到了男人低俗的咒骂声。

她漂亮的长发被人狠狠拽了起来，疼得她眼冒金星，就在她绝望的时候，四下里响起了一阵惊呼声。

似乎有人被打倒了。

"方梦！"

她听到了一道熟悉的声音。

勉强睁开了眼睛，模糊的视线里，她看清了救她的那个男人的脸。

"林远？"

"方梦，好久不见。"

方梦没想到，时常在小说里发生的狗血事件，竟然有一天会发生在她的身上。

被林远扶着走出酒吧后，微凉的夜风徐徐吹来，总算是让她的酒意清醒了几分。

林远是她少年时期的校友，曾经追求过她一段时间，但当时她看不上人家。

"谢谢你啊。林远，要是没有你，我可能要被人捡尸了……"

方梦朝着林远妖娆一笑，但话音刚落，面色又是一变，她快步向旁边急走了几步，然后扶着路灯就狂吐起来。

"你没事吧?"

身后，林远温柔的声音响起，就连轻拍自己的手掌都带着莫名的温暖与热度。

胃里依旧翻涌得厉害，这一刻，方梦心中压抑的痛苦和悲伤全都被勾了起来，"哇"的一声，她扑进了林远的怀里号啕大哭。

"你说，我有什么不好? 李景明那个混蛋竟然选择背叛我?"

"我要身材有身材，要样貌有样貌，要学历有学历，就算是钱，我银行存款也能随随便便拿出几百万，为什么李景明会看上那个什么都没有的钱晓兰?"

"我方梦到底哪里做得不够好? 为了他，我众叛亲离、远

走他乡，为了他，我什么都不要了，连爸妈都不要了，可他就是这么对我的？"

……

方梦坐在地上，跟林远不停地倾诉着，一边哭，一边拿着林远递过来的纸巾擦眼泪。

"不是你做得不够好，是那个男人不懂得珍惜。"

林远好脾气地安慰着，就算此刻西装上全是方梦哭出来的眼泪鼻涕，他也没有露出丝毫的嫌弃。

方梦终于哭够了，顶着一双哭肿的眼睛看向林远。

这个男人怎么可以这么绅士、这么温柔？为什么她以前就不知道他有这么好呢？

见方梦一瞬不瞬地盯着自己，林远被盯得有些不好意思地摸了摸鼻子，"怎么了？我脸上长花了？"

方梦盯了他良久良久，"你女朋友一定很幸福。"方梦喃喃说道。

林远却笑了，"我还没有女朋友。"

方梦瞪着他，突然语不惊人死不休地吐出一句："林远，你不会是痿的吧？"

她这句话一出口，如果不是林远此刻就坐在地上，铁定摔了。

"你胡说八道什么呢？"林远哭笑不得，果然喝醉酒的女人不可理喻啊。

"如果你没有问题，为什么你这好的条件，到现在也没有女朋友？"

看着方梦那双亮晶晶的眼睛，林远笑了笑，那眉眼间竟带着几许温柔，"因为我一直在等一个女孩，等着她接受我。"

方梦晕乎乎地看着面前那双眼睛，忽然觉得自己的心在那双眼睛里沦陷了。

这一天，俱乐部才刚开门，就又迎来了一个新的客人。

这是一个时尚白领，也是一个精致女孩。女孩叫小姚，她因为失眠不仅跟男友的感情陷入危机，连工作都丢了。

现在她压力越来越大，几乎整夜无法入睡。

在张嘉颖的追问下，小姚说出了自己失眠的原因。

原来小姚跟男友恋爱七年了，两人一起奋斗了这么多年，终于有了自己的房子，离婚姻似乎只差一张证，却不知男友数次劈腿，让他们的感情出现了危机。

于是，无数次的争吵，无数次的闹分手，但是小姚就是离不开他，每次狠心做了断，都被渣男哄回来，所以，她变得非常焦虑、神经质，甚至觉得男友说得对，真正的问题出在她身上，整个人颓废至极。

"这种男人你不一脚踹了，留着过年啊？"方梦的犀利而毫不客气的话语让小姚泪流满面。

"不行，我不能……不能离开他……"小姚痛哭不已。

张嘉颖瞪了方梦一眼，她这个好姐妹总是这样一针见血、说话不留余地，但现在这个女孩可是客户，得罪了不是赶

人吗?

"我先带你去睡眠体验房。"张嘉颖将小姚带去了睡眠体验房。

然而,连着换了三间各个环境的体验房,小姚都还是无法入睡。

只要一闭上眼睛,她就各种胡思乱想,想着男友现在又跟哪个狐狸精在一起了,想着男友是不是真的不要她了。越想,她就越痛苦,越痛苦,她就越清醒。

陈漫看着那个分明很疲倦,却偏偏无法入睡的女孩,怒其不争,哀其不幸。

"方梦姐,这小姚比你还恋爱脑,没有男人就不能活了吗?"

方梦没好气地瞪了陈漫一眼,"胡说八道什么呢?"

什么恋爱脑? 她现在可是走事业线的精英人设。

陈漫吐吐舌。

张嘉颖却觉得小姚并不是所谓的恋爱脑。

"小姚,如果你不跟我们说清楚,你的治疗方案我们不好做。"

在张嘉颖的引导下,小姚终于打开了心扉。

原来,男友是她的初恋。

小姚的原生家庭并不好,她的父亲是劳改犯,在老家他们一家人每天都被人指指点点,她从小可以说在嘲笑和自卑中长大的。所以,她极度没有自信,甚至身边没有一个谈得来的朋友。

原本她以为自己会永远活在这片阴暗中,男友小孙却闯入了她的生活。

他知道她的原生家庭，却从没有嫌弃过她，反而是带着她离开了老家，在另一个城市一起打拼，打造属于他们的未来。

可她没想到，这个将自己拉出绝境黑暗的人，竟渐渐变了心，又一步步地将自己打入了地狱。

"男友小孙就是她手里唯一的救命稻草，这种依赖感，是根深蒂固的。"

"难怪她离不开小孙。不想和小孙分手。"陈漫沉沉叹了口气，"怎么连这么好的男人也会变坏？果然男人的嘴，骗人的鬼啊！"

"我不相信这样的男孩会变坏。"张嘉颖笃定地说。

"这样……陈漫，你帮我联系小孙。我们也不能光听一面之词来下判断。"

谁知陈漫没找到小孙，竟然带回了陆皓宇。

张嘉颖也没想到陆皓宇竟然会来病友俱乐部。

"你这是……"

自打离婚后，张嘉颖就一直在俱乐部里忙碌着，几乎都没见过这个前夫。

"你因为这间俱乐部跟我离婚了，我总得好好看看。"陆皓宇还是那副少爷脾气，被人宠坏的老小孩，或许直到现在还是有些不太甘心的吧？

张嘉颖很想一巴掌把陆皓宇给扇出去，但现在既然离了婚，她也不想让彼此之间太过难看。

"如果只是来参观，请你自便。我还有事……"张嘉颖转头就走。那边小姚还在等着她，她可没空跟这个大少爷在这里

耗时间。

"嘉颖……"陆皓宇忽然一把拉住了她的手,"你现在跟我说话就这么没耐心?"

其实今天陆皓宇自己也不知道怎么回事,鬼使神差地就走到俱乐部里来了。但他没想到的是,他来了,张嘉颖好像连跟他说几句话都显得不耐烦。

他忽然开始怀疑,自己在张嘉颖心中究竟有没有过地位?

这个想法,让陆皓宇产生了一丝不快。

"陆先生,我现在是工作时间,那边还有客户在等我,所以,请你放手,OK?"张嘉颖也有些不太理解此时的陆皓宇。

以前他们还没离婚的时候,她整天在家,倒也没见他有什么多余的话要对自己说,现在离了婚,竟突然跑过来找话说了?

这就是男人的劣根性?

得不到的总是最好的?失去了才想到要珍惜?

张嘉颖也不等陆皓宇回答,挣脱了他的手大步离开。

陆皓宇呆呆站在那里,看着张嘉颖远走的背影,突然低咒了一声:"真他妈见鬼了!"

确实是见鬼了!

他没事跑过来见这个女人做什么?

吃饱了撑的!

第八章
竞争对手登门挑衅

当张嘉颖摆脱了陆皓宇来到另一间体验房时，终于见到了小姚口中那个劈腿的男友小孙。

小孙长得白白净净，目光也很正，神情甚至带着几分腼腆，看起来不太像是小姚嘴里那个劈腿的渣男。

但所谓人不可貌相，很多人的样貌都极具欺骗性，像当初季扬不就是她看走眼了吗？

然而当张嘉颖和小孙一番畅谈下来时，才知道自己想错了。

小孙根本就没有劈腿，因为他是应酬，工作需要接待女客户，所以经常和女客户打交道。他很爱小姚，只是近期小姚多疑到不听解释，所以，两个人的误会才积压成伤。

张嘉颖让这对小情侣在体验房里好好沟通了一番，终于让小姚解开心结好好睡了一觉。

"瞧瞧，人与人之间的沟通是多么重要啊，你不说，谁知道你在想什么？"方梦感叹。

张嘉颖不由想起了跳楼的那个前同事林清雅，又是一阵唏嘘。

收回心思，张嘉颖翻阅着近期客人的资料与反馈记录，方梦先前说要看看马大姐和小宁的反馈记录，可能是因为她当年

曾与父母决裂，所以现在对这方面的顾客特别看重。

她不想这些人走她以前的老路。

"方小梦，你说……"

张嘉颖转头，正想问方梦关于后续跟进的事，却发现方梦对着一个定点发呆，也不知在想些什么？

张嘉颖挑了下眉，最近方梦好像陷入了某种热恋期。

每天对着墙壁发呆，动不动就傻笑，也不知道在想着谁？

张嘉颖翻出了马大姐和小宁的反馈记录，站起了身，朝方梦走去。

马大姐和小宁现在母子关系正在渐渐修复，其实无论多叛逆的孩子，心底都是渴望着母爱的，是马大姐的教育方法不对，这才造成了母子俩的隔阂。

那天之后，他们让马大姐控制自己的情绪，好好跟小宁聊了聊，总算是打开了小宁的一些心结。

虽然他们母子俩关系的修复，可能还需要一段挺漫长的时间，但如今有这样的结果，已经让张嘉颖满意了。至少让他们母子俩以后都有安稳觉可睡，不是吗？她已经达到了她的目的。

"这是你要的记录。"张嘉颖将反馈记录丢在了方梦面前，似笑非笑地看着她，"我说方小梦，你这又在花痴谁呢？口水都要流出嘴角了。"

方梦立时惊醒，竟下意识地擦了擦嘴角，发现自己被骗了，立时恼了。

"张嘉颖，你耍我！"

方梦作势就一拳打了过去，被张嘉颖躲了过去。

"花痴还不让人说了？你不会是在想那个你亲爱的TONY吧？"

"什么TONY？那个TONY连他一根手指头都比不上。"

看着方梦脸上那小女人的笑，张嘉颖震惊了。

"你这么快就移情别恋了？"

方梦白了她一眼，"胡说什么呢？什么移情别恋？那个TONY，我跟他就是普通朋友。"

"那你还亲爱的亲爱的叫人家。"张嘉颖忍不住吐槽。

"人家TONY有自己的男朋友好不好，我们俩是好姐妹。"

这回张嘉颖直接说不出话了。

"我说姐妹，这有什么好震惊的？"方梦轻拍了拍张嘉颖的肩，"你思想不会这么落伍吧？"

"我可没看不起人家的意思。"张嘉颖失笑，"只是忽然从我以为的恋人关系直接变成了姐妹关系，一时间让人有点儿消化不了。"

方梦拿着记录窝在了沙发上翻阅，越往后看，心情也越发舒畅。

这个结果，她很满意。

将反馈记录随后放在了茶几上，方梦抱着一个抱枕窝在了沙发上，露出了舒适的表情。

病友俱乐部不管是办公室还是体验房，装修设计都是以舒适为主。就算是在办公室，整个办公室的布局也是温馨而安宁的，让人有一种家的感觉。

家，向来是人心的依靠。

"真好。"方梦深深感叹了一句。

不仅仅因为马大姐和小宁的后续状况，还因为她心中的决定。

"嘉颖，我想我这一次才算真的从上段感情的背叛中走出来了。"方梦嘴角噙着笑，一副沐浴在恋爱光环中的模样。

方梦跟张嘉颖说起了与林远的重逢，眉眼间皆是甜蜜。

"看来这次才是你的真命天子啊！"

张嘉颖由衷地替方梦高兴，"你重陷爱河，我表示开心，也表达祝福，但我说方大美女，你在谈恋爱的时候，能不能也多想想俱乐部的事……"张嘉颖无奈地看着明显又陷入了恋爱脑的好友，"你不会就想这样当甩手掌柜吧？难道你是想累死我，然后继承我的花呗？"

张嘉颖的话让方梦"扑哧"一声笑出了声，"现在倒是越来越幽默了，网上的潮句都学会了。"

"没办法，我们现在做这行，肯定要接触各种各样的人，现在要跟小年轻有共同话题，这些东西也得接触。"

方梦却是一脸的不以为然，"我说张嘉颖，别搞得你跟小老太婆似的，你也才比我大一岁，三十二岁，正是如日中天。"

"是是是，女人三十一朵花。"张嘉颖拿起桌上的报告，往方梦怀里一塞，"你慢慢看这些报告，我得先回家了，剩下的事你来处理。"

"回家还是约会啊？"方梦揶揄。

季扬在热烈追求张嘉颖的事，她也已经知道了。

"你胡说什么呢？"张嘉颖没好气地瞪了她一眼，"你也跟着她们胡闹？我和季扬没什么的。"

"我说季扬了吗？"方梦忍不住翻了个白眼，"你这是此地无银三百两啊，姐妹。"

"说真的，我没准备好进入下一段感情，我宁愿把精力都放到我们俱乐部里。"

方梦走到张嘉颖面前，拍了拍她的肩膀，语带深意，"事业要，爱情也要。面包要，浪漫也要。懂？给季扬一个机会，给自己一个机会，或许你会发现，你的人生会变得更加美好。"

方梦拿着手里的顾客资料扬长而去，临走前，还丢下一句，"今天我这个老板就好心地允许你放假啦，季扬约你下午三点半去游乐园，记得带上纹纹。"

张嘉颖哭笑不得，原来搞了半天，是季扬找方梦当了说客？

虽然有些犹豫，但张嘉颖在三点半的时候还是带上纹纹赴约了。

主要是最近她实在太忙，好不容易她们方总"良心发现"终于不当甩手掌柜了，她自然也应该带女儿出来好好玩一玩。

季扬是个细心的男人，特意挑了一个周末，而所有的玩乐项目全部买了 VIP 畅捷通道，让纹纹玩得酣畅淋漓、开心不已。

靠在游乐场的围栏上，张嘉颖看着第七次坐上旋转木马的女儿，眼睛里满是温柔的宠爱，"纹纹很久没有这么开心过了。"

"是啊，你太忙了，应该多抽出一些时间陪孩子。"

张嘉颖刚想点头，就听季扬补了一句，"如果你没时间，我完全可以帮忙。"

张嘉颖闻言失笑，她转过头，对上了男人英俊带笑的脸庞，"我说季大老板，你最近就这么闲吗？"

"最近公司几个项目都接近尾声了，没那么忙。"季扬黑沉的眼眸里尽是对面女人的倒影，"所以，我乐意为美丽的女士效劳。再说，纹纹也挺喜欢我的。"

纹纹确实对季扬很有好感。

可能女人天生都是颜控的生物，就连年纪小小的纹纹也对季扬这个帅气的叔叔很是喜欢。

"你倒是厉害啊！"张嘉颖毫不客气地揭穿了季扬，"先是叫方梦当说客，现在还又把目标转到孩子身上了。"

"没办法了，为了追求自己所爱，必须攻心为上。"

看着面前那张俊朗带笑的脸庞，张嘉颖不由恍了神。

"怎么？是不是突然觉得我其实是个不错的人选？"张嘉颖的异样自然是落在了季扬眼里，他一向知道自己外貌的杀伤力，所以，这段时间以来，他更加注重自己的仪表。

美人计，不仅适用在男人身上，女人也同样适用。

可能是对方的目光太过灼热，张嘉颖下意识就回避了他的视线，没有搭腔。

季扬眼底划过了一丝失望，但随即，又重新振奋起了精神。

他相信，精诚所至，金石为开。

这一下午，张嘉颖母女在季扬的带领下玩了个痛快。

张嘉颖也好久没这么放松过了，其实跟季扬在一起的时候，她是身心愉悦的，这一点，她骗不了自己。

夕阳下，两大一小手牵手，如同一家人一般走在回家的小道上。

温暖的阳光，三个人脸上开心的笑容……这温馨平静的一幕却刺痛了不远处坐在车子里的陆皓宇的眼睛。

他先前去俱乐部吃了一个"哑巴亏"，最终还是不甘心，又开车来张嘉颖家打算找她好好聊一聊。至于聊什么，其实连他自己也没想好。

但他就是想见她。

他心中明白，自己多多少少都是有些后悔离这个婚的，那天因为他发现妻子和季扬可能有"苟且"，一时怒极攻心就这么把婚给离了，现在回想起来，又觉得当时自己太过冲动了。

就在刚刚他还给张嘉颖找了很多借口，还想了很多劝说的话，想让张嘉颖意识到自己的错误，只要她肯低头认错，他就考虑和她复婚。

毕竟他们夫妻七载，有些事不是说放下就能放下的，而他也相信，她张嘉颖也一定不会那么轻易放下他，但眼前这一幕却重重打了他的脸。

他就知道，他们一定很早以前就勾搭上了。

嘉颖，你怎么能这样对我？

目送着三人走远的身影，陆皓宇紧紧抓住了方向盘，指节几乎用力到泛白。

办公室里，张嘉颖正在翻阅着手头的顾客资料。

最近俱乐部来了一位新病友，已经连着换了好几个助眠师了，但效果都不太好。张嘉颖和几个助眠师开了好几次会，总算是定下了治疗方案，只是不知道会不会有效果。

随着俱乐部的病友越渐增多，病征也越发五花八门，张嘉颖察觉俱乐部里的很多技术和设备都跟不上了。

"叩叩叩……"门外探出了前台小林可爱的脑袋，甜甜地说道："嘉颖姐。"

"进来吧。"张嘉颖还埋首在研究新病友的资料里。

"这是这个月的账本，方梦姐让我交给你的。"

"好。谢谢。"张嘉颖接过了账本，随手放在一旁，"对了，那个孙苗苗约了几点？"

"下午三点。现在是两点半，还有半小时。"

"好。那她到了，叫我一声。"

"好的。"小林点头，退了出去，并为张嘉颖关上门。

张嘉颖看了眼手头的账本，有些头疼地抚额。

方梦一谈起恋爱就彻底地放飞自我了，原本这些账目是方梦管的，现在倒好，连账本都需要她核对了。

张嘉颖翻了几页账本，却被一笔大额资金给吸引住了目光。

"科达牌高端智能助眠仪？"张嘉颖拧眉，"怎么进这么多台?"

账本上记录的这批科达牌高端智能助眠仪，方梦居然一下子就进了三十台，每台六万，这里就去了一百八十万。

如果她没记错的话，她们这次和另一家品牌的助眠仪已经签订了定制协议，而且连合同都签了，就等着打钱过去了，但那牌子并不叫科达。

张嘉颖直觉不太对，连忙打电话给方梦。

"方小梦，那科达高端智能助眠仪是怎么回事？"

"哦，那个是林远推荐的牌子，性能不错，我就……"也不知电话那头方梦遇到了什么，娇笑了两声，然后匆匆对张嘉颖说，"嘉颖，我这里还有事，一会儿再跟你说。"

"可是……"张嘉颖原本还想跟方梦说一说同另一家品牌签了协议，准备打款的事，方梦却把电话给挂了。

张嘉颖微一沉吟，连忙打电话给财务，"陈会计，现在我们俱乐部账面上还有多少钱？"

"不到五万块。"

"什么？"张嘉颖揉了揉额角。

"前两天方总刚转出一笔一百八十万，所以现在俱乐部账目上没什么钱。"

"好的，我知道了。"张嘉颖挂了电话，重重吐出一口气。

再过几天她们就要打款了，如果付不上，可是要付违约金的。

张嘉颖思索着是不是要再问问方梦怎么回事，这时小林的声音又在门外响起，"嘉颖姐，孙苗苗来了。"

张嘉颖只能先歇了找方梦的心思，走出了办公室。

这个叫孙苗苗的女孩很年轻，才 26 岁，五官很清秀，身高也不赖，但偏偏身材偏胖，而且近来有越发肥胖的趋势。

"我已经有快半个月没睡过一场好觉了。"孙苗苗很苦恼。

她是干销售的，业绩很出色，每个月能赚不少钱，但因为家里有负债，家庭负担过大，她又找了一份送外卖的兼职。她每天 24 小时几乎是恨不得掰成 48 小时用，像陀螺一样连轴转地忙碌着。而且只要一停下来，她就会觉得自己有什么事没做，心里很不安，于是就盘算着利用本就为数不多的闲暇时间，找个适合的地方摆地摊，再赚点小外快。

谁知，她时间上是被安排得满满当当了，却发现自己开始失眠了。她根本就没办法让自己歇下来，所以，近半个月来，这种情况就越演越烈。

她睡不着，就只好爬起来，可起来没事干，她就只能吃，吃了又停不了嘴，于是体重急剧增加。

她也去医院看过了，可医生开的药也顶多让她多睡一会儿，第二天起床，整个人都昏昏沉沉的，工作也开始频频出错。

她知道这样下去不行，正好看到病友俱乐部的广告，这才想着过来试试。

张嘉颖其实很明白，大多数人失眠的主要原因其实就是出于压力。

前段时间，她也是经常失眠，因为工作和创业上的压力，还有来自家人的压力。而眼前这个孙苗苗，就是因为给自己的压力超出了能接受的范围，她所采取的排解方式竟然就是吃、喝、兼职挣外快！

她对挣钱的执着让她迷失了自我，变成了挣钱机器，身

体、精神都在崩溃边缘，但是自己并不自知。

让人带着孙苗苗先去音乐治疗室听音乐放松之后，张嘉颖和方梦便带着几个有经验的助眠师继续开会讨论。

她发现先前她们讨论的方案似乎并不太适合。

"她现在体重超标，应该先强制运动。"其中一个助眠师提议，"毕竟身体才是根本，而且人的运动量达到极限，到时她不想睡都会累得想睡。"

"运动肯定是一方面……"方梦敲着桌子，"但那只是身体上，精神上呢？如果她脑子里的那一根弦一直绷着，终究治标不治本。"

"应该强制她请假。"张嘉颖插了一句，"并且安排她社交，在少花钱的基础上，有针对地开展她的生活、兴趣，享受生活的品质感和幸福。这才是解决她压力的根本。"

那个孙苗苗实在太拼了，弦拉得太紧，总有一天会断的。

……

治疗方案一定下，张嘉颖便带着助眠师去智能睡眠体验室里找孙苗苗，不出所料，就算是助眠的"白噪音"也没能对苗苗起作用。

一开始，孙苗苗是拒绝请假的，毕竟一请假就代表着这一天没工钱，甚至还要被倒扣钱。

因家庭的压力，只有赚钱，才能让她有安全感。

"钱是赚不完的。如果身体毁了，你后面就算想赚也赚不到了。而你一旦倒下，你应该很清楚对你的家庭会造成什么样的影响。"

张嘉颖这一番语重心长的话总算是让孙苗苗意动了。

孙苗苗接受了治疗方案，并且和张嘉颖一番畅谈后，或许是因精神终于放松了一些，竟奇迹般地在睡眠体验室里睡了一场好觉。

看着孙苗苗安静的睡颜，张嘉颖原本抑郁的心情顿时好了不少。

她发现，现在她开俱乐部的初衷已经渐渐地变了。

那时，她只是为了赚钱，想为女儿开拓另一条通向美好未来的路，可随着俱乐部的病友越来越多，她解决的问题越来越多后，她最希望看到的，是顾客减轻压力后脸上的笑容。

那些笑容不仅能带给她成就感，也充满了治愈的能量，抚平她的心。

在这里，她终于找到了自己的人生价值所在。

回到办公室里，张嘉颖刚坐下来正想给方梦打电话，忽然办公室的门"砰!"的一声被人推了开来，陈漫匆忙跑了进来。

"嘉颖姐，快，出事了。"

也来不及说些什么，陈漫拉着张嘉颖就往外跑。

"怎么了?"张嘉颖满头雾水。

"季大帅哥和你前夫在小区门口打起来了。"

"什么?"

当陈漫拉着张嘉颖赶到小区门口时，两个男人还在打架。

看热闹的人群中央，陆皓宇完全不是季扬的对手，被打得很是狼狈。

"嘭！"又是一拳，陆皓宇被打倒在了地上。

"住手！"

心急火燎的张嘉颖总算挤进人群，一把就拦住了正想再度补上一拳的季扬。

"别打了！"张嘉颖怒不可遏，"你们俩都成年人了，居然还打架？是存心给人看笑话吗？"

"他出言侮辱你的人格，该打！"向来风度翩翩的季扬，此刻看起来就如同一只暴怒的雄狮，充满了骇人的气势。

刚才他原本来找张嘉颖吃饭，谁知中途遇到了陆皓宇。

陆皓宇也不知道吃错了什么药，竟当着他的面辱骂张嘉颖，还说他绝不会让他们这对狗男女在一起。

当时他就怒了。

他能忍受得了别人骂自己，却忍受不了张嘉颖受辱。

于是两个人就这样打了起来。

陆皓宇吃力地从地上爬了起来，他看着张嘉颖，眼睛里竟带着从未有过的狠厉，"张嘉颖，是你婚内出轨在先，难道现在还不准人讨说法吗？"

这一句"婚内出轨"可以说掀起了滔天巨浪，四周很多看热闹的吃瓜群众纷纷将异样的目光落在了张嘉颖的脸上。

张嘉颖简直就要被气笑了，她直视着陆皓宇的眼睛，那目光就仿佛在看着一个陌生人，"陆皓宇，诽谤是要负刑事责任的。我张嘉颖，行得正、坐得端，自问做到问心无愧。在我们婚姻期间，没做过任何一件对不起你陆皓宇的事。"

看着沉着脸的张嘉颖，陆皓宇却没来由地心慌了。

这一刻，他才真正察觉到了张嘉颖已离自己越来越远了。

忽然间，他发现这不是自己想要的结果。

他气急败坏地跑来打架、质问，其实真正的原因是为了把张嘉颖找回去吧。

"嘉颖，我……"

陆皓宇伸出了手，下意识想去抓张嘉颖的手，却被避了开来。

"我们没什么好说的了，你走吧。"张嘉颖此时已对陆皓宇完全失望，"如果你还顾念着一点我们以前夫妻间的情分，那么，请你尊重我，也尊重一下你自己。"

丢下话，张嘉颖拉起季扬的手便转身离去。

陆皓宇呆呆地站在风中，久久都说不出一句话语。

短短一天之间，这一出狗血大戏就在小区传了个遍。

原本病友俱乐部最近的风头就挺盛，现在又闹了这么一出，便流传出了好几个版本。但不管是哪个版本都对张嘉颖很不利。

这个社会原本就对女人充满了苛责和偏见，更没有什么人想知道真相，只是抓着那一点谣言的尾巴，极尽杜撰之能，说得天花乱坠。

而身处舆论中心的张嘉颖，只要一出现在小区里，就会被人指指点点。

陈漫和俱乐部里熟知张嘉颖为人的员工都替张嘉颖打抱不平，想出去跟那些嚼舌根的人辩驳辩驳，但都被张嘉颖给阻止了。

"谁人人前不说人，谁人背后无人说？做得再好也会有人不满意，何不走自己的路，让别人说去呢？"

身正不怕影子斜，她张嘉颖没做过的事，为什么要怕人说？

谣言止于智者，喜欢传这些八卦的人，你就算解释得再清楚，他们也能从另一个角度给你挖出一堆黑料来。

以前她就是太过在意了，所以缩进了自己的龟壳里，做了错误的选择，如今她绝不会再重蹈覆辙。

或许人真的要经历了一些风雨，才会成长。

虽然搞定了俱乐部里的员工，张嘉颖头疼的，却是另一个人——方梦。

先前方梦把电话挂了之后，她再打过去就再也没有打通过。

张嘉颖有些担心，还好季扬刚才并没有离开，两个人便一起去方梦家里，结果扑了个空。

"她去哪了？"张嘉颖莫名地感觉到了不安，不死心地拿起手机，再度拨打方梦的电话，依旧处于关机状态。

"你没有那个林远的电话？"季扬问。

"没有。"张嘉颖苦笑，最近因为俱乐部太忙了，她连林远的面都没见过一次。

"那她有没有经常喜欢去的地方？"

季扬这一句话顿时提醒了张嘉颖。

"啊，对，WAIT 咖啡厅。"

夜晚降临的时候，张嘉颖和季扬终于在 WAIT 咖啡厅找到了方梦。

此刻方梦就坐在二人时常坐的老位子上发呆。

看到方梦的那一刻，张嘉颖终于松了口气，但看方梦脸上的神色似乎有点不太对劲。

"人找到了，我就放心了，你们聊吧。"季扬琢磨着这个时候自己可能不太适合在场，便拍了拍张嘉颖的肩膀转身离去。

张嘉颖不得不承认，季扬真的是一个细心体贴的好男人。

收拾起心情，张嘉颖走了过去，在方梦的对面坐了下来。

方梦没有动，只是失神地看着玻璃窗外的夜景。

"方小梦，你知不知道人吓人是会吓死人的？"

张嘉颖故作轻松地敲了敲方梦面前的桌子。

方梦终于回过头，苍白的脸上带着一种万念俱灰的神色，"嘉颖，我被骗了。"

张嘉颖一怔，"什么意思？"

"那个林远，他就是个骗子。他骗光了我所有的钱，还骗我订了那三十台破东西，根本就是一堆破铜烂铁……"

方梦终于失声痛哭。

原来这段时间她和林远热恋，被林远的甜言蜜语给迷惑了，在林远各种的理由和借口下，她将这几年自己存的一些老本几乎全都转给了林远做项目、谈买卖，可往往都是有去无回。

她曾经怀疑过，但因为林远实在对她太好了，比当初李景明宠爱她时还要好，简直就是将她当成皇太后一般供起来，于是她又放下了心防，一而再再而三地相信林远只是需要时间。

前几天，林远忽然又来找她，说给她们病友俱乐部找到了一款高端助眠产品，虽然价格偏高一些，可客户反馈度却极

好，只是还没推出上市，现在正在调研期间。

林远还将她拉入一个助眠群，群里很多人都用过那个助眠仪，而且还有一大堆的高端客户，她当时还心想着，也许能从里面发展出不少客源。

她抱着半信半疑的态度，在群里潜伏了几天，发现真如林远所说，那款助眠仪器真心好用。为了确定真伪，方梦甚至还私聊过几个人，反馈基本都很好。

因为产品还在调研期，所以现在买的话，价格会比以后上市时低很多，让方梦渐渐动了些心思。

在林远的蛊惑下，方梦一口气订了三十台。她相信疗效这么好的治疗仪，以后一定是一货难求。

谁知道，这一切不过是一场精心布置的骗局。

从林远在酒吧里把她从流氓手底下救出来，就是一个局。

林远骗光了她所有的钱后，就销声匿迹了，包括那个她以为可以发展出客源的客户群也解散了，所有的人都消失得干干净净。

"嘉颖，你说，我怎么就净遇渣男呢？"方梦泪流满面。

张嘉颖带着方梦去报了案，又将她带回家，好不容易才把人哄睡了，等张嘉颖回到家时，已经过 23 点了。

现在俱乐部里没钱、但几天后将要打款的事，张嘉颖忍住了没跟方梦提。

方梦所受的打击已经够大了，她不能再给方梦添加负担。

走在昏暗的路灯下，张嘉颖只觉额际阵阵抽痛，整个人都有些昏昏沉沉的，可能最近真的太累了，体力出现了透支，今晚她必须要早点休息了。

只是……俱乐部那一笔货款却像大山一样压在了她的心头。

二百万货款，她去哪里拿？最重要的是，她已经答应了几名老顾客提货，连货款都收了人家的。回头产品拿不出来，也会让顾客失去对俱乐部的信任。

张嘉颖伸手捏了捏眉心，抬起头时却意外看见了一道熟悉的挺拔身影。

是季扬。

他正静静靠着车头，手里点燃了一根烟，却没有抽，淡淡的灯光投射在他的身上，在地上勾勒出了深浅不一的影子。

张嘉颖顿住了脚步。

季扬似是察觉到了什么，微微抬头，撞入了张嘉颖的目光里。

他掐灭了烟头，起身，走了过去。

"怎么样？没事吧？"男人的眼睛里映着灯光，就好像天上的星辰，迷眩了人的眼睛。

"你不会一直等到现在吧？"张嘉颖微微动容。

"我担心你。"季扬毫不掩饰自己的紧张，"但我也不好去打扰你们，知道你们肯定有很多话要说，只好在这里等了。"

"方梦可能需要时间走出来……但我们俱乐部可能就没什

么时间了……"张嘉颖苦笑着，跟季扬简单说了一下俱乐部现在的情况。

"需要多少钱？"季扬问。

"二百万。"张嘉颖老实报出了数字。

"时间期限？"

"五天。如果违约我们要付出双倍赔偿。"因为那批产品是俱乐部跟人家私人定制的，很多产品性能是她们一起和工厂讨论改装的，工厂也投入了不少成本，而且如果她们不要，也不一定有别的地方要。

季扬微微拧眉，"我手上的现金刚好前几天都投去一个项目了，这样，我再想想办法……"

"不用那么麻烦，我刚才想过了，可以去银行申请一下贷款。"

"贷款恐怕没那么快……"季扬有些担心，"而且俱乐部成立不久，贷款资质上可能也不太够……"

张嘉颖拧眉，"那怎么办？"

季扬看了张嘉颖一眼，"嘉颖，你脸色不太好看，我看今晚你就先休息吧，这件事交给我来办。"

"不行，我不能再麻烦你了，我……"张嘉颖一激动，眼前忽然晕眩了片刻，季扬连忙扶住了她，触手却是一片滚烫。

"张嘉颖，你发烧了，你自己都不知道吗？"

张嘉颖怔然呆住，只觉得眼前整个世界都在旋转。

失去意识前，她还在想，自己好像还是第一次看见季扬这么气急败坏、又担忧惶恐的一面。

所谓病来如山倒，这一夜张嘉颖反复高烧，被紧急送进了医院。

当张嘉颖缓缓睁开眼睛的时候，映入眼帘的皆是刺目的白色。

"醒了？"头顶上方，一道熟悉的声音响起，紧接着，有人拿着湿润的东西在自己干裂的唇瓣上沾了沾，"先润润唇，一会儿清醒一些再喝点水。"

是季扬。

"我这是……怎么了？"

张嘉颖总算是缓过了一口气，在季扬的搀扶下靠在了身后的软枕上。

"你都差点烧成脑膜炎了，你说怎么了？"季扬的语气带着几分不客气，显然那天晚上的惶恐还没完全消散。

"这么严重？"张嘉颖无力地抚着额头，苦笑，"我一向很少生病的。"

"你就是因为太拼了，所以都忽略了自己。人的身体又不是铁打的，经得起你这么折腾吗？这次可把伯父伯母还有纹纹给吓坏了……"季扬在床边坐了下来，给张嘉颖递上了一杯水，"先喝点水吧。"

男人的细心体贴让张嘉颖不由动容，她接过水杯，问：

"我爸妈还有纹纹呢?"

"纹纹下午还有课,伯父伯母先带她回家休息一下。"

"这次多亏了你了。"张嘉颖知道,如果没有季扬在,恐怕她父母先要急疯了。

"所以,你这是打算以身相许了吗?"季扬半开玩笑地说。

张嘉颖愣了一下,还没来得及回答,就听季扬迅速补充道:"行了,我开玩笑的,瞧你紧张的。你昏睡了三天了,现在烧才刚退下去,体力也还没恢复,需要好好休息……"

张嘉颖回过神来,"什么?我昏睡三天了,那贷款……"

"贷款的事不用担心。"季扬说,"我把房子卖了,两百多万已经到账,你随时都可以转。"

张嘉颖呆住。

她生病昏睡的这些天都发生了什么?

季扬忍不住伸手拍了拍张嘉颖苍白的脸,轻笑:"回魂了。"

张嘉颖总算是反应了过来,嗓音微哑道:"你怎么能……"

她虽不知道季扬具体的住址,但曾听方梦提起过,季扬所住的地方是黄金地段,那里的房价很高,就算三四十平方米的房子都高达数百万,很抢手。而且季扬怎么也不可能只住三四十平方米的房子……可他两百多万就把房子给卖了?

"就算是抵押,你也不能把房子给卖了啊。"张嘉颖急了,一时间说不清自己是什么感受,此时她真是有些恼恨自己什么时候不生病,偏在这时候生病。

"走抵押来不及了,时间太紧。"季扬却是一脸的无所谓,"没事,房子没了,可以再买啊。刚好我不太喜欢那套房子。"

张嘉颖眼眶微热,她当然知道这只是季扬安慰她的一套说

病友俱乐部

法。但这样大的一个人情，她以后要怎么还？

季扬看出了她的为难，连忙出言安慰："你也别觉得欠了我什么，我其实早就对你们病友俱乐部'虎视眈眈'了……正好，借这个当口'乘虚而入'，这两百多万资金就当入股你们俱乐部了，当然，我只是入资，占一点股份而已，创始人还是你和方梦，这件事我已经和方梦商量过了，她也已经答应了。"

面前那张脸上的笑容温暖而又迷人，就连那双漂亮的桃花眼也潋滟生辉，让张嘉颖心头暖成了一片。

"这么好的事，我们方小梦怎么可能会不答应？"张嘉颖深吸了一口气，平复下心头的动容，"那方小梦呢？她这几天过得好不好？林远的案子……"

"那件案子没那么快解决，恐怕需要一段时间，所以，方梦决定出去散散心。"

说起方梦，季扬也有些无奈。

张嘉颖生病倒下的时候，她比谁都着急，还在病房里照顾了一天一夜，直到医生说没什么大事，她这才回家休息。

后来，他低价卖了房子，方梦这才想起俱乐部这段时间需要用钱的事，心里更加内疚，觉得自己对不起张嘉颖，更没脸见好姐妹，于是不辞而别。

在方梦看来，有季扬给张嘉颖当帮手，可能比她在要好得多。而且她也需要好好反省反省，免得俱乐部总被自己的恋爱脑耽误。

"什么，她又走了？"张嘉颖此时也不知道该哭还是该笑。

这妮子一遇到事就临阵脱逃的性子什么时候才会改改？

"她说，她要去寻找新的自我。她让我告诉你，让你带着

我好好干，等她散心归来。"季扬无奈地叹息，别看方梦好像很强势，其实内心比较柔软脆弱。

"反省也不用离开啊！"张嘉颖摇了摇头，"等方小梦回来，我一定要好好揍她一顿。"

自家姐妹，有什么话是说不开的？更何况，方梦也是因为被骗了。

"行，到时我帮你。"

季扬脸上的笑容让张嘉颖脸颊微微一烫，避开了那一道几乎能灼烫人心的目光，假装喝水，"我们女人间的战争，你一个大男人瞎掺和什么？"

"反正我站队已经选好了。"季扬倒也没觉得不好意思，拿过张嘉颖喝好水的水杯，"想吃点什么？我去给你做。"

"不用了……"

"嘉颖，给我机会照顾你，好吗？"

男人温柔的声音迷人心醉，张嘉颖鬼使神差地点了点头，等她回过神来发现自己做了什么时，想收回已是来不及了。

忽然，男人高大的身影倾俯而下，两个人温热的气息是如此靠近，暧昧的气氛无声蔓延着。

张嘉颖僵在了那里。

季扬俯下身子，伸手轻轻撩起了张嘉颖耳边散落的长发，"嘉颖，谢谢你给我机会。"

男人撩人的嗓音让张嘉颖心跳不自觉地加速。

她就知道，自己终有一天会沦陷在这个男人的攻势下。

张嘉颖没几天便出院了，所幸俱乐部里大家团结一心，即使她和方梦不在，也被陈漫她们打理得井井有条。

　　张嘉颖一回到俱乐部就受到了大家的热烈欢迎，同时她看到了成功减肥了十多斤，正在继续接受治疗的孙苗苗，她接受孙苗苗感激的同时，内心也升起了自豪的成就感，然而更让她动容的，却是傍晚的时候马大姐带着小宁来俱乐部看望她。

　　原来马大姐知道她生病刚出院，便带着小宁给张嘉颖带来了亲手熬制的小米粥，让张嘉颖病后好好养养胃。

　　张嘉颖只觉心里头被一阵暖流涨得酸酸涩涩的，俱乐部里的病友们已经渐渐把这里当成了家，她在寻找自我认同的过程中，也获得了那些病友们的认同。

　　这或许便是她一直在找寻的自我价值吧？

　　可张嘉颖还没来得及感动完，一个意外来客却再度打乱了她的心。

　　"嘉颖，现在我没地方住了，所以只好来找你帮忙了，你应该不会太介意吧？"季扬帅气的脸上明晃晃写着"求收留"三个大字，让人想拒绝都拒绝不了，毕竟她欠下了他那样一份大人情。

　　于是从这一天开始，俱乐部里便多出了一个成员，而且还是长期驻店人员。

季扬这个房东兼股东打着没房子住的大旗，在俱乐部的二楼弄了一个小单间暂时住了下来。

还好这俱乐部场地够大，弄一个小单间给季扬倒是没什么大问题，只是季扬这个王者级别的钻石王老五，居然也住得不亦乐乎，甚至可以说乐不思蜀。

他每天和张嘉颖在俱乐部里抬头不见低头见，可以说把那天在医院说的话完美地执行到底了。

他说，他是来照顾张嘉颖的。

既然他给出了这个承诺，就一定要实现这个诺言。

而他对张嘉颖的照顾，可谓无微不至，渴了递水、饿了递饭、冷了送衣……而遇到难缠的顾客，有他这个商场老手出马，不费吹灰之力就全体搞定。

按陈漫她们的说法，病友俱乐部自从多了这样一只"全能型神兽"，简直就是如虎添翼，连找碴的人都少了。

张嘉颖却是头疼不已。

季扬自此可以说完全不掩饰自己的目的了，不管是俱乐部的员工，还是俱乐部的顾客，人人都知道季扬在追求自己。

他的攻势太猛，让她有些招架不住啊。

"嘉颖姐，你为什么不接受季扬啊？"陈漫其实很是心疼季大帅哥，"换成我，我早八百年前就沦陷了。你竟还一直拒绝他？你怎么狠得下这个心？他到底哪里不好，你告诉我，我叫他改。"

陈漫是个典型的心大型姑娘。

爱过了，放下了，在她眼里就如同过往云烟，所以现在她都能很坦然地面对季扬。

而原本吧，这俱乐部里未婚的小姑娘们其实多少都对这个大帅哥有点儿意思，毕竟人俊钱多的帅哥谁不爱呢？但后来她们算是看清楚了，人家季扬明显就冲着她们家嘉颖姐来的。

于是后来大家伙也就都歇了心思。

既然落花有意，流水无情，又何必跑过去热脸贴人家冷屁股？

再后来，大家眼见季扬追求张嘉颖追求得这么辛苦，渐渐地，竟从一众爱慕者变成了红娘，帮着季扬制造机会。

张嘉颖对此情况当真哭笑不得。

果然长得好看的人，连说客红娘都是自动找上门的。

她拍了拍陈漫的肩，一脸的语重心长，"对的人，偏偏在不对的时间遇上，这样对他不公平。"

张嘉颖丢下话，扬长而去。

陈漫满头雾水地眨了眨眼，转头却看向了不远处早就站在那里的季扬。

她尽力了啊，可惜任务目标太过顽固。

陈漫无奈地耸了耸肩。

季扬轻轻叹了口气，他知道，张嘉颖这句话其实是对他说的。

虽然还有些失望，但至少那一句"对的人"却又给了他一丝希望。

既然时间不对，那他就等到时间对的时候，他不会这么轻易放弃的。

在张嘉颖和季扬感情追逐的时候，俱乐部里又迎来了一个新的客人，只是这个客人却让张嘉颖很是意外。

"孙律师？"张嘉颖错愕地看着孙钰，"这是什么风把你给吹来了？"

"我恐怕也要成为俱乐部的病友之一了。"孙钰苦笑，"我也失眠了。"

张嘉颖愣住了。

充满温馨而暖色调的睡眠体验房里，或许是因为很久没感觉到这般舒适，孙钰第一次在外人面前打开了心扉。

她今年三十四岁，虽说事业有成，在律师这个圈子里名气很响，但家庭关系却是一团乱麻。

与一般家庭不同，她和母亲并不亲近，她小时候是跟着姥姥过的。

或许她此生亲情缘薄，即使是那段在姥姥家的日子，她也没感受到什么亲情的存在。俗话常说，隔代亲。可她在姥姥的身上也没得到过什么关注，十二岁之前，她完全是那种被放养的状态。每每看到姥姥对别的孙子辈露出笑容，她就羡慕得不得了，那时还很幼小的她是多么渴望得到这样的笑容，多么希望能融入那一个其乐融融的大家庭里，可惜，她总是被边缘化的那一个。

久而久之，她学会了将渴望埋藏、将情绪收敛。她只有用高傲与冷漠伪装自己，才不会让自己的心那么痛。只是这样一来，她与姥姥一家子也越来越远，她渐渐地变成了一个透明人。

十二岁的时候，她终于等到母亲来接她。

她还记得，那时的她带着忐忑与欢喜跑到母亲面前，本以为会得到一个热情而疼爱的拥抱，却不想，那一天，母亲只是面无表情地牵起她的手，面无表情地跟姥姥说了一句："那我带她走了。"

然后，她就那样跟着母亲离开了。

她敏锐地感觉到，母亲与姥姥之间有着不可言说的隔阂，就如同，她与母亲之间……

原本以为回到了家，或许一切就能改变，却不想，多年来，伴随着她成长的，是父母无休无止的争吵，只是往往那一场场的争吵都是以母亲压倒性的强势而告终。

母亲的冷漠强势，父亲的懦弱无能……"家"在她的心底从来都不是一个温暖的代名词。

从小到大，她几乎没在母亲的脸上看到过笑容，她们母女之间甚至冷漠得连陌生人也不如。可毕竟血浓于水，亲情血脉之间的纽带是拧不断的。她一直渴望着母亲的爱护与关注，却一直得不到。

或许，她此生注定了得不到爱。那她又何必奢求？所以，她只能不住地用冷漠来伪装自己，渐渐地直接影响了她的个性、她的工作、她的生活……让自己看起来就像是一个高不可攀、冷血无情的人。

所以，最后，她选择了律师这个行业，因为这个行业才能让她完美地用冷漠来包装自己，用冰冷无情的法律条款与人谈判。

前几天，她的母亲忽然强势地要她去相亲，她原想拒绝，但抵不住母亲那勉强算是温和的语气，这还是她母亲第一次这样平和地跟她说话。

于是，抱着试一试的心态，她去赴约了。

但那天让她相亲的那个对象，就是一个猥琐的暴发户，虽然手头有几个闲钱，但完全只把女人当成生育工具。她虽然已经三十四岁了，但从没想过结婚，更没想过生孩子，更遑论就这样嫁给一个完全不把女人当人看的男人。所以，当那个男人猥琐的目光在她身上徘徊流淌，甚至动手动脚时，她忍不住一巴掌就甩在了他的脸上。

原以为受了委屈的她回到家，会得到母亲的安慰与同仇敌忾，但她错了，她回到家还没来得及说清原委，迎接她的就是母亲不分青红皂白的谩骂。

于是她失眠了，她搞不懂为什么母亲要这样对待她，有时候她甚至感觉自己于她而言，只不过是仇人。

她曾经怀疑过自己与母亲没有血缘关系，后来她找了个机会偷偷做了亲子鉴定，结果显示她们确实是亲生母女。

孙钰说到这里，从衣襟里掏出了一个玉质吊坠——那是母亲送她的唯一一件礼物。虽然这件礼物是她在十六岁生日时千求万求求来的，但她一直随身携带着，就连睡觉也未摘下过。

她潜意识地将这枚吊坠当成她与母亲之间唯一的纽带。

"这是我妈给我的唯一一件礼物。"细细摩挲着吊坠，掌心感觉着玉坠上残留的体温，孙钰嘴角也跟着微微勾起。

张嘉颖第一次在孙钰脸上捕捉到了这样温柔的笑。

"或许是你妈妈有什么心结没解开。"张嘉颖柔声安抚,"你们母女俩可以找时间好好沟通一下。"

"你以为我没试过吗?"孙钰苦笑,与母亲沟通,她尝试过很多次,但每次都会以争吵而告终。

小时候,母亲可能还能压制住她,但等她长大,成为业界有名的精英律师后,她的母亲完全就说不过她,于是最后只有一个结局——不欢而散。

自那天她们母女俩因相亲的事争吵后,她就再也没有回过家,在外面租了一间单身公寓,但再也没有睡着过,都是睁着眼睛到天亮。

"我失眠严重,已经影响到了我的工作。"孙钰捏了捏隐隐作痛的眉心,昨天一个案子的重要资料就差点因为精神恍惚而丢失。

"你躺下,然后我先给你放点轻音乐吧。"

张嘉颖让孙钰在智能助眠床垫上躺了下来,然后开始播放音乐。

在舒缓的音乐声中,孙钰说了很多很多,直到她说累了,渐渐合上了眼睛。

张嘉颖看着孙钰熟睡的容颜,忽然发现,这个性格冷淡少言的孙律师睡着的时候,嘴角微微勾着,竟然带着放松柔和的浅笑。

柔和的灯光打在墙面上那一行大字上——"美好的生活,从睡好觉开始"。

张嘉颖回家的时候，不期而遇碰上了陆皓宇。

张嘉颖顿住了脚步。

夜色下，陆皓宇憔悴了很多，整个人萎靡不振，就好像变了一个人一般。

"老婆。"陆皓宇轻唤，"我想和你谈谈。"

这一声"老婆"让张嘉颖拧紧了眉。

"皓宇，我们已经离婚了。而且，我想我们没什么好谈的了。"

陆皓宇一把拉住了张嘉颖的手臂，眼中满是疯狂的神色，"为什么？为什么你一定要跟我离婚，为什么你这么狠心？我哪里做得不够好，我改还不行吗？为什么……"

这几天他回家越想越气，越想越为自己不值。

他觉得张嘉颖即使和自己离了婚，也应该还是想着自己的，所以，他决定把张嘉颖带回身边。

他得不到的，为什么要让别人得到？

他不甘心！

陆皓宇手上的力气太大，大得张嘉颖几乎以为自己的手腕要被折断了。

"陆皓宇，你放开我……"张嘉颖痛得面色发白。

"我不会放开你的，嘉颖，你跟我回家好不好，我们以前

的日子过得好好的，为什么现在会变成这样，如果不是你执意要出来创业，如果不是你丢下了那个家，我们如今都过得好好的，是你……是你的错……你现在找到了自己追寻的梦了，所以就觉得我配不上你了，所以你就想踢开我……"

"够了！"张嘉颖打断了陆皓宇的声嘶力竭，"一直以来，我都想维护我们的家，是你，是你的猜忌和多疑毁了我们的家。我从来没想过，我的丈夫要是一个能力出众或是事业有成的男人，我要的，就是一个依靠、一个支持。可你连这么简单的一点都做不到。我在承受事业上的压力时，还要同时承受你给我的压力，你可知道，我这段时间很多时候都处在精神崩溃的边缘，只要有一个没想通，我很可能就步上林清雅后尘，从24层的高楼上跳下去了……"

说到这里，张嘉颖已是泪流满面。

"我不是没努力过，一直在极力地找家庭和事业里的平衡点，但你没有给我机会。我累了，陆皓宇，就这样吧。"

张嘉颖终于甩掉了陆皓宇的手，只身离开。

陆皓宇站在夜色下，怔然看着张嘉颖走远的身影，发出了愤怒的嘶吼。

第九章
连泼脏水风波不断

随着病友俱乐部的名声越发响亮，俱乐部的客户越来越多了。

陈漫做的小视频故事短剧屡屡被推上了热搜，那些展示人生百态的故事，吸引了大量的看客，也吸引了大量的客源。他们来自各个行业，有高收入的精英白领，也有收入普通的职员；有高学历的大学教授，也有连自己名字都不太会写的建筑工人……每个人都有每个人自己的人生，只是在前行的路上，都会遇到挫折与变故。

张嘉颖忽然很庆幸，自己选择做了这一行，在帮着解决别人问题的同时，也在不住地反思自己，一步一个脚印地往前走着。

正失神间，办公室外响起了急促的敲门声。

"进来。"张嘉颖继续翻阅着手里的资料。

陈漫急匆匆地跑了进来，身后还跟着几个神色同样不太好看的员工。

"嘉颖姐，糟了糟了，我们对面开了一家深度睡眠体验馆，模式和经营理念什么的简直就是照搬我们病友俱乐部，简直就是太过分了！"陈漫义愤填膺，满脸激动。

张嘉颖先是一怔，继而神色平静地说道："有市场就会有

竞争，我们应该理性面对。反正兵来将挡，水来土掩。"

现在病友俱乐部的知名度打了开来，有人跟风也是一件极正常的事。

陈漫眨了眨眼，"嘉颖姐，你心态真好。"

张嘉颖微笑，现在她的心态确实比以前平和了不少，遇到问题想办法解决就是，着急上火反而会失去应有的判断力。

"那什么深度睡眠馆才刚开业，哪有我们病友俱乐部有经验。"

"就是，更何况，我们还有嘉颖姐坐镇呢。"

"他们敢挑衅，我们就让他们看看我们的厉害。"

……

刚才跟着陈漫进来的几个员工七嘴八舌地议论着。

转眼，俱乐部开了近一年了，大家也已经培养出了默契和感情，再加上张嘉颖实行人性化管理，秉承着"家"的理念，并不像一般的公司那样动不动就上纲上线，大家在相对比较轻松的氛围下工作，身心舒适，早已把俱乐部当成了自己的家。

见几个人说得热火朝天，张嘉颖微笑，"好了好了，这件事我们理性看待就好了，有了竞争对手，我们就有了压力，但压力可以化为动力，督促我们把俱乐部做得更好，反过来说，不是一件好事吗？都去做事吧。"

她说着，又看了陈漫一眼，"漫漫，最近一个月以来线上的反馈记录也给我一下。"

陈漫现在全权负责线上的业务，她也会将一些客户的心得制作成短视频发布在网上，甚至还有心地编导成一个个小故事，引发了很多人的共鸣，也造成了一定的影响力。

陈漫的能力还是有的，虽说有时候冲动了一些，甚至还会使些小性子，但瑕不掩瑜，张嘉颖还是很庆幸当初方梦把陈漫给拉进来的决定。

方梦眼毒，很懂得挖掘别人的优点和技能，然后收为己用，比如她、陈漫、俱乐部里那些貌美又有能力的助眠师们，而方梦唯一一次看走眼的，可能就是李景明了吧？

想起方梦，张嘉颖轻轻叹了口气，也不知道那家伙现在在哪里了？走了好几个月，除了偶尔寄几张明信片过来，连一个电话也没有。

有时候她也挺佩服方梦的，她个性洒脱，基本上是想做什么就直接去做，从来不会瞻前顾后、犹豫不决。

换成她，她就不会走得这么干脆。

张嘉颖起身，走出办公室，刚好就看见俱乐部里走进来了一行人。

"欢迎光临……"前台招待小林甜甜地叫了一声。

原本还在整理资料的陈漫以为有客人进来，欢欢喜喜地抬头，却在看见为首的那个男人后，愣了一下，立时沉下了脸。

"你们来干什么？"陈漫起身迎了上去，直接就开启了战斗状态。

张嘉颖拧眉，往门口看去。就见为首的那个男人看起来三十岁不到，长得倒是白白净净，只是那眼神太过猥琐算计，让人看起来就觉得不太舒服。

他和身后几个人的手上都提着装着糖果的小篮子。

"请问您是……"张嘉颖自然是看出了陈漫的不对劲，目光也随之落到了那几个人手上提着的糖果上。

"嘉颖姐，他就是对面那个深度睡眠馆的老板叶康乐。"

陈漫可是个包打听，来俱乐部后，几乎就把这个小区的事打听得清清楚楚，当然她也是为了方便在小区里发展客户。

而刚才，她就是在跟小区里的一个住户聊天的时候才知道了深度睡眠馆的这件事，好奇之下，她当然就跑去看个究竟了，结果倒好，把她气得够呛。

这个深度睡眠馆完完全全地照抄了他们病友俱乐部，连墙上贴的广告语都跟他们差不多——"幸福的生活，从睡一场好觉开始"。

那叶康乐被陈漫戳穿了身份也不恼，反而是笑嘻嘻地说道："没想到大名鼎鼎的病友俱乐部老板竟然是一个这样的美女啊，失敬失敬。我们是对面深度睡眠馆的，今天我们体验馆第一天开业，小小礼物不成敬意，还请笑纳，以后我们有空多多交流、多多交流啊。"

在叶康乐的示意下，他身后跟着的几名美女帅哥将手里的提着的小篮子都放在了前台上。

那小篮子里不仅有各种精致的糖果，深度睡眠馆的优惠券，甚至还压了一个小红包。

"谢谢，大家以后多多交流。"张嘉颖倒是不动声色地致谢。

那叶康乐意味深长地看了张嘉颖一眼，然后又绕着她身边的员工转了一圈，"张老板这间病友俱乐部还真是美女如云啊，难怪那么多人喜欢来。"

这句话就很有歧义了，明褒暗贬。

"叶康乐，你什么意思?"陈漫直接开怼。

"哎呀，小姑娘，做人可不能这么沉不住气，我可是夸奖你们，你怎么反倒对我发火了？"叶康乐那笑嘻嘻的态度，让陈漫看了更恼火。

"你……"

陈漫还想再说些什么，却被张嘉颖一把拉住。

张嘉颖朝陈漫摇了摇头，然后转头对叶康乐说道："叶先生，多谢你的小礼物，我们收下了。现在我们俱乐部里还有点儿事，可能就没时间招待各位了。"

"那我就不打扰美女老板了。"

又客气说了几句，叶康乐就带着他的员工去别的地方发放礼物了。

可临到门口，叶康乐又转头丢下一句："各位美女，我叶康乐历来是爱惜人才的，也会善待人才的，欢迎各位去我们深度睡眠馆看看，指点指点，我肯定不会亏待了各位。"

然后，他大摇大摆地离开了。

"太过分了，这简直就是赤裸裸的挑衅。"陈漫愤怒地朝那叶康乐做了一个鬼脸。

这时小林忍不住好奇将小篮子里的红包打了开来，里面赫然是一百块钱。

"大手笔啊。这小篮子里的东西七七八八加起来也值好几百呢，还不算上那优惠券。"陈漫咂舌，"这叶康乐简直土豪。"

"砸再多的钱，如果没有真本事也没用。"小林将手里的钱扔回了糖果篮子里，一脸的不屑。

小林当然是向着俱乐部、向着张嘉颖的。她爸也是个长期的失眠症患者，跑好多地方都看不好，结果在俱乐部治好了，对小林来说，张嘉颖就是他们家的恩人。

"对对对，小林你说得太对了。"陈漫连忙附和，"嘉颖姐，那个叶康乐一看就不是什么好人，我们可要好好提防。"

第一天开业就跑到竞争对手这里挖墙脚，这个叶康乐也未免太嚣张了。

陈漫话音刚落，外面就走进来一道熟悉的身影。

"你们要提防谁呢?"是孙钰。

而她的身边还跟着一个面色不太好看的老太太。

"孙律师，你怎么来啦?"陈漫一看见孙钰就高兴地迎了上去。

如果说张嘉颖和方梦是陈漫的第一恩人，那么孙钰就是她的第二恩人，陈漫早就已经把她们三个人放在了自己心中最重要的位置上。

面对陈漫的热情，孙钰明显还是不太习惯。

她冷情惯了，而每每面对客户也都是公事公办的口吻，唯独这个小姑娘热情得让人无法招架。

"孙律师……"张嘉颖也走了过来，看向了孙钰身边那个面无表情的老太太，"这位是……"

"她是我母亲。"孙钰脸上的表情有些不太自然。

张嘉颖立时明白了。

"伯母你好。"她微笑着伸出了手，"我叫张嘉颖。"

"嗯。"老太太只是点了点头，性子跟孙钰一样冷淡，甚至都没伸手回握张嘉颖，让张嘉颖只能略显尴尬地收回了手。

这老太太果然不太好相处啊。

"抱歉，我妈就是这个脾气。"

孙钰似是习惯了母亲的不通人情世故，以前每每她带朋友

回家，母亲也都是露出这种不欢迎或是嫌弃的眼神，最后惹得她的好朋友们都不再来她家玩了，因为她家里有一个连笑都不太会笑的妈妈。后来，她的朋友就越来越少，而她想交朋友的渴望也越来越薄弱。

"没事。"张嘉颖先前就听说了这老太太的事，自然有心理准备，"不知道孙律师今天来这是……"

"我母亲也得了失眠症，而且有很多年了。"孙钰会得知母亲因焦躁而失眠，也是得益于父亲的通知。

如果没有孙父，她根本就不知道母亲竟然长年失眠。

因为她们母女俩之间的沟通实在太少太少了。

"我说我没病，你为什么非要带我来这种地方？"老太太的语气并不太好，甚至于可以说极为恶劣，"我没病，不想治。花那冤枉钱做什么？"

病友俱乐部

丢下话，她竟然转身就走。

"妈。"孙钰连忙追了上去，一把就拉住了老太太，"我们既然来了，就试试吧。"

"没什么好试的，我很好。"老太太冷脸对着孙钰，"我早就说过，我不想来，你还非要我过来，你自己说说，你什么时候才能让我少操心一些？"

当着这么多人的面，老太太不顾情面地当众发难，多少都让孙钰感觉到难堪，"妈，我也是为了你好，上次我失眠了很长一段时间，也是在这里治好的……"

老太太闻言，原本冷冰冰的眼底突然划过了一丝淡淡的复杂和紧张，"你好端端地失什么眠？"

虽然这丝复杂和紧张只是一闪即逝，却被张嘉颖捕捉到了。

这老太太外表看着冰冷，其实内心还是在意孙律师这个女儿的。

"伯母，孙律师说的没有错，既然来了，就进来让我们试试吧。"张嘉颖微笑地走向了老太太，"上次孙律师来的时候那面色可差了。毕竟失眠对我们身体的危害极大，轻则肥胖、健忘，重则衰老、产生疾病。有研究表明，长期失眠的危害中最为严重的就是导致多种疾病的患病风险上升，比如说，像心脏病、高血压、老年痴呆、更年期综合征以及抑郁、焦虑障碍等等。"

张嘉颖一边说，一边看着老太太的反应，"别的病都还好说，有药可治，这老年痴呆就有点儿麻烦了，伯母您说是吗？"

老太太忍不住看了张嘉颖一眼，"我当然知道失眠的危害，用不着你教。"

差点儿被老太太这句话逗笑，张嘉颖轻咳了两声，连忙正了神色，"我就知道伯母心里有数，当然不会拿自己的身体开玩笑，我们进去再说吧。"

被张嘉颖这么大的一顶大帽子扣下来，老太太不想进俱乐部，也只能硬着头皮进了。

孙钰朝张嘉颖投去了一个感激的眼神，张嘉颖朝她点头示意，便将老太太引入了其中一间睡眠体验房里。

孙钰并没有跟上去，她知道自己如果跟上去，倒很有可能会破坏张嘉颖的治疗。

她这个母亲，对谁都比对她这个亲生女儿要好。

孙钰安静地坐在一楼沙发上，时间在一分一秒地静静流

逝，终于，她等到了张嘉颖下楼。

"怎么样？"孙钰霍然起身，一脸期待地问。

"睡着了。"张嘉颖给了孙钰一个满意的答案。

孙钰不由松了一口气，"太好了。"

母亲的长年失眠，其实也是造成她性子暴躁的原因之一。

"伯母可比一般的病人难伺候。"张嘉颖走到孙钰身边坐了下来，刚才她可是连着出动了三名助眠师，再加上她从旁协助，才让老太太放下了一些戒心。

"你母亲心里应该藏着一件事，这件事就是影响她睡眠的最主要的原因。"张嘉颖看向孙钰，认真地说道："你最好找你家长辈打探一下，如果这个心结没打开，或许这个失眠症状会伴随着她一辈子。"

老太太在病友俱乐部好好睡了一觉后，却坚决不肯继续按疗程往下治疗。

张嘉颖也没强求，毕竟这老太太的心结一天未解开，她就算出再多的力，也是治标不治本。

孙钰只好将老太太带走了，但临行前，也答应了会考虑一下加入病友俱乐部的事，并说，这是方梦临走时要求她考虑的。

这时张嘉颖才知道，原来方梦并没有放弃俱乐部，也没有放弃她。否则不会在那个时刻，还想请孙钰加入俱乐部。

张嘉颖的心顿时柔软温暖成了一片。

不愧是从小长到大的好姐妹，她相信，方梦很快就会回来的。

陆家客厅里，捏着手里的离婚证，陆皓宇再一次醉醺醺地躺在沙发上，眼眶底下一片青黑，分明疲累到了极致，却依旧不肯闭上眼睛休息。

"老婆……老婆……你为什么这么狠心？为什么？"他喃喃低语着，眼睛里完全没有了光彩。

林萍看着沙发上瘫着的儿子，又是生气，又是心疼。

"你说说，一个张嘉颖而已，为什么每次都能把你折磨得人不人鬼不鬼的？"林萍一脸的恨铁不成钢。

"如果你想复婚，直接把人找回来啊！反正你是孩子的爸爸，这是永远也改变不了的事实。"

"妈，你别说了。"陆皓宇难受地捂住了胃，脸色惨白，"这件事我自己处理。"

"处理？你要是能处理，就不会变成今天这样，其实你们离了也好，时间久了，你自然就忘记这个女人……"

"够了！"陆皓宇怒喝，阻止了林萍的唠叨。

或许是惊觉到自己的语气过重了些，他摇摇晃晃地从沙发上起身，"我……我先回房去休息。你不用管我！"

"嘭"的一声，陆皓宇又将自己关在了房间里。

林萍看着还飘散着酒味、空荡荡的客厅，不由悲从中来。

他们这个家，到底是为什么会变成如今这个样子的？

不行，她一定要把张嘉颖给劝回来。

办公室里，张嘉颖看着桌上多出了一叠资料，一脸错愕地抬头看着面前满面笑容的季扬。

"这是……"

"关于叶康乐那所深度睡眠馆的所有资料。"季扬拉了张椅子在张嘉颖对面坐了下来，"你放心吧，他们虽然极力模仿我们俱乐部，但形似神不似，特别是没有我这只'全能型神兽'坐镇。"

季扬对于陈漫他们给自己起的外号，一点也不介意，相反，还很享受这样的称谓。

虽说很感动季扬的细心，但张嘉颖还是忍不住笑了，"神兽同学，你什么时候变得这么自负了？"

自从季扬放开了手脚追求自己之后，她发现他的脸皮越来越厚了。

她退一步，他便进十步，每每都逼得她无路可退。

"不自负一些，怎么受得住你的一次又一次的拒绝呢？"男人漂亮桃花眼里的深情滚烫，让张嘉颖几乎不敢直视。

"你知道的，我……"

"你需要时间。"季扬直接接过了张嘉颖的话，"我会等你，不管要等多久。所以，嘉颖，你也别轻易说出别再让我等你的话。因为等或不等，只有我自己能决定。"

张嘉颖莞尔。

"请你吃饭，可赏脸？"见张嘉颖心情不错，季扬连忙再接再厉。

"我……"

张嘉颖下意识就想拒绝，可惜话还没说出口就被季扬给堵住了，"嘉颖，今天我生日，难道你连这个面子也不给我？"

张嘉颖一怔，"今天你生日？怎么不早说？"

"现在说也不晚。"季扬嘴角微笑又深了几分，剑眉微挑，竟带着几分少有的痞气。

他本来长相就俊朗，现在这种模样添了几分坏男人般的魅力，惹得躲在后面看热闹的小姑娘们差点就发出兴奋尖叫了。

张嘉颖何尝不知道自打季扬走进她办公室，那些小姑娘就八卦地躲在门外偷听呢？

她们这些人当红娘是当上瘾了，有机会要好好敲打敲打她们。

张嘉颖头痛地揉了揉额角，"可是我还没准备礼物。"

"你肯赏脸，就是对我最好的礼物。"

张嘉颖沉默了片刻，"好吧。"

说实话，这个男人锲而不舍的坚持真的感动了她。

张嘉颖随即吩咐了陈漫几个人今天要过来的一些客户的注意事项，便跟着季扬出了俱乐部。

两个人并肩行走的身影，却恰巧被匆匆赶来、想找张嘉颖的林萍看见了。

"好啊，难怪急着离婚，原来是早就有小白脸了。"

林萍一脸的愤怒，她果断拍几张照片回去，好让他家那个傻儿子死心。

优雅浪漫的西餐厅里，张嘉颖和季扬拿起了酒杯。

"Cheers！祝你生日快乐。"张嘉颖微笑着祝福。

"谢谢。"季扬接受了祝福，"嘉颖，我很高兴你能答应。"

两个人一边喝着红酒，一边天南地北地聊着，并没有发现，隔他们不远的另一张餐桌上，林萍正死死盯着他们，甚至还拿手机拍了照片发给了陆皓宇。

不多时，有服务生推着一个小车走了进来，小车上有一个精美的生日蛋糕。

季扬一脸的意外，"这……"

"生日怎么能没礼物呢？我来不及准备，能做的，也只有人过来了。"

这个蛋糕是刚才她趁着去洗手间时，跟服务生交代的，所幸这个餐厅平常有很多人过生日，准备个蛋糕并不是难事。

季扬心头微悸，眉眼间也跟着染上了温柔的笑意，"嘉颖，谢谢你。有心了。"

"大家朋友一场，这是应该做的。"

这一句"朋友"让季扬原本飞扬愉悦的眉眼黯淡了两分。

没事，他有的是时间和耐性。

"最近可有方梦的消息？"

"有，她寄了一张明信片回来，现在人在法国。"

季扬笑了，"这倒是符合她的性子，彻底地放飞自我了。只是你一个人在俱乐部里忙得过来吗？"

方梦自打离开之后，世界各地地旅游散心，好像这一玩就乐不思蜀，也没听她提要回来。而张嘉颖则是一个人撑起了俱乐部，忙得脚不沾地，也没见她喊一声累、喊一声苦。

对于这样的张嘉颖，季扬是心疼的。

只是他也帮不上忙，除了在旁边看着，别无他法。

似是感受到了季扬灼热而让人难以消受的眼神，张嘉颖微微别开了视线，"现在俱乐部已经慢慢进入了正轨，倒是还好。更何况，还有陈漫她们帮忙，我能应付得过来。"

方梦那家伙虽然做了甩手掌柜，但留下的那些人帮她分担了不少，这也是实话。

"有什么需要帮忙的，尽管说。"

"你已经帮了我很多了。"张嘉颖由衷地说。

"可我觉得不够，毕竟还没真正走进你的心。"

季扬的话让张嘉颖愣住了。

这男人现在好像说情话越来越顺溜了，那么她呢？她现在又对季扬抱着怎样的心思？

读出张嘉颖的犹豫和迟疑，季扬不由苦笑，"嘉颖，难道你就没想过给我一个机会吗？"

张嘉颖拿着刀叉的手不由一顿，她抬头看向了季扬，"季扬，你应该找一个更适合你的人。"

"可对我来说，你就是那唯一一个。"

"但……"

"嘉颖，别急着拒绝我，就算你拒绝，我也会等你，不管等多长的时间。"

他已经等了这么久了，不介意继续等下去。

毕竟合眼缘的人，他这么多年就只碰到了这一个，他相信，也会是唯一一个。

"你这是何苦呢?"张嘉颖叹了口气。

"嘉颖，你有你的坚持，同样，我也有我的选择。"

季扬一脸深情地注视着张嘉颖，"也是我心甘情愿的选择。"

张嘉颖微微动容，正欲开口说些什么，突然感到有一个人朝他们急步走了过来。

是林萍。

她在旁边看了那么久的戏，终于按捺不住了。

她儿子在家中宿醉，变得人不人鬼不鬼，她这个好儿媳却在这里跟别的男人风花雪月。

"张嘉颖，你在干什么?"林萍一脸的怒容。

"伯母?"张嘉颖没料到会在这里看见林萍，"您怎么在这里?"

"难怪你铁了心要和我们家皓宇离婚? 你看看，这才离婚多久啊，居然就跟小白脸勾搭上了，这孤男寡女共处一室，卿卿我我的，我看你们应该早就有一腿了吧? 是不是早就给皓宇戴过绿帽子? 所以这么着急离婚!"

张嘉颖简直要气笑了，"伯母，我和皓宇已经离婚了，请您别一口一个勾搭，一口一个绿帽子地往我头上扣。更何况，

我和季扬只是普通朋友，我们今天也只是简单吃一顿饭，请您不要用龌龊的思想去猜测别人的行为……"更何况这餐厅里到处都是人，什么叫孤男寡女？

"吃饭也不行，跟我回去见皓宇。"林萍强行拽起了张嘉颖的手，直接就将她往外拉。

"伯母，您这是做什么？"张嘉颖想挣脱，却被林萍抓得更紧。

"我不管，你现在必须跟我回家。我儿子现在整个人都快废了，你必须负起这个责任。"在林萍眼里，她的儿子会变成如今这样，完全就是张嘉颖的责任。

就算离婚了，也得负起这个责！

"住手。"季扬试图阻止，却被林萍怒瞪了一眼，"你算个什么东西，我教训我的儿媳，你瞎掺和什么？我告诉你，就算他们离了婚，你也别想跟张嘉颖在一起。"

林萍这一番话可谓霸道又无理了。

三个人的争执引来了四周食客的指指点点。

张嘉颖只觉满面通红，几乎想找个地缝钻下去。

"伯母，您别这样。"

此时餐厅经理赶了过来，好声好气地哀求："不好意思各位，这里是餐厅，还请各位别影响其他客人吃饭。"

张嘉颖心知如果不顺着林萍的意，恐怕今天这事没完了。

她只能任由林萍把她拉出了餐厅门口，季扬连忙跟了上去。

"您先放手。"餐厅外，张嘉颖好不容易才摆脱了林萍，低头一看，自己手腕都红了一片，可见林萍刚才真是气狠了，用了大力气。

"走，马上跟我回家见皓宇。张嘉颖，我说你究竟有多狠心，我们家皓宇那么喜欢你，当初为了跟你结婚，甚至不惜拿命威胁，但你又是怎么对他的？你这样做，对得起他吗？"

"伯母，我和皓宇之间不是你想的那么简单。"

"什么简单复杂的，结婚不就是居家过日子，哪有你们所说的那么麻烦？而且为了孩子，你们也得复婚！"

林萍再度去抓张嘉颖的手，此时季扬已经赶了出来。

"嘉颖……"

一看见季扬出来，林萍不禁急了，连忙拖着张嘉颖就往马路上走。

心急之下，她也没看清自己已经闯了红灯，前方不远处，一辆突然失控的车子迎面呼啸而来。

"小心！"

张嘉颖想也不想，一把就抱住了林萍往斜旁里一拽。

虽然惊险躲过了那辆车，但张嘉颖的手臂还是被刮出了一道深长的伤口，鲜血淋漓。

"嘉颖！"季扬惊慌失措地冲了过来。

从鬼门关捡回了一条命的林萍早就已经吓呆了。刚才只要张嘉颖慢一步，她就真成车下亡魂了。

她神色复杂地看着旁边痛得面色发白的张嘉颖。

"快，叫救护车。"季扬手忙脚乱地把张嘉颖给抱了起来。

马路上早已混乱成了一片，前方不远处也不知发生了什么大变故，十几辆车子连环相撞，极其惨烈。

不一会儿，救护车、警车皆呼啸而来。

张嘉颖也被送进了医院。等陆皓宇赶过来的时候，心有余悸的林萍这才缓缓回过神来。

"皓宇！"

"妈，您没事吧？"陆皓宇扶住了摇摇欲坠的林萍。

林萍摇头，"我是没事，可嘉颖……"

林萍的话让陆皓宇心头猛地一沉，"嘉颖她怎么了？"他的脸色变得异常难看，竟然一把就将林萍给推了开来，直接就往急救室冲。

林萍被推得差点儿一跤摔在了地上，她扶着墙壁，看着走远的儿子的身影，不由悲从心来。

"养儿这么大，究竟有什么用啊？儿子一听媳妇有事，跑得比谁都快。"

陆皓宇刚走到急救室门口，就看见张嘉颖在季扬的搀扶下走了出来。比起其他车祸中的伤员，张嘉颖伤得不太重，手臂上的伤口看起来深长恐怖，所幸求治及时，已经没有什么大碍了。

"嘉颖……"

面对突然出现的陆皓宇，张嘉颖也很意外。

"皓宇，你……"

"你伤得怎样？"陆皓宇直接就忽视了旁边的季扬，冲过去竟将张嘉颖的手给抢了过来。

季扬原本不想放手，但又怕陆皓宇伤到张嘉颖，只能选择松手。

"我没事。"张嘉颖看了眼双眼布满血丝的陆皓宇，只觉他整个精神状态都不太对，"你妈妈……伯母呢，你刚才看见……"

当张嘉颖的目光落在不远处一脸落寞的林萍身上时，不由顿住了话头。

"皓宇，伯母虽然没受伤，但刚才吓得不轻，你赶紧先带她回家休息吧。"

"那你怎么办？"

"我一会儿就回去。"

"回咱家？"陆皓宇眼前一亮。

张嘉颖却是轻摇了摇头，"一会儿我回我妈那里。"

"老婆，都这样了，你为什么还不肯跟我回家？"

"陆皓宇，我们已经离婚了。"张嘉颖打断了陆皓宇的话。

"可我从来都不想离婚……"陆皓宇神色痛苦。

"这里是医院，还请病人和家属不要大声喧哗。"有护士经过警告。

"走，我们回家说。"陆皓宇就想牵过张嘉颖的手，却被另一个人抢了先。

"陆先生，嘉颖说过，她不想跟你回去。"

陆皓宇看向季扬，"我跟我老婆的事，关你一个外人什么事?"

"够了!"张嘉颖直接打断了陆皓宇的话,"你身为人子,难道没看到你的母亲也受到了不小的惊吓吗?"

张嘉颖转身正欲离开,却不想迎面就碰到了匆忙赶来的孙钰。

"孙钰?"张嘉颖错愕地迎了上去,"你怎么来了?"

孙钰一脸的疲倦,"嘉颖,我妈也进医院了。她就在刚才发生车祸的其中一辆车里。"

病床上,孙钰的母亲正静静地躺在病床上,惨白的床单映衬着那张脸庞越发地毫无血色。

孙钰坐在床边,脸上的神色并不比床上躺着的人好多少。

母亲的伤很重,她的左腿被压断了,胸口也有好几处骨折,还没渡过危险期。

"究竟发生了什么事?"手臂上还缠着绷带的张嘉颖轻声问。

"今天早上,我又和我妈吵架了。"孙钰苦笑,"她又逼我去相亲,说我再不结婚,她都要被人戳断脊梁骨了。我不肯妥协,结果她气得夺门而出,上了出租车,等我接到电话,她人已经在医院里了。"

听说是因为一辆车子打滑撞向了另一辆车子,结果引发了一系列的灾难。

很多人都受了伤，现在医院几乎人满为患。

"没事。她会没事的。"张嘉颖轻拍了拍孙钰的肩，以示安慰。

孙钰点头，素来平静淡漠的脸上满是悲伤。

走出病房的时候，张嘉颖发现季扬和陆皓宇都没有离开。林萍则坐在走廊的长椅上，脸上一片深重的倦色。

张嘉颖拧眉，走向了林萍，"伯母，您没事吧？"

林萍恍恍惚惚地抬起头，却发现关心自己的人不是自己的儿子，反倒是以前怎么都看不顺眼的前儿媳妇。

林萍眼底不禁划过了一丝复杂之色。

"我没事，只是前面有点儿吓到了，现在腿软，走不动。"这也是她一直没走的原因。刚才她眼见儿子只心心念念着自己的前妻，完全没把她这个妈放在眼里，她也说不清是什么滋味。

张嘉颖转过身，朝陆皓宇走了过去。

"陆皓宇！"

原本陆皓宇还以为张嘉颖终于肯搭理自己了，谁知撞入视线的，却是一双愤怒而失望的眼眸。

"陆皓宇，你妈的情况你没看见吗？你不扶你妈妈回去休息，在这里等着做什么？"

"老婆，我担心你。"

陆皓宇此时满心满眼都是张嘉颖的身影，就好像这个世界只剩下了张嘉颖一个人。

他不对劲！

张嘉颖察觉到了异样。

"皓宇，你现在应该做的，是带你妈回家休息。"张嘉颖试着以比较平和的语气劝说着。

"那你呢?"

"我……"正想说我不回去，可看了眼陆皓宇脸上的神色，张嘉颖话锋随即一转，"我一会儿就回去，我还有点儿事要处理。"

"好。"听说张嘉颖肯回去了，陆皓宇顿时眼前一亮，"老婆，那我先带咱妈回家，你一会儿一定要回来，我在家等你。"

"好。"张嘉颖点头。

陆皓宇这回是乖乖扶着林萍回去了，林萍神色复杂地看了一眼张嘉颖也没再多说什么。

季扬看着他们母子俩走远，只觉得心下怪异，"嘉颖，你有没有觉得陆皓宇他好像精神有点儿问题。"

"你也发现了?"张嘉颖叹了口气，"自从我跟他离婚之后，他就一直是这个状态。"

现在，她恐怕还要真回一趟陆家了，她要找林萍问清楚，这究竟是怎么回事。

毕竟曾经夫妻一场。

"可是……"

"没事，你别担心。"张嘉颖看向季扬，眼神坚定，"你也回去休息吧，陆皓宇的事我会处理。"

"好吧。"季扬也没坚持，只是看向张嘉颖的目光里充满了担忧。

天，灰蒙蒙的，忽然间下了起小雨，张嘉颖回到陆家的时候，陆皓宇早就在那里等着了。

见张嘉颖走进家门，陆皓宇满面春风地迎了上去。

"老婆……"

"伯母呢？"张嘉颖往左右看了眼，没看见林萍。

"我让妈出去了。"

陆皓宇的话，让张嘉颖面色一变，"皓宇，刚才伯母受了惊吓，你还让她出去？"

"可是……可是妈在这里，肯定会打扰我们……"陆皓宇的眼里满是偏执。

张嘉颖看了陆皓宇一眼，转身就走。

她必须去找林萍。

一个老人家，在受了惊吓的情况下还被赶出家门，这对她来说何其残忍？

张嘉颖也不知道陆皓宇为什么变成这样，自离婚后，他整个人就都变得不太正常了。

"老婆！"陆皓宇猛地抓住了张嘉颖的手臂，却不慎碰到了她受伤的手，张嘉颖不由闷哼了一声。

病友俱乐部

"老婆，对不起，对不起，我真的不是故意的……"

陆皓宇再次诚惶诚恐地道歉，张嘉颖忍着疼，挣脱了他的钳制，走入了雨幕里。

小区的某个角落，张嘉颖终于找到了正在躲雨的林萍。

她就呆呆地坐在亭子里，看着外面的雨幕。

"伯母。"

张嘉颖走了过去。

"你怎么跑过来了？"林萍起身，看着张嘉颖因淋雨而微湿的衣发，"你身上还带着伤，跑来跑去瞎折腾什么？"

虽说那语气略显尖锐，但不难听出话里藏着的关心。

"伯母，回家吧，您今天受的罪也不少，别在这里待着。"

"可是皓宇……"林萍犹豫。

"皓宇把您赶出来，本身就是他的不对。"

林萍看着张嘉颖，忽然间，眼前的视线模糊了起来，"嘉颖，你不怪我从前那样对你吗？"

"那都是过去的事了，再说伯母您也没对我怎么样。"张嘉颖笑着回答。

确实，林萍就算心有不满，但看在儿子的份上，其实这么多年来，她们俩并没有产生过什么尖锐的矛盾。

少数几次比较厉害的，都是她开俱乐部以后发生的。

"是我把那孩子给教坏了。"

林萍叹了口气。

在陆皓宇小的时候，林萍因为性格强势，什么都由她说了算，所以也造成了陆皓宇自卑、不自信的性格。而后来，又因为自己丈夫的去世，她多少觉得是自己性格的原因造成的，如果不是她拼了命地责备丈夫，拼了命地骂，那天晚上，丈夫可能也不会因为心梗突发而去世。

后来，她反省了自己的错误，却又有点儿纠正过了头。

她不敢再乱发脾气，不敢再控制陆皓宇什么，便又造成了后来陆皓宇想得到什么，就不惜一切代价想要去抢，自私自利、完全不顾他人的样子。

"皓宇如今会这样，也是我一手造成的。"林萍后悔不已。

"妈，您不觉得皓宇他……"张嘉颖犹豫了一下，找了一种林萍比较容易接受的措辞，"他好像控制不住自己的情绪。"

"他已经好几天没睡了。自打你离开，他每天都坐在客厅喝酒，可喝了又不会完全醉死过去，每晚就是睁着眼睛到天亮……"林萍哽了声，"我怕他再这样下去，会连命都丢掉啊。"

林萍第一次在张嘉颖面前哭得声嘶力竭。而这才是她今天去找张嘉颖的原因。

原本，她是想好声好气地把张嘉颖哄回来的，毕竟什么都没有自己儿子的命重要，谁知却被她撞上了季扬和张嘉颖一起吃饭的那一幕，她一口气顿时压不住，这才出了后面那些事。

"那我把他带到我那里去治治吧。"张嘉颖叹了口气，她没想到陆皓宇原来已经这么严重了。

第二天，张嘉颖就把陆皓宇带去了病友俱乐部。

只不过，是以病友的身份。

陆皓宇倒是很配合，张嘉颖叫他做什么，他就做什么，完全没有二话。

陈漫眼见张嘉颖为了治疗陆皓宇连自己手伤都不顾了，不禁开始替季扬着急，她偷偷打了电话，但季扬听了之后，只是说了一句"我知道了"，便挂了电话。

陈漫听着电话里的忙音，不禁撇了撇嘴角，"这季扬不行啊，这样迟早会让陆皓宇把嘉颖姐哄回去的。"

安静的助眠体验房里，陆皓宇静静地躺在智能助眠床垫上。

柔和舒缓的音乐缓缓播放着，陆皓宇看着张嘉颖，两个人聊起了以前谈恋爱时的美妙回忆，聊起了她没创业之前，在家里过的那些安逸平静的日子。

聊着聊着，陆皓宇终于睡着了。

张嘉颖看着他沉静的睡颜，忽然想起，他们夫妻俩已经很久没有以这样平静的方式谈过话了。

大概因为这是她第一次站在客观的角度看待陆皓宇，甚至给予了他足够的耐心。

或许，婚姻就是这样。

当你跳出来，以旁观者的角度看的时候，将是另外一番景象。

只是她同时也看明白了，陆皓宇心底深处最渴望的东西。

那是她给不了他的东西。

张嘉颖又一次病倒了。

原本她就在那场车祸里受了伤，后来又淋了雨，再后来她为了治疗陆皓宇，好几天都在马不停蹄地和俱乐部里的助眠师们讨论方案。

这一天，就在他们开治疗方案的那个会议上，张嘉颖晕倒了，被紧急送进了医院。

所幸张嘉颖只是疲劳过度，感冒引起了伤口发炎，医生强制她住院休息，张嘉颖也没有反对。

她知道身体是革命的本钱，身体垮了，什么也都不用想了。

住院的这几天，陆皓宇天天来报到，纹纹看到爸爸和妈妈好像和好了，很是高兴，天天都跟百灵鸟儿一样唱着歌儿。

"你看，我们纹纹多高兴啊！"林萍摸着纹纹的脑袋，脸上也是掩饰不住地开心。

她还是不希望这个家散掉的。

陆皓宇正在给张嘉颖喂汤，是林萍亲自煲的。

女儿在，张嘉颖也不好拒绝。

当出差回来的季扬赶到医院的时候，看到的就是这样一个场景。

他站在病房门口，看着那一家四口其乐融融的模样，最终

还是没有走进去，转身离开了病房。

谁知一转身，就迎面碰上了同在医院照顾母亲、听闻消息也赶来看张嘉颖的孙钰。

"孙律师。"

季扬打了一个招呼。

孙钰看了眼病房，又看了看季扬，"不进去了？"

"想必我进去并不合适。"季扬苦笑。

孙钰明白了什么，笑了笑，"我会跟她说一声的。"

季扬点了点头，转身离开。

孙钰走进病房的时候，刚好看到陆皓宇朝这里看过来。很显然，他看到了季扬，但他什么也没说。

"孙律师，你怎么来了？"张嘉颖看到孙钰很高兴，"对了，你妈妈好点了吗？"

"医生说这两天就会醒了。"孙钰脸上虽写满了疲惫，却也同时带着欣喜，守了几天，母亲终于要醒了，对她来说是件好事。

"我有点事情要跟你谈一谈。"孙钰说。

陆皓宇倒是识趣，带着林萍和纹纹走了出去。

"怎么了孙律师？"

"刚才季扬来过了。"

孙钰的话，让张嘉颖愣了片刻，"那他怎么不进来？"

"你们一家四口都在，他可能想着进来不太好。"孙钰回想起刚才季扬那一脸的落寞，只觉得这情字伤人，所幸她没有遇到。

张嘉颖沉默。

"你这是打算和陆皓宇复合吗？"孙钰问。

张嘉颖却摇了摇头，"我和皓宇已经不可能回到从前了。"

"那你和季扬……"

"我现在不想谈任何关于感情的事……"

"那好吧。我知道你向来是个有主张的人，你自己的事一定可以处理得很好……"孙钰从包里拿出了一个笔记本，"我今天来，是为了我母亲而来的。"

"我想，我找到她失眠的原因了。"孙钰将日记本递给了张嘉颖。

那天多亏了张嘉颖提醒，她回家便与父亲好好聊了一次，这才知道母亲原来有写日记的习惯。

为了方便帮母亲治病，在父亲的帮忙下，她终于找到了她想要的东西。

这是一本年代已经很久远的日记本，日记本里记录了这么多年来，母亲所有的心路历程。

"×年×月×日，我的女儿出生了，可我不知道应该怎么面对她？因为我怕我曾经所受到的伤害，会全数加之于我女儿的身上……"

"×年×月×日，看着在褓褓中哭得声嘶力竭的小钰，我手足无措，因为我知道自己已经心生厌烦，每每看到小钰，就会想起曾经年幼的自己，我无法控制地想要用曾经自己受到的冷漠与伤害，去伤害我的女儿……"

"×年×月×日，我终于还是成为了我害怕的那种母亲，看着小小一团的小钰缩在角落里畏惧地看着我的样子，我心痛难当，却又无法自控，于是，我把她送走了，也许，眼不见心不烦，也许，她远离我，反倒会过得平安快乐……我承认，我不是一个好母亲，因为我不知道怎样做一个好母亲……"

"× 年 × 月 × 日，我最终还是没能按捺住，将小钰从她姥姥家接了回来，我知道，小钰在她姥姥家过得并不快乐，就如同当初年幼的我一样……可接回我身边，小钰就会快乐了吗？也许，并不会吧。"

……

张嘉颖慢慢合上了日记本，她终于明白，为什么孙钰的母亲会常年失眠了。

孙钰苦笑道："原来我妈心里真的有一个结，而这个结就是我姥姥。我知道，只有去见过我姥姥，才能解开我心中的疑团。"

那一天，孙钰终于下定决心，回了一趟老家。

时隔多年，她久违地再一次见到了姥姥。

姥姥已经很老了，头发花白，满脸皱纹，精神也不太好。她就呆呆地坐在床头，嘴里也不知道念叨着什么，模糊低哑得几乎听不清。

家里人说，姥姥已经犯了老年痴呆症，经常连人也认不清了，只是嘴里经常反复念着一个人的名字，"兰兰。"

孙钰知道，兰兰是她母亲的乳名。

孙钰走到床前，轻唤了一声："姥姥！"

姥姥抬起混沌的双眼，看到孙钰的那一刻，突然笑了，"兰兰，你终于来看妈了？"

孙钰喉间一哽，一时间说不出话来。

姥姥却还在那里自顾自地说着："兰兰啊，妈知道你怨

我，所以这些年来，你从不肯来看看妈……可妈有什么办法呢？兰兰，你是妈这一生的污点，洗不掉的污点……"

姥姥眼睛里原本的迷茫突然变得犀利起来，连带着声音也变得尖锐，"是那个男人不负责任，让我有了你，却又抛弃了我们母女……兰兰，你的出生毁了我的人生……你要我怎么面对你啊……兰兰……"

孙钰呆住了。

她从来不知道，原来母亲并不是姥爷的女儿。

张嘉颖听完孙钰的故事，心中不由一阵唏嘘。

因为姥姥的一个心结，竟然造成了她们三代人的悲剧。

所幸现在还有机会挽回。

"有空的时候，让你妈也回老家一趟吧。"张嘉颖说。

孙钰的姥姥现在年事已高，想来也没多少时间了，如果将这个心结带入黄土，以后恐怕会造成永久的遗憾。

张嘉颖终于出院了。

出院的时候，陆皓宇来接的她。

在开车回去的路上，陆皓宇原本想直接将张嘉颖接回陆家，却听张嘉颖说了一句："皓宇，把我送回我妈家吧。"

陆皓宇一个方向盘急打，直接停住了车，"老婆，你说什么？"

对于陆皓宇咬死不改口，坚持叫自己"老婆"的事，张嘉颖也很无奈。

"我说，我还是回我妈家。"张嘉颖看着陆皓宇的眼睛，"虽然我知道这些话有些残忍，但我这个人眼里容不下任何沙子，破碎的镜面就算粘合起来，也会留有裂痕，皓宇，我们不可能回去了。"

陆皓宇抓紧了方向盘，双目通红，"你难道就不为纹纹着想一下？她想要一个完整的家。"

"可我没办法骗我自己。而你也没办法过自己那一关。因为你要的，是一个可以乖巧陪伴在身边、安心相夫教子的妻子，而我不是……"张嘉颖知道自己的这些话很残忍，但她不想让陆皓宇这样自欺欺人下去。

现在的陆皓宇为了挽回她，可以将自己真正想要的隐藏，但这样的隐藏又能坚持多久？

她要的他给不了，同样，他要的，她也给不了。

如果强行复合，他们也只可能貌合神离，她并不认为这样对纹纹比较好。

陆皓宇沉默了片刻，抓着方向盘的手微微泛白，"所以，我们是不可能了？"

"是。不可能了。"

张嘉颖坚定地吐出了这一句。

为什么人总要等到失去的时候，才懂得珍惜呢？

那一天，陆皓宇最终还是把张嘉颖送回了张家。

张嘉颖好不容易松了口气，却在家门口碰到了季扬。

季扬一身西装革履，脚边还放着一件行李箱。

"你这是……要去哪里？"张嘉颖莫名地心头发涩。

这几天在医院，她一次也没见到季扬，可这一碰面便发现，男人消瘦了很多，就连那双漂亮的桃花眼都有些黯淡无光。

"公司有事，我得出差几天。"季扬苦笑着低头看了一眼行李箱。

虽然他入股了病友俱乐部，但他的主业并不在这里，因为前段时间很多项目已经收尾，他才没有那么忙，才有时间天天跟自己心爱的女人腻在一起，只是……老天给他的时间还是太少了，他还是没能攻克这一道情关。

张嘉颖张了张嘴，想问他要去几天，但最终还是咽了回去。

"我看见他送你回来了。"季扬眼眸微垂，"当你们一家三口在一起的时候，我觉得你很开心，这样我就放心了。"

"所以，你已经决定不等了？"张嘉颖脱口而出，语气里竟隐隐带着几分连自己都未曾察觉的质问。

季扬却敏感地察觉到了什么，他霍然抬首，深深望进了张

嘉颖的眼睛里,"那你还想我等吗?"

张嘉颖握了握手心,嗓音微哑,"你不是说,等或不等,只有你自己能决定吗?"

"我想等,但你给我这个机会吗?"

张嘉颖抿唇沉默,因为连她自己也理不清自己的心思。

毕竟,她已经有过一段婚姻,而且还有了一个孩子,而季扬却是个比一般男人都优秀得多的钻石王老五,让她毫无芥蒂地接受这段感情,几乎是不可能的事。

等不到张嘉颖的回答,季扬眼底最后一丝光芒终于熄灭。

"那我走了。希望你以后永远开心快乐。"

他提起行李箱,正欲举步,却听张嘉颖轻轻吐出一句:"我和陆皓宇不可能的。"

季扬迈出去的步伐蓦然一顿,但还未及回头,就又听张嘉颖接着说道:"我们彼此分开一段时间也好,也让你我有时间好好想清楚。我承认,我以前不敢接受这段感情多少都是因为有点自卑,但我仔细一想,谁又说结过婚、生过孩子的女人,不能有一段让全世界都羡慕的爱情?"

季扬惊喜地转过身,"嘉颖,你……"

"你先别急着做决定。既然要出差,就先好好工作吧。等你回来,我想,我们彼此都可以想得清楚了。"

阳光下,张嘉颖的脸上虽带着刚刚病愈的苍白,但眉宇间的自信飞扬却是光彩照人。

"好,那你等我回来。"季扬的那双桃花眼里重新盛满了光。

季扬离开了，张嘉颖全身心投入到了工作中去。

俱乐部越来越好，就像季扬说的，就算有对面的"深度睡眠"打擂台，但因为病友俱乐部的专业和口碑，"深度"那里就算是和盘 COPY，也没办法超越。

深度睡眠体验馆每搞砸一个客户，陈漫她们几个小姑娘就跟看大戏似的，不亦乐乎。

虽然张嘉颖教育过她们好几次，但小姑娘们年轻气盛，再加上深度的那个叶康乐也确实比较恶心人，到最后张嘉颖也就懒得管她们了。

于是两家体验中心的关系自然是愈演愈"劣"。

这些事，张嘉颖都没放在心上。

她放在心上的，是真正实现俱乐部的良性运作，想将俱乐部的运营模式变成服务为主，将多维、全方位的治愈体系建立起来。

虽然方梦还没回来，但孙钰已经加入了俱乐部这个大家庭，他们再添羽翼。她也相信，她们病友俱乐部的知名度一定会逐渐扩大，就像以前方梦所说的那样，名扬天下。

想起方梦，张嘉颖微微失了神。

这家伙还真是乐不思蜀了，完全都没想过要回来。

张嘉颖轻轻叹了口气，这时陈漫的声音在门外响起："嘉

颖姐。"

"进来。"

陈漫走了进来，"嘉颖姐，这里有一个客户，可能需要你出去看看。"

看着陈漫一脸的为难，张嘉颖便知道这次肯定又来了一个比较难搞定的奇葩客户了。

客户姓林，严格意义上来说并不算新客，已经治疗有一段时间了。

林先生是个老彩民，那日路过彩票店买了一张彩票，结果中了特等奖，突然间天降横财，心理刺激太大，结果导致夜夜失眠。

俱乐部里的助眠技师们，给林先生定制了一系列的治疗方案，从睡眠香薰到睡眠音乐，又从智能按摩椅到按摩浴缸，再到助眠床垫……他们几乎把俱乐部里所有高性能产品都拼上阵了，也没起到什么实质有用的效果。

当张嘉颖看到这位林先生时，发现他脸颊凹陷，眼底青灰，整个人都萎靡不振，不论从精、气、神哪方面都看不到天降横财的喜气。

林先生一看到张嘉颖，脸上露出焦急之色，"你就是俱乐部的负责人吧？你们这些治疗方案都没用啊，我都连续来了两周了，可是一点效果也没有。"

很显然，这位林先生被失眠折磨得快要疯了。

"林先生，您别急……"张嘉颖柔声安抚，"我先看看您的资料。"

陈漫机灵地将林先生的所有资料递了过来，张嘉颖细细翻阅着。

林先生还是有些坐不住，嘴里一直嘀咕着："看来你们这些什么睡眠体验馆，都不靠谱，不管是你们这个病友俱乐部，还是那什么深度睡眠馆，都没用。"

深度睡眠馆？

张嘉颖翻阅资料的手一顿。

这又是一个从深度睡眠馆跑过来的客人啊，不知道那个叶康乐知道了以后会不会又急得直跳脚？

像是猜到了张嘉颖所想，陈漫凑了过来，压低了声，"嘉颖姐，我听说，那个叶康乐已经气得住院了。"

张嘉颖挑眉看了陈漫一眼，这小妮子这么幸灾乐祸真的好吗？

"你们要是不行，我就找别家了。"林先生见张嘉颖半天没说话，越来越急躁焦虑。

张嘉颖连忙使了个眼色，让其中一个助眠师跟林先生聊天，以转移他的注意力。张嘉颖则站在旁边观察着这位林先生的一言一行。

"还以为发了财以后都不用愁了，结果还没享受到花钱的快乐，倒是得了这个怪毛病……"林先生对着助眠师阵阵长吁短叹，"我现在就愁着，这钱要怎么花？如果有人来跟我借怎么办？"

张嘉颖灵光一闪，朝陈漫勾了勾手指，然后在陈漫耳畔低语了两句。

陈漫诧异地睁大眼睛，"真要这样做？"

"对，照我说的做。"

陈漫带着林先生去了俱乐部里转了一圈，凭借着陈漫的三寸不烂之舌，竟硬是让那个林先生满脑子只剩下了"买买买"，一通夸张的高额消费，连俱乐部最昂贵的全套睡眠设备都买下了。

看着银行里迅速少掉的几个零，林先生阵阵肝疼，但在美女面前也拉不下那个脸面要回来，只能咬牙把钱都给付了。

也不知是买东西买得累了，还是花钱花得过多，耗费了不少体力，原本什么助眠仪器对他都没什么用的林先生，躺在其中一间睡眠体验房里倒头就睡。

按陈漫的说法，这林先生是咬着被子哭着睡着的。

"嘉颖姐你这一招另辟蹊径果然厉害！"陈漫对着张嘉颖点了一个赞。

先前张嘉颖对着她耳边说了一句："既然是钱多的毛病，那花掉就是了"，一句话，决定了林先生毕生难忘的一天。

当林先生从体验睡眠房里醒过来的时候，发现自己虽然肝疼，却难得睡了一个好觉，只能说，这病友俱乐部还真有两把刷子。

然而，当林先生前去结账的时候，发现手机里又多出了一条转账短信，先前脑热花掉的钱竟大多数都回来了。

"这……"林先生很意外。

"这只是我们一个特殊治疗手段。"张嘉颖微笑地看着林先生，"我们俱乐部以顾客的感受体验为本，怎么可能让您花高价买一堆对您来说没什么用的器材回去。你只需付您的治疗费用就行了。"

张嘉颖这一番话，让林先生感动连连。

林先生的病好了，病友俱乐部的招牌也彻底地打响了。

当天晚上，张嘉颖召集了俱乐部所有的员工吃了一顿大餐。看着包间里，大伙开心地笑闹成一团，说着在俱乐部里遇到的一些奇人趣事，张嘉颖感慨良多。回想几个月前，她哪里能想到会有如今这样的成绩？

她勇敢地踏出了那一步，也赢得了自己想要的人生，只是注定了会有坎坷，所幸她坚持下来了。

就当众人以为俱乐部终于渐渐进入正轨时，一场猝不及防的风波却席卷而来，差点儿将俱乐部摧毁。

第十章
圆满结局美好人生

"嘉颖姐,快看微博。出事了。"

一大早,张嘉颖便接到了陈漫的电话。

开车前往俱乐部的路上,陈漫已经将事情发生的经过发了语音微信给她。

原来有人在抖音上发布了一些短视频,给病友俱乐部泼脏水,诋毁俱乐部员工以治疗失眠为借口,实则提供特殊的陪睡服务。那些人还在微博上买水军大肆攻击,直接就将"病友俱乐部"给送上了热搜。

现在俱乐部在微博上骂名四起。听漫漫的说法,有人甚至不嫌热闹大,还拨打了相关部门的电话,把俱乐部给举报了。

一路开车疾飙的张嘉颖心里始终憋着一股子气。

她知道这是他们的竞争对手在给俱乐部使绊子。

她们这家睡眠主题体验馆在经历了无数风雨之后,终于渐渐进入了正轨。随着俱乐部名声大噪,顾客越来越多,自然也引来了不少人眼红。

这个社会原本就对女性有着诸多的偏见和框框条条的限制,只要有人故意抓住其中一条不放,再在道德和舆论方面狠狠打击,就能将很多女人置于万劫不复之地。

许多年前,她曾经经历过一次,那一次的打击,差点让她

成为缩在龟壳里的人，而许多年后，她绝不会再让自己重蹈覆辙。

当张嘉颖赶到俱乐部时候，门口已经聚集了不少媒体记者以及围观群众，几乎将俱乐部围了一个水泄不通，现场混乱不堪。

陈漫早就被人群包围了，此刻她那张年轻充满朝气的脸上写满了苍白与不安。

不管平日里如何能说会道、言辞犀利，毕竟年纪还是太轻了，没见过这样的阵仗，早就慌了手脚，不知所措。

"让一让，麻烦大家让一让。"

张嘉颖试图从人群里挤过去，可推搡的人群竟差点儿又把她给挤了出去。

喜欢看热闹是人的天性。

张嘉颖揉了揉隐隐作痛的眉心。

终于，正在四处张望的陈漫看到了她，如同看见了救命稻草，高声大喊："嘉颖姐！"

这一声"嘉颖姐"，顿时让所有人的注意力都转到了张嘉颖的身上。

"是张嘉颖，这家俱乐部的主要负责人之一。"

有消息灵通的记者爆出了张颖嘉的身份。

于是，"呼啦"一声，大家伙儿把张颖嘉给围住了，无数摄像机及麦克风对准了她。

"张嘉颖女士，有人说你们病友俱乐部之所以能在这么短的时间内名声大噪，是因为俱乐部借着治疗失眠的名义，暗地里做着见不得人的勾当，请问您对此有什么解释吗？"

"张嘉颖女士，听说你们俱乐部手段强硬，不顾客户意愿强买强卖，为了达成自己的目的，甚至还以客户隐私等要挟老顾客，强迫他们成为'回头客'……"

"张嘉颖女士，有人举报你们俱乐部昧着良心赚黑心钱，蛊惑顾客大量买进高价睡眠系列产品，将他们骗得身无分文……"

……

记者们犀利无情的追问并没有让张嘉颖慌神，她神色凝重地开口："各位记者朋友，我们病友俱乐部是一家合法合规的睡眠体验中心，行得端，坐得正，希望各位在没有获得确凿的证据之前，不要听信谣言、道听途说。我们所有的睡眠体验和治疗都以顾客自愿为主，更不存在任何非法的交易或是见不得人的勾当，还请各位据实报道，否则我们将以侵害他人名誉罪，保留追究各位法律责任的权力。"

简明扼要地说完，张嘉颖抬脚就往俱乐部大步走去。

此时，陈漫也挤了过来，气喘吁吁地说道："嘉颖姐，孙律师已经在赶来的路上了。"

陈漫话才刚说完，人群里也不知是谁恶意地伸出脚，绊了陈漫一下，陈漫一声惊呼，没能站住，直接就撞上了前面的张嘉颖。

张嘉颖只觉高跟鞋一歪，一阵剧痛贯穿了脚踝。

眼看张嘉颖就要狼狈摔去，一道高大的身影及时从人群里飞奔而出，扶住了张嘉颖。

"嘉颖！"

置身在温暖有力的怀抱里，头顶上方那熟悉的声音几乎让张嘉颖以为自己出现了幻听。

"季扬?"她抬起头，便撞入了一双写满了担忧的桃花眼里。

这个男人总是在她最需要的时候出现。

张嘉颖只觉喉间被什么东西给堵住了，千言万语只化作了一句"你回来了?"

"抱歉，我回来晚了。"季扬当着众人的面，毫不犹豫地一把就抱起了张嘉颖，朝俱乐部大步走去。

"哇哦! 帅!"陈漫在季扬身后竖起了一个大大的拇指。

她比张嘉颖还激动。

三个人总算是摆脱了人群，走进了俱乐部。有机灵的员工赶忙将大门关上，可外面的记者和路人并没有全部散去。

"你的脚还疼吗?"季扬将张嘉颖放在沙发上，然后蹲下身子检查她的脚踝。

"我没事。"张嘉颖摇头，刚才与季扬重逢的喜悦已然被一抹凝重所取代，"当务之急，是要解决外面的事。"

"嘉颖姐，现在怎么办啊? 这简直就是无妄之灾! 谁在搞我们?"陈漫简直就想爆粗口了。

刚才面对那么多人的追问，她还真有些六神无主了，幸好嘉颖姐及时赶到。

"是叶康乐他们。"季扬笃定地下结论。

他刚下飞机就知道了俱乐部出事的消息，联系起近来发生的事，他立刻就想到了深度睡眠馆，结果这一查，果真给他查出了猫腻，他这才心急火燎地赶过来。

"什么?"陈漫闻言跳了起来，"是深度睡眠馆的那儿个混蛋?"

"谁让我们抢了他的客户。"张嘉颖苦笑。其实，她也想到了。

"什么我们抢了他客户？是他们深度睡眠馆的人治不了林先生，林先生才找上我们的……"陈漫珠连炮似地开怼，"我们能治好林先生，那是我们俱乐部的能耐，叶康乐他们自己没本事也就算了，居然还有脸给我们泼脏水？"

他们治疗林先生的方法比较特殊，所有的那些高额消费不过是治疗的一种手段罢了，谁知道竟被有心人抓住这点来大做文章。

"现在说这么多都没用，我们得赶紧把这件事处理掉。"张嘉颖捏了捏眉心，拿出手机翻看抖音和微博，那里面关于"病友俱乐部"的言论简直不堪入目。

什么"惊爆眼球，论睡眠体验中心的'陪睡门'事件"……什么"知名睡眠体验中心诈骗，诱导顾客高额消费倾家荡产"……

陈漫凑过去跟着扫了几眼，顿时气得脸都红了，"太过分了！把我们俱乐部当成什么地方了？我要骂回去！"

陈漫撸起袖子，打开手机微博，正想与众水军大战三百回合，却被张嘉颖给阻止了。

"漫漫，别冲动，我们说得越多，越容易给人留下话柄……"张嘉颖沉声道，"这个时候现在我们最需要的是冷静。"

谁知就在这个时候，外面"嘭"的一声，前面未关严实的大门竟被人大力撞开。

一堆记者跟着纷涌而进。

"张嘉颖女士，据微博上报料，您在还没离婚的状况下，

就跟另一个未婚男士暧昧不清。现在虽然已经离婚了，但据说，你们的婚姻也是因为这段不轨的恋情而破裂的。"

"张嘉颖女士，那位未婚男士，是不是就是您身边的这位……据说他不仅有钱有颜，还对您深情一片……"

"张嘉颖女士，您这样又置您的前夫于何地呢？"

……

先前那些还在"揭露俱乐部黑料"的各位记者，忽然间又转移了话题，一味地攻击起张嘉颖的私人生活问题。

陈漫直觉不太对劲，连忙翻开了微博，这才发现，上面关于张嘉颖的黑料铺天盖地，大多数都是讲她和季扬之间的暧昧关系。

肯定是刚才季扬当着他们的面抱嘉颖姐进来的时候，这些记者又跑去挖所谓的"黑料"了。

"嘉颖姐，你看……"

陈漫将手机递给了张嘉颖。

张嘉颖稍微扫了一眼，便知道今天这件事一定是有预谋的。

记者们见张嘉颖脸色难看，以为黑料实锤了，纷纷举起了相机，对着张嘉颖就是一通狂拍。

刺眼的闪光灯让张嘉颖下意识举手挡住了自己的眼睛。

她忽然觉得心寒。

"别拍！你们拍什么拍？都给我出去！"

季扬冲过来，试图护住张嘉颖，却让一些别有用心的人抓住了把柄。

"护得跟眼珠子似的，还说没什么？"

看热闹的人群里也不知是谁这么说了一句，记者们顿时更激动了。

季扬和陈漫等人将张嘉颖护在了身后，替张嘉颖挡住了那些疯狂的人群，现场再度陷入了混乱之中。

"谁跟你们说，嘉颖和季扬是这种见不得人的关系？"

人群里，忽然有熟悉的声音响起。

张嘉颖浑身一震，抬头望去，就见一道妖娆妩媚、妆容精致的身影从自动让开的人群里走了过来。

是方梦。

月余未见，方梦越发有女人魅力，也越发漂亮了。

"他们男未婚、女未嫁，怎么就不能在一起了？难道离了婚的女人就不能追求自己的幸福？这个社会会不会对我们女人太苛刻了一点？"方梦笑容明艳，但那目光却是犀利如刀锋。

"但有人说，张嘉颖女士在离婚之前，就已经跟和季先生……"

"谁说的？拿出证据来！"方梦脸上笑容一收，"拿不出证据，小心我们告你诽谤！"

或许是方梦的气势太过骇人，一些记者不由噤了声，但依旧有人不死心，还想出声质问，却被陈漫也拦住了。

"你们这些人要是再胡说八道，就让你们把牢底坐穿……"

陈漫话音刚落，人群外又有一道清冷的嗓音响起："根据《中华人民共和国刑法》第二百四十六条第二款的规定，以暴力或者其他方法公然侮辱他人或者捏造事实诽谤他人，情节严重的，处三年以下有期徒刑、拘役、管制或者剥夺政治权利。"

戴着金丝框眼镜，一身职业正装的孙钰出现在了人们的视线中。

那冷漠杀伐的气势一时间震慑了众人。

见孙钰出现，方梦轻轻舒了一口气，她放开了季扬，走到张嘉颖身边，这回是挽住了张嘉颖的胳膊。

"各位，我才是这个俱乐部的最大股东，我想我才有资格跟大家说清楚这个俱乐部的来龙去脉。"

方梦的出现，等于是给俱乐部的众人打了一剂强心针，多年的默契让俩姐妹再度双剑合璧，配合得天衣无缝，一一驳回了记者的疑问。

虽说病友俱乐部还没有得力的证据为自己洗刷污名，但在张嘉颖和方梦的努力下，争取到了时间，并表示会给众人一个合理的交代。

看热闹的人群和记者渐渐退离，张嘉颖看着脱胎换骨一般的好友，眼前的视线却模糊了。

"方小梦，你总算舍得回来了。"

方梦微笑着张开了双臂，笑容一如既往的妖娆妩媚，"怎么，不欢迎我这个姐妹回来呀？"

这一段时间，她其实过得很充实。

她回了父母所在的城市，好好陪伴自己的女儿悦悦，还和悦悦一起克服了手术上的大难关，治好了悦悦的心脏病。

这是她这一年最大的收获。

当然，随着时间的流逝，很多事她都想开了。

这世上男人多得很，她被骗了，以后睁大眼睛学会看清人渣就好，但能推心置腹、真正称得上朋友的人却少得可怜。

她不能丢下她的朋友一个人面对所有的问题与困境。

她这个一遇到事就逃避的个性也确实应该改改了。

张嘉颖将方梦抱了一个满怀，眼中含泪，嘴角却扬起了微笑，"方小梦，你胖了。"

"去！"方梦顿时恼了，半开玩笑般地给了张嘉颖一拳，"张嘉颖，你好样的，一见面就揭我伤疤。"

方梦确实圆润了，但不是胖，而是丰腴，多一分嫌多，少一分嫌少，丰腴得恰到好处，更添慵懒与妩媚。

"你现在就是妖精再世。"张嘉颖也笑着捶了方梦一下，"方小梦，欢迎回家。"

她们之间的友谊，与这病友俱乐部一样，虽经历风雨，却依旧坚挺不灭。

当天晚上，众人聚集在俱乐部里商讨着怎么对付罪魁祸首。

想起白天的遭遇，陈漫很是义愤填膺，"都是那个叶康乐的错。我可以肯定，这些黑料都是那个叶康乐弄的！"说着，她转头看向了孙钰，"孙律师，搞他！"

张嘉颖一个火锅盖直接盖在了陈漫的脑袋上，"女孩子家，斯文一点。"

最近陈漫也不知迷上了什么网络小说，看得入迷，把自己代入了女主，整个画风也越走越歪了。

陈漫调皮地吐了吐舌头，"嘉颖姐，我这不是气不过嘛。"

那个叶康乐可是差点害俱乐部栽一个大跟头，当然要想尽办法整回来啊！

还是张嘉颖比较理智，她转头看向了孙钰，"孙律师，我们现在要怎么证明自己的清白？"

"先查查网上那些所谓的音频视频黑料都是谁放上去的……"

"那还用说嘛，叶康乐啊。"

"叶康乐又不是我们俱乐部的员工，那些音频，还有关于林先生的一些消费记录，他是怎么拿到手的？"

孙钰这些话，可谓一针见血。

方梦拧眉，"难道我们俱乐部内部有奸细？"

一时间众人面面相觑，有些员工甚至都吓得微白了脸，连忙举手发誓，"方梦姐，嘉颖姐，我们没有，不是我们……"

张嘉颖连忙安抚："别紧张，我相信你们，大家共事这么久，你们的人品还是有目共睹的。现在我们当务之急，不是互相猜忌，而是要找出那个幕后黑手……"

张嘉颖这一番话，总算让大家安了心。

这一晚，没有人想着回家，众人这一番商谈，一直持续到了后半夜。

当方梦和张嘉颖走出俱乐部时，竟发现外面一辆熟悉的轿车一直都停靠在那里，她们讨论了大半夜，外面那个人也等了大半夜。

"季大帅哥，在这里等谁呢？"

看着月辉下那一道俊朗的熟悉身影，方梦娇笑着打了一个招呼。

"方梦。"季扬朝方梦微微一笑，"这次回来了可就别再轻易当甩手掌柜了。"

"怎么？你这是心疼我家姐妹呀？"

"是。"季扬也没有掩饰。

方梦夸张地做出了一个伤心的表情，"完了，我家好白菜终于要被猪给拱了！"

张嘉颖立时给了方梦一拳，笑道："方小梦，你是真找揍对不对？"

看着互相打闹的两姐妹，看着在方梦面前完全放松的张嘉颖，季扬眼里却多出了一丝温柔的宠溺。

幸好，这一次他赶回得及时。

轻吐出一口气，季扬收起了心思，正色说道："对于那叶康乐，你们打算怎么办？"

以方梦雷厉风行的个性，谁在搞事情，自然就去找谁算账。

第二天一大早，深度睡眠馆的老板叶康乐就被四个女人给拦住了去路。

这四个人，是张嘉颖、方梦、陈漫以及和律师孙钰。

"你们要做什么?"

叶康乐自然是认得张嘉颖等人的,而也正因为做了坏事,有些心虚,现在看见病友俱乐部的人,简直就像是老鼠见了猫一般。

"你知道我们想要干什么?"陈漫拎着手里的棒球棍,笑得如同一只小恶魔,"你自己做了什么亏心事,心里没有点数吗?"

"嘭!"陈漫将棒球棍狠狠地砸在了旁边的木椅上,木椅应声而碎。

张嘉颖和方梦等人不由自主地看向了陈漫,没想到这小丫头居然还是个暴力女魔头。

把自己也吓了一大跳的陈漫哭笑不得。

她分明是柔弱小仙女的人设啊,什么时候这么大力了?

叶康乐却吓得几乎要哭了,"我们有话好好说,这件事根本不关我的事啊。没有证据,可不能胡乱栽赃,我可以告你们的。"

孙律师扔出了一大堆材料,"这是起诉书,我们已经掌握了确切的证据,如果你不配合我们,那就以网络诽谤罪、危害公共安全罪起诉你,等着进公安局吧。"

陈漫及时补刀,"对,当年我那个前男友,也是在网上想找人网暴我,结果被孙律师送进去了,我们孙律师可厉害了……"

陈漫的彩虹屁让孙钰一本正经的脸上浮现出了一丝不太自在的神色,但不好说些什么,只能假装咳嗽了一声,清了清嗓子。

方梦差点笑了出来，这陈漫还真是个活宝。

当初招揽她来俱乐部，真是一个明智之举。

孙钰这副律师的气势，自然能唬住一些人，这个叶康乐其实也不是什么大奸大恶之人，他也不过是为了挤垮商业对手，哪想到做这些事竟然会被送进监狱？

"我说，我说还不行吗？"叶康乐撇撇嘴角，"如果要怪，也怪你们病友俱乐部树大招风，得罪了很多人，那些视频还有音频都是一个男人给我的。"

叶康乐想起了月余前，他正因他的深度睡眠馆生意不好而发愁。

因为对面那个病友俱乐部太厉害了，他就算是照搬，竟也没能比得过"病友"，甚至还亏损严重，每天看着银子哗哗地往外流，他自己都急得要失眠了。

可后来有一天，有人给他打电话，告诉他能帮他打垮俱乐部，他自然是兴高采烈地去赴约了。

不过到了约定地点，他并没有见到人，只是看到了一个文件袋。文件袋里有一个 U 盘，还有一叠林先生当初在病友俱乐部的消费记录，这么好的证据，他怎么可能轻易放过？

"后来发生的事，你们就知道了。"叶康乐沮丧地垂着头，"我知道的也就这么多了，你们可别抓我啊，我也不是有心的。"

陈漫听到那一句"我不是有心的"就气不打一处来。

做了那么多坏事，一句"不是有心的"就想洗白自己吗？没门！道歉有用的话，又要警察做什么？

"给你打电话的男人，你知道是谁吗？"张嘉颖问。

方梦面色微微一变，不禁转头看了一眼张嘉颖。

"怎么了？"张嘉颖敏锐地察觉到了方梦的不对劲。

"没什么。"方梦将目光重新落在了叶康乐身上，"叶康乐，问你话呢，知道那个给你打电话的男人是谁吗？"

"我怎么知道他是谁啊？当初那个人连面都没露。"叶康乐顿了一下，忽然又想起了一件事，"不过，当初那个男人有说过，如果用这件事扳不倒病友俱乐部，他手上还有更厉害的东西可以帮我。"

叶康乐的话让张嘉颖等人面面相觑。

"更厉害的证据？"陈漫不解，"我们病友俱乐部可是循规蹈矩，没有做任何违法犯规的事，还有什么更厉害的证据？"

"那我怎么知道？是那个男人说的，他还说，如果我真的没办法了，就可以给他打电话。"

"电话号码是多少？"张嘉颖问。

叶康乐从手机里调出了电话号码。

"打过去，就说你打听到病友俱乐部已经找到了反驳污点的证据，单靠前面那些东西，扳不倒病友俱乐部，说你现在需要他手上更厉害的证据。跟他约见面。"

在四个女人的威逼下，叶康乐也只能认栽了，他拨通了手机上的电话号码。

没响几声，电话就被接通了。

"喂，是我，我是叶康乐，你那些证据不行啊，我听说他们已经找到了反驳污点的证据了，我现在需要你那天说得更厉害的证据。"

叶康乐战战兢兢地说完，可半天那里都没有回应。

就在大家都以为叶康乐可能打错了电话，或是那个男人可能已经看破一切的时候，手机那一头，终于响起了一道男声。

一道张嘉颖极为熟悉的男声。

"给你那么好的东西，你居然都不懂得利用。"

是陆皓宇。

张嘉颖面色惨白。

方梦再也忍不住了，厉声怒骂："陆皓宇，你这个混蛋！你的良心都被狗吃掉了吗？"

而手机另一边，已觉大事不好的陆皓宇迅速切掉了电话。

"嘉颖，我们现在先去找陆皓宇吧，别让那个男人跑了。"方梦咬牙切齿地挤出了这么一句。

陆皓宇并没有跑。

他甚至就坐在家里等着张嘉颖上门。

当林萍打开门，看到门外的张嘉颖时，很是意外。

"嘉颖，你怎么来了？"自打上次的事之后，林萍对张嘉颖的态度就改变了很多，而现在她也想通了，虽然她也一直想让张嘉颖和儿子复合，但毕竟强扭的瓜不甜，再这么强行把他们拧在一起，恐怕对谁都不太好。

张嘉颖沉默了片刻，才说："妈，我想见皓宇。"

林萍看了眼端坐在客厅的陆皓宇，直觉有事发生，张了张嘴，想说些什么，但最终还是咽了回去，侧过身，让张嘉颖进了屋。

林萍原本还想要进屋，却被同样在外面，没有进去的方梦给拉住了。

"伯母，让他们夫妻俩好好谈谈吧，我们在外面等等。"

不等林萍答应，方梦就直接将林萍给拉了出去。

而此时，屋子里，陆皓宇近乎贪婪地看着张嘉颖，"我知道你会来。老婆，我们很久没见了，你还好吗？"

张嘉颖看着陆皓宇苍白消瘦的脸颊，"你应该很清楚，我过得好不好？"她拿出了手里的资料，直接扔在了陆皓宇的桌上。

"我想听你解释，陆皓宇，你为什么这么做？"

他们夫妻一场，他却在暗中四处给她使绊子。

她以为可以好聚好散，可他却紧抓着她不放。

陆皓宇没有动，只是瞥了一眼茶几上那些资料与证据。

"我的理由很简单。"抬起头，他重新看向了张嘉颖，"因为我不想你离开我。我想和你重新在一起。"

张嘉颖简直要被气笑了，"你想和我重新在一起，就要用非法的手段弄垮俱乐部？"

"因为只有俱乐部倒了，你才会安心回家。"

张嘉颖不敢置信地看着陆皓宇，她真心觉得眼前这个男人疯了。

他将他的意愿强行安在她的身上，只想她按他希望的方式生活。

"老婆，女人就应该留在家里带孩子，我不需要你赚钱，不需要你飞黄腾达，我只想要一个安安静静待在家里的妻子，可以履行婚姻义务与责任的妻子。"

"谁规定女人就只能待在家里做家务、带孩子？谁规定女人就不可以出去追梦，有自己的事业？女人履行妻子的义务，和追求自己的梦想根本就没有冲突……"

"但对我来说就有冲突。嘉颖，你是女人，就应该做女人该做的事，而不是……"

张嘉颖声音陡然拔高，直接就打断了陆皓宇的话，"陆皓宇，你知道我们之间最大的问题是什么吗？就是三观不合。我知道你很爱我，可是你的爱太可怕了、太自私了，你要的根本就不是一个妻子，只是一个能安心待在你身边的木偶人，听你的话，顺从你，最好没有自己的思想、没有灵魂，只接受你的摆布……"

"病友俱乐部是我们所有人的心血，我不会容许你破坏它……"张嘉颖微微一顿，目光诚挚地看着陆皓宇，"皓宇，放过我，也放过你自己。"

"不可能！"陆皓宇赤红着双目霍然起身，神色激动，"嘉颖，你为什么就不能给我一次机会？那个季扬有什么好？他究竟哪一点比我好？我可以改……"

"就凭他信任我、尊重我、支持我……你陆皓宇做得到吗？"

陆皓宇颓然跌在了地上，久久没有言语。

网上关于病友俱乐部的舆论持续发酵着，所有人都在等着病友俱乐部给出一个交代。

虽然方梦和季扬等人担心张嘉颖身体，但病友俱乐部的记者招待会还是如期召开了。

讲台上，张嘉颖看着台下那一干议论纷纷的记者，脸色虽苍白，但目光却是坚定的。

她早已不是当年那个容易受伤的女孩，现在的她历经磨难，完全可以正面迎接所有的质疑与揣测。

台下，孙钰、陈漫等人目光灼灼地看着讲台上那个站得笔直的女子，每个人的眼底都写满了钦佩。

张嘉颖沉稳的目光一一扫过台下众人，缓声开口："各位可能不知道，当初我和方梦建立病友俱乐部的初衷，虽说一开始是为了赚钱，但后来，随着我们帮助越来越多的人摆脱了失眠的痛苦，我们也渐渐找到了自己的价值和追求所在。"

"现代社会中我们女性要扮演的角色很多，我们生来就是父母的女儿，结婚后有了妻子、儿媳妇的身份，生了孩子便升级为了妈妈。我们既承担着现代社会人的义务，同时又无法摆脱家庭带来的重负。

"而这种分裂而多重的身份往往让很多女性都无法找到其中的平衡点，她们为了孩子而活，为了丈夫而活，或是为了事

业而活。特别是成为妈妈以后，大多数的女性把成为最优秀的妈妈作为目标，她们总是活在别人的口中，忽略了自己，于是就出现了各种矛盾，职场失利、家庭失和、亲子关系淡漠，甚至有些人完全失去了自我。

"而这些失去了自我价值的女人们，又同时被这个社会赋予了太多的枷锁、太多的苛责，人们总是用恶意来揣测女性创业追梦的过程，成功了，说那些女人肯定是借着身体上位；失败了，就说这些女人根本就是花瓶，烂泥扶不上墙，何必瞎折腾？请问，我们女人究竟做错了什么？难道女人就注定了只能在家里相夫教子，只能做丈夫成就梦想的后盾吗？

"我们这么辛苦地创业，其实很简单，只是为了重新找到自己的社会定位，为了打破原有的围城，重新构建事业、家庭、自我实现的新平衡，又有什么错？

"而我们的病友俱乐部一直以来都是干干净净、明明白白的，所以，我们病友俱乐部不畏惧所有人的检验，我们行得正、坐得端，再多的脏水黑料泼到我们身上，我们也不会有所畏惧！"

……

张嘉颖这一番慷慨陈词，让台下俱乐部的一众成员手掌都拍红了。

"太好了。嘉颖姐说得太好了。"陈漫等人激动得眼眶通红，"简直说出了我们的心声。"

虽然有不少人被说动，然而，台下依旧有人叫嚣——

"说了这么多冠冕堂皇的话，你们又怎么能证明病友俱乐部是清白的？"

"当然能证明。"

"嘭"的一声，原本紧闭的大门被缓缓推了开来。

方梦大踏步走了进来，目光犀利地扫过人群。

"只要我们的客户能为我们证明，那就是最好的证据。"

方梦的身后，站着孙苗苗、张教授、崔阿姨、马大姐、小宁，还有微腆着大肚子的林先生……正是那些曾经被病友俱乐部治愈过的人们。

看着台下这些熟悉亲切的笑颜，张嘉颖一颗心如同被阳光笼罩，温暖了全身。

孙苗苗第一个站了出来，"我先来。我叫孙苗苗，是一名销售。如果没有病友俱乐部，没有嘉颖姐，我现在还是一个死胖子，每天睁眼到天亮，成为一个只知道赚钱的机器。我作证，病友俱乐部是我们失眠患者的福音，绝对不像网上所说的那般不堪。"

"还有我们夫妻俩。我也要感谢病友俱乐部，如果不是嘉颖这个丫头，我现在可能还只能坐着睡，也早就和老伴儿形同陌路。嘉颖是个好丫头，病友俱乐部也是一个值得我们失眠患者守护的地方。"互相搀扶着的张教授夫妇微笑着说。

"还有我们……"马大姐轻揉了揉小宁的脑袋，"如果没有病友俱乐部，可能我已经找不到我儿子了，如果你们谁敢毁了这片净土，我们绝不答应！"

"还有我还有我……"林先生举手，"我就是网上传得沸沸扬扬，说被坑了很多钱的傻子林先生。但我可以告诉你们，病友俱乐部除了收取了我正常的治疗费用，一分钱都没多收我。我可以把转账记录展示给大家看……"

......

一个接着一个，那些曾经来过病友俱乐部的病友们纷纷站了出来，替病友俱乐部作证，替张嘉颖作证。

张嘉颖眼前的视线模糊了。

有这些善良而真诚的人们的帮助，她所经历的那些风雨又算得了什么？

谢谢！

她无声启唇。

她无法用任何语言来形容自己此时的心情。

她唯一清楚的，就是以后绝不会辜负这些全心全意信任着自己的人们。

由于病友们的作证，谣言不攻自破，病友俱乐部终于恢复了正常。

风波很快平息了下去，俱乐部不仅没有因为黑料而被弄垮，反倒因为这一波神操作，更上了一个台阶。

"方小梦。"张嘉颖含笑看向方梦，"谢谢你。"

这次真的多亏了方梦，找来了这么多病友为自己作证。

"自家好姐妹，用不用这么客气啊？"方梦挑眉。

张嘉颖走过去，抱住了她。

"我知道，我们不用客气，但我还是要说一声谢谢。"张嘉颖哽着声。

"我这个甩手掌柜做了这么久，总要做一件事彰显我这个大股东的能力啊，不然你和我合伙多亏？"

方梦的话让张嘉颖破涕为笑，"是啊甩手掌柜，这次给你记一大功。"

"可不能只光记我的功啊。"

看着方梦暧昧的笑，张嘉颖不解。

"这次除了我，你还要感谢另一个人。"

"谁？"

"当然是我们季大帅哥。"

方梦看向了人群里，一直没有什么存在感的季扬。

"我一个人哪里可能这么快就说服这么多人，我们季大帅哥也是跟着跑断了腿……"方梦暧昧地眨了眨眼，然后压低了声在张嘉颖耳边说道："他默默无闻为你做了很多事，你可要好好感谢一下人家。"

张嘉颖看向了季扬。

季扬朝张嘉颖微微一笑，那笑容帅气而又温柔。

病友俱乐部当晚便举行了庆功宴。

方梦极大手笔地在一家五星级酒楼包下了一个大包间，所有的员工聚在一起，大家举杯，欢天喜地地大喊了一声：

"Cheers！"

经历了这么多风雨，病友俱乐部依旧坚守着初心，屹立于风雨中而不倒。

这一晚，几乎所有的人都喝醉了。

包间的阳台上，已略带着几分醉意的张嘉颖正靠着栏杆吹风。

微凉的夜风里带来了几分初秋的寒意，张嘉颖不由想起，一年前，也是在这样一个初秋的夜晚，她拿着学区房的资料，一个人坐在公园里，因为没能拿下学区房而失落纠结。

一转眼，竟然过去了一年的时间。

时间果然如白驹过隙。

身后忽有脚步声传来，张嘉颖微微转头，就看见季扬朝自己走了过来，与她并肩而立。

"怎么一个人站在这里？"

"有点醉了，所以出来吹吹风。"张嘉颖微笑着看向季扬，"我还没正式谢谢你。"

"你我之间，不用客气。"

月光下，季扬俊朗的眉眼间沾染着一丝让人动容的温柔。

张嘉颖微微恍了神，"季扬，为什么对我这么好？"

"还记得我说过的吗？我说，我一直在找一个合我眼缘的人，现在，我终于找到了。"

张嘉颖面色微红。

"你说等我回来的时候，你会给我一个答案，现在这个答案可以告诉我了吗？"季扬伸出手，轻轻将张嘉颖耳边散落的长发撩起。

"嘉颖，我的答案还跟以前一样，我愿意等你，永远。"

"不需要永远，那样太久了。"张嘉颖微微一笑，主动握住了季扬的手，"我现在就可以告诉你答案。季扬，你准备好和我走完这后半生了吗？也许这后半生的路并不一定全是顺途，但我希望，我们每一步都能一起携手走下去，一直走到最后。季扬，你愿意吗？"

"我愿意。"季扬激动地回握住张嘉颖的手。

他终于等到了这一天。

病友俱乐部经此一役，一战成名。

每天来俱乐部咨询的人越来越多，而张嘉颖和方梦渐渐觉得，她们应该解决的，不仅仅只是失眠这个单一的问题。

现在这个社会，人的压力大，负面情绪也多，甚至不自觉地带上了戾气。

于是张嘉颖和方梦开始扩大俱乐部的业务范围，既然称作"病友俱乐部"，那么就应该针对各种心理上的病、各种坏情绪对症下药，单单让人睡一场好觉是不够的。

俱乐部越做越大，张嘉颖也越发忙碌，但每每下班，俱乐部外都会有一道熟悉的身影在等着自己。

是季扬。

但这一天，当张嘉颖走出俱乐部时，看见的人，却不是季扬，而是另一个很久不见的人——陆皓宇。

"皓宇?"张嘉颖很意外。

数月未见，陆皓宇消瘦了许多，但却比以往多出了几分成熟与稳重。

"嘉颖，好久不见。"

自从那件事发生之后，陆皓宇就辞去了工作，去外面旅行散心了。

张嘉颖听到这个消息的时候，其实是比较意外的，毕竟以前陆皓宇是不喜欢出去旅行的，他宁愿待在家里玩游戏。

"听说你最近去旅行了，玩得愉快吗?"

"还不错，体验了一把别样的生活。"陆皓宇的眼睛里有着从未有过的释然，"以前我太固执了，认定了一种生活，就不想改变。所以，也做了不少错事。嘉颖，我这次来，就是来郑重向你道歉的。"

"事情都过去那么久了，我已经都忘了。"

"那些不愉快，忘了也好。"陆皓宇笑了笑，"对了，纹纹还好吗?"

"嗯，现在学习很认真，也很自觉，你要是想她，可以常来看看她。"

"嗯。好，我会常去看她的，只要你不介意。"

"怎么会介意呢? 你是孩子的爸爸，这一点永远也不会改变。"

两人相谈间，有脚步声响起。

张嘉颖越过陆皓宇的肩头，看到了季扬那道修长伟岸的身影。

陆皓宇微微侧过头，看了眼季扬，"我很高兴，在你最困难最需要人帮助的时候，有这样一个人陪在你身边。可惜，以前我不懂得珍惜，没有做到。"

"你已经放下了吗?"

"嗯，我想通了。你已经找到了属于自己的幸福生活，我也应该去寻求我想过的生活。"

张嘉颖轻轻吐出了一口气，"皓宇，从今往后，我们还是朋友。"

张嘉颖伸出了手，陆皓宇也伸出了手，回握。

临近年关的时候，俱乐部举行了一场盛大的年会。

众人合力一起花了好几天的时间将俱乐部从上到下好好"打扮"了一番，简直就是焕然一新。

张嘉颖特意给一些老顾客发了邀请函，邀请他们前来参加俱乐部极具意义的第一次年会盛典。

年会开始前，张嘉颖和方梦皆是一身盛装打扮，站在门口迎接客人。

"怎么样，我今天这一身不错吧?"方梦依旧是一身妖娆美艳的贴身长裙，完美的好身材展露无遗，一点儿也看不出是一个孩子的妈妈。

"你哪一天不美了?"张嘉颖端着酒杯微笑，今天的她一身典雅的洋裙，压住了张扬，平添了几分温婉。

"都美都美。"一旁陈漫等人笑闹着，"我们俱乐部的两位老板娘，谁敢说不美，我就揍谁！"

"漫漫姐，你要揍谁啊？"年轻男孩的声音在门外响起。

众人转头看向，就看见了马大姐正领着小宁走了进来。

"马大姐，小宁，你们总算来了。"陈漫高兴地迎上了去。

现在马大姐和小宁母子感情越来越深厚，马大姐收敛了自己的坏脾气，小宁不小心犯了错，也不再以暴制暴，而是心平气和地和孩子沟通，孩子错的地方，让孩子改正，而她做错的地方，她也认真改正。现在小宁的学习成绩可以说突飞猛进，只是爱玩游戏这点还是没改变。但马大姐却对小宁很放心，这个孩子已经学会了自律，而且每每她没空，或是出差不在家的时候，都是让小宁来俱乐部暂住，让陈漫帮忙照顾。按小宁的说法，俱乐部已经是他的第二个家了。

"漫漫姐，俱乐部可是我的第二个家，这么热闹的家庭聚会，我可不能缺席呀。"

小宁还是一副小大人的模样，说出来的话让人忍俊不禁，也让人动容。

"你这孩子！"马大姐哭笑不得地揉着小宁的脑袋。

"是啊，家庭聚会。"张嘉颖心下温暖。

现在俱乐部就是他们这些人的家。

不一会儿，不仅所有的员工都到场了，就连那些曾经光顾过的老顾客也都一一聚齐，几乎所有给了邀请函的顾客们都来了。

因压力过大而身材发胖的孙苗苗现在已经成功减肥了三十

斤，变成了一个苗条的大美女了，而且精神焕发，再也不失眠了。据说，她不仅交了一个很帅气的男朋友，而且因为工作努力有效率被赏识的领导提拔，工资几乎翻了一倍。

而张教授夫妇还是如同以往一般恩爱，虽说还时不时地斗嘴，但眉眼间流露的，皆是对对方的爱护与宠溺。爱情，是不分年龄、不分身份和地位的，陈漫总说，这一对老夫妻让她又相信了爱情……

这一场年会办得极为成功。

有些老顾客甚至还带着新顾客上门求助。有因高强度工作而失眠的医护人员；有因社交恐惧症害怕出门，结果导致夜不能寐的编剧作家；也有刚生了孩子，就怕自己照顾不好娃而产生焦虑性失眠的新手母亲……于是到最后，好好一场年会，变成了大家对生活压力的吐槽大会。

但最后的最后，所有的人却都是满载而归……

年会终于结束了，当张嘉颖和方梦走出俱乐部的时候，外面月色正好。

张嘉颖却一眼就看见外面停了一辆熟悉的黑色轿车。

月光下，男人俊朗的面容仿佛镀上了一层银辉。

方梦用手肘撞了撞张嘉颖，"祝贺你，终于破茧成蝶。爱情事业双丰收。"

张嘉颖笑了笑，"彼此。"

爱情，并不是女人的唯一。

她不强求，但也不回避。

既然爱了，那就勇敢去爱，那也是对自我价值的另一种肯定。

张嘉颖朝季扬招了招手，朝月光下的那个男人走了过去……

(完)

责任编辑：孙琳菲

装帧设计：汪　阳

图书在版编目（CIP）数据

病友俱乐部／月影兰析，吕晓东 著 . — 北京：东方出版社，
　2022.1

ISBN 978－7－5207－2282－7

I. ①病… II. ①月…②吕… III. ①长篇小说－中国－当代
　IV. ① I247.5

中国版本图书馆 CIP 数据核字（2021）第 135514 号

病友俱乐部

BINGYOU JULEBU

月影兰析　吕晓东　著

东方出版社 出版发行

（100120　北京市西城区北三环中路 6 号）

中煤（北京）印务有限公司印刷　新华书店经销

2022 年 1 月第 1 版　2022 年 1 月北京第 1 次印刷

开本：880 毫米 ×1230 毫米 1/32　印张：11

字数：240 千字

ISBN 978－7－5207－2282－7　定价：49.00 元

人民东方出版传媒有限公司

发行电话（010）85924663　85924644　85924641